ARNOLD STADLER
Ein hinreissender Schrotthändler

Roman DuMont

ARNOLD STADLER
Ein hinreissender Schrotthändler

Roman Dumont

Die Arbeit an diesem Buch wurde vom Deutschen Literaturfonds e. V. in Darmstadt unterstützt.

Vierte Auflage 1999
© 1999 DuMont Buchverlag, Köln
Alle Rechte vorbehalten
Ausstattung und Umschlag: Groothuis & Consorten
Gesetzt aus der Adobe Garamond
Gedruckt auf säurefreiem und chlorfrei gebleichtem Papier
Satz: Greiner & Reichel, Köln
Druck und Verarbeitung: Clausen & Bosse, Leck
Printed in Germany
ISBN 3-7701-4959-9

Da fährt ein Mann durchs Hinterland, ein promovierter Träumer. Ich bin nun schon ein Jahr älter, als Monsieur Boulanger damals war, als er auf dem Nachhauseweg in Gedanken Madame Bovary erstmals auszog und dabei eine Erdscholle mit dem Spazierstock zerschlug.

Eines Morgens Anfang Mai stand ein junger Mann in einer Adidas-Hose mit schwarz-rot-goldenen Seitenstreifen und Fitneß-Equipmenttasche vor mir und fragte, ob ich ein Auto zum Ausschlachten hätte. Wo sollte ich so schnell einen alten Wagen herbekommen? Ich hatte doch gerade meinen Mercedes gegen einen der neuesten Generation der E-Klasse in Zahlung gegeben. Ich sah, der junge Mann war unrasiert, bei einem kräftigen Haaransatz, einer, der sich zweimal am Tag rasieren muß. Bis auf einen fehlenden Frontzahn der oberen Reihe, der aber, wie er mir später sagte, bald durch ein Implantat bzw. einen Goldzahn ersetzt werden sollte, waren diese Zähne tadellos. Dann fragte er, ob er mal ins Bad dürfe, was ich ihm bei meiner christlichen Erziehung nicht verwehren konnte. Und an meiner Mutter geschult, die damals jedem Hausierer ein Vesper anbot, fragte ich ihn, ob er Hunger habe, bevor er verschwand. Und als er wieder herauskam, sah er aus, wie der Barberinische Faun ausgesehen hätte, wäre er aus seinem Schlaf erwacht und aufgestanden. Adrian hat von jenem Tag an bei uns gewohnt. Meine Frau, die mich noch von ihrer Praxis aus für verrückt erklärt hatte, als ich sie anrief, um ihr zu sagen, es sei ein fremder Mann da, der heute bei uns übernachte, griff meinen Gedanken dankbar auf und bestätigte, daß unser geräumiges Gästeappartement ohnehin nur leerstünde und leergestanden hätte. Es war unser Privileg, über soviel Platz zu verfügen und solche Einladungen auszusprechen, die nicht wehtaten. Oder doch?

Meine Frau arbeitet als Handchirurgin, während ich, eben 42 Jahre alt geworden, aufgrund einer nicht behebbaren und kaum zu erklärenden vegetativen Dystonie vorläufig krankgeschrieben bin. Ich werde aber nie mehr ans Agnes-Miegel-Gymnasium zurückkehren, wo ich das unerfreulichste aller Fächer – Geschichte – in der Oberstufe unterrichtet habe. Wahrscheinlich werde ich als einer der frühpensionierten Geschichtslehrer in die Annalen des Agnes-Miegel-Gymnasiums eingehen. Wieder einmal wurde mir meine von Geburt an vorhandene und durch die Erziehung gesteigerte Menschenfreundlichkeit zu einem innerehelichen Verhängnis. Bei aller Philanthropie und Hoffnung, was die Zukunft des Menschen angeht, wollte ich denn doch klären, woher Adrian kam, wer er war, und was ich sonst noch wissen wollte: ich habe es aber nie erfahren. Auf meine Frage, wann er weiterreisen wolle, blieb er eine Antwort schuldig. Beim Essen hatten wir eine Person mehr am Tisch. Das war zunächst alles.

Es war August, mitten in der Wahlkampfzeit, im sechzehnten Jahr des Regiments von Helmut Kohl. Ich hatte bei meiner Frau, die grün wählte, seitdem es die Grünen gab, bemerkt, daß sie nun auffallend oft Komplimente verteilte, wenn Schröder auf dem Bildschirm erschien. Meine Frau, die eigentlich Gabi hieß, hat sich, seitdem der Name aus der Mode gekommen war, von mir und allen anderen Gabriele nennen lassen, so wie sich Joseph Fischer nun schon lange Joschka nennt, was ich verstehe, und ein ehemaliger Gesundheitsfunktionär namens Huber verschmähte das Hotzenwälderische Erich und nahm den Namen Ellis, der eindeutig nach mehr klang, an. Gut, nur ich laufe noch mit meinem richtigen Namen durch die Welt. Gabriele wählte nun, wie sie mir sagte, Schröder, der gerade seine vierte Ehe bekanntgegeben hatte. Sie sei für Schröder, sagte mir meine Frau. Ich war eingeschnappt, denn ich dachte, sie wäre für mich. Trotzdem habe ich sie weiter geliebt, trotz Schröder habe ich weiter mit ihr geschlafen. Vielleicht war es ein Fehler, daß wir uns schon mit 23 zusammentaten, viel zu früh; vielleicht war es nur wegen des Golf GTI, den Gabis Großmutter als Hochzeitsgeschenk in Aussicht stellte, gegen den Willen der Hamburger Seite meiner Frau; aber auch Kreenheinstetten war mit dieser Ehe nicht einverstanden, die zum damaligen Zeitpunkt tatsächlich fast 20 Jahre ‚gehalten‘ hatte, wie man so sagt, eine Tatsächlichkeit, die schon an ein Wunder grenzt.

Hamburg war für uns von der heimatlichen Donau, unweit von ihrer künstlichen Quelle im Park des Schlosses von Donaueschingen, nichts anderes als ein Fanal-Wort für eine einzige nicht aussprechbare *Sauerei*: wir sagten Hamburg und Reeperbahn an Stelle unaussprechlicher Wörter und Dinge, für die es überhaupt keine Wörter gab, die aber dennoch existierten, mitten in uns. Hamburg hatte also einen ausgesprochen schlechten Klang in Kreenheinstetten, war eine einzige Hafengegend. Da hätte ich eher noch mit Buxtehude kommen dürfen, das unser Wort für Nicht-Existenz war, für etwas, das es gar nicht gab und von dem man doch wußte; etwas, das es zwar nicht gab, das aber einen Namen hatte.

Aus der zu Hause verbreiteten Langeweile heraus (das Fernsehen hat gar nicht geholfen, nur mittelfristig vielleicht) hat eine meiner Tanten beim Blättern im Postleitzahlenbuch eines Tages Buxtehude entdeckt, ist mit dieser Entdeckung an die Öffentlichkeit gegangen und wollte tatsächlich bei uns zu Hause, die wir geglaubt hatten, daß Buxtehude nur ein Wort sei für das, was es nicht gibt, anerkannt sein. Aber sie hat, wie so oft bei Entdeckungen, keine Anerkennung bekommen und kein Lob geerntet; im Gegenteil, sie mußte sich nun vorwerfen lassen, daß sie etwas zerstört hat, die Illusion, daß es etwas gibt, was es nicht gibt und nie gegeben hat; und außerdem waren wir um einen Traum ärmer, wir, die wir doch ohnehin so gut wie überhaupt nicht träumten. Da hatte nun eine Frau eine Entdeckung gemacht, und sie wurde noch weniger anerkannt als die Männer: sie wurde ausgelacht wie Kolumbus, als er das erste Mal mit seinem Amerika kam.

Ich hatte bei meiner Frau entdeckt, daß sie nun für Schröder war, wie gesagt, und ich hatte geglaubt, sie wäre für mich. Dennoch liebte ich sie auch den Wahlkampf über, allerdings nur zwei- bis dreimal in der kompletten Wahlkampfzeit. Wahrscheinlich hat sie dabei an Schröder gedacht, während ich mich (an ihr) abmühte. Die Wahlkampfzeit war unsere bis dahin größte Ehekrise, weil sie statt an mich an Schröder dachte. Und ich habe denselben Fehler gemacht, der entscheidend zur Ehekrise beitrug: auch ich dachte an Schröder, und nicht an mich. Es war keine Liebe mehr (möglich).

Meine Frau, die auch manchen Abend mit dem Blättern im Postleitzahlenbuch bestritt auf der Suche nach ungewöhnlichen Orten und Namen auf der Welt, hat mitten im Wahlkampf, d. h. mitten in meinem Bemühen, ihr zu verdeutlichen, was Liebe ist, versehentlich den Namen ‚Gerhard‘ wie ein neues Wort für Sehnsucht ausgesprochen. Nun heiße ich zum Glück nicht Gerhard, zum Glück muß ich nicht mit diesem Namen herumlaufen, aber ich weiß nun auch, was in meiner Frau in der Wahlkampfzeit vorging, d. h. ich hatte eine Ahnung davon, was in dieser Zeit in ihr vorgegangen sein muß. Sie hatte die Augen geschlossen dabei. Vielleicht nur, um besser träumen zu können. Es war im Darkroom unserer Liebe. Es stimmt schon: Ich habe ihr seit meiner Beurlaubung aus dem höheren Schuldienst, und erst recht zuvor als Geschichtslehrer, nicht viel bieten können. Kurz nach der Wahl ist sie aber wieder von Schröder abgefallen. Vielleicht schon im Augenblick, als Adrian aus unserem Gästeappartement herauskam und sich vor ihr zum erstenmal aufstellte. Vielleicht war sie ja tatsächlich nur politisch für Schröder und hat nur gehofft, daß nun vieles, wenn auch nicht alles, besser würde. Dabei ist für sie politisch und auch sonst, auch finanziell, nichts anderes dabei herausgekommen als eine zusätzliche Krise, eine Finanzkrise, ausgelöst schon durch eine drohende Steuer- und Gesundheitsreform.

Es ist, für uns, nicht viel anderes als Bantle herausgekommen, der Sparkassendirektor, der in den Tagen nach der Wahl jeden Morgen anrief und sich erkundigte, ob wir das (auch von ihm sogenannte) Zahlungsziel einhalten könnten. Er hatte Angst, daß sein Abschreibungsmodell in Apolda, das er uns aufgeschwatzt hatte, auflaufen könnte. Vielleicht schon vom ersten Tag an, als Adrian ins Haus kam, ist sie von Schröder abgefallen, noch bevor der eigentliche Wahlkampf begann, und ich war umsonst eifersüchtig auf diesen Menschen gewesen, dem die Bewunderung meiner Frau galt. Nach Adrian habe ich sie nie gefragt, wir haben darüber nie gesprochen, ich habe nie fragen können: ,Wie findest du ihn?' – und sie mich auch nicht. Dafür regte sie recht bald an, ich solle doch einmal zu Nillius gehen und mit ihm alles besprechen. Was ,alles' war, sagte sie mir nicht. Er galt als einer der besten Therapeuten zwischen Wien und New York.

In der Zeit zwischen Weihnachten und Neujahr saßen Gabi, Adrian und ich beim Monopoly-Spiel, das ich mir aus alter Anhänglichkeit an meine schönste Zeit (die am Tag, da ich das erste Haar im sogenannten Intimbereich entdeckte, wohl zu

Ende war) von Gabi gewünscht hatte. Man weiß ja nicht mehr, was man sich schenken soll, wir hatten und haben so gut wie alles, also besann ich mich wieder auf das Monopoly-Spielen von einst, als ich ganze Imperien aufbaute. Ich saß mit meinem neuen Pullover, den ich von Adrian geschenkt bekommen hatte, Gabi saß mit ihrem neuen Pepitasakko von Escada und einer wirklich schönen Perlenkette, die von Adrian war, in unserer Kamin-Lobby bei offenem Feuer, als ich die Karte: ‚Sie haben in einem Schönheitswettbewerb 200 Mark gewonnen!‘ zog. Es war eine Karte, die mir immer schon, schon vor der Geschlechtsreife, weh getan hatte. Eigentlich war nur die Lichtenberg-Karte im Ratespiel ‚Große Persönlichkeiten‘ damit an Peinlichkeit zu vergleichen. Da mußte man die Größe (1,45 m), die besonderen Merkmale (Buckel) und die Hauptwerke (‚Sudelbücher‘) bekanntgeben. Gut, Lichtenberg, der zwar nur ein Meter fünfundvierzig maß, dafür aber einen Buckel hatte, habe ich trotz allem immer bewundert, und da ziehe ich die Schönheitswettbewerbkarte und muß sie selbst vorlesen und hören, wie Adrian ‚Das ist aber für den Pullover! That's for your pullover!‘ sagt, wir wechselten bald ins Amerikanische, da sein Deutsch von zu vielen Balkanismen geprägt war, wie mir schien, und er, zusammen mit Gabi in ein alles verneinendes Gelächter ausbricht. Ich hatte ohnehin mit diesem Gelächter gerechnet, sobald ich meinen Gewinn bekanntgeben würde. Jedoch nicht mit diesem alles zerstörenden Satz. Ich kannte ihn nämlich schon. Denn als ich *damals* zwischen Weihnachten und Neujahr mit meinen Freunden Hugo, Rosemarie und Rudi, Peter und Anton am Stephanstag Monopoly spielte, das als Hauptgeschenk unter dem Christbaum gelegen hatte, und ich weiß nicht, ob ich mich über ein Geschenk oder Spiel jemals mehr gefreut habe, und ich außerdem in meinem neuen von der Tante gestrickten Pullover (allerdings in den schönsten Farben) schwarzrotgelb in der Stube saß, hörte ich von Hugo dieselbe Antwort. Ich las, weil ich den Satz noch nicht kannte, und vielleicht auch, weil ich aus Kreenheinstetten kam und im Hochdeutschen vielleicht noch zögerlich, aber vielleicht auch nur, weil ich noch nicht so gut lesen konnte: ‚Sie haben in einem Schönheitswettbewerb gewonnen.‘ Und alle lachten, vielleicht wegen des Satzes, vielleicht auch, weil er so hochdeutsch und unerwartet war, vielleicht nur wegen mir. Außer Rosemarie und mir haben alle gelacht. Rosemarie, die mich damals schon liebte, hat nicht gelacht. Und ich, die ich sie damals auch liebte, habe auch nicht gelacht, dafür aber Rosemarie um so mehr geliebt. Hugo hat in das Gelächter hinein (wir lachten kreenheinstetterisch, so wie wir kreenheinstetterisch sprachen, beides von Haus aus recht unflätig) diesen Satz gesagt, den mir Adrian fast dreißig Jahre später auf Englisch offerierte. Adrian auf englisch, Hugo auf kreenheinstetterisch: ‚Dees ischd abrr firr de Pullloobrr!‘ Ich war also in dreißig Jahren nicht vorangekommen, und die Welt auch nicht. Dieselbe Antwort auf meine Existenz hatte ich von der Welt mit 12 und mit 42 Jahren erhalten, das sprach nicht für die Weiterentwicklung des Menschen. Hugo, er lebt immer noch, ich habe ihn wenig später bei einer Beerdigung getroffen, endete als begnadeter Witze-Erzähler.

Ich las, daß in Japan die Frau eines Gefangenen, der kurz nach Mitternacht hingerichtet wurde, vom Gefängnisdirektor einen äußerst höflichen Brief erhält, in dem zu lesen ist: ‚Verehrte Frau Oshima! Wir haben uns entschlossen, uns von Herrn

Noboru Oshima zu trennen. – Hochachtungsvoll Sonyi, Stellvertreter seiner Majestät im Haus zur Vervollkommnung des Menschen zu Nagasaki.' – Ich gehe davon aus, daß die Frau unglücklich war über dieses Schreiben und daß sie, wie in Japan üblich, aber doch in den Tagen nach diesem Brief hinausmußte, um öffentlich zu weinen, und auch, um sich beim Kaiser für das Verbrechen ihres Mannes zu entschuldigen, und sich öffentlich unter Tränen dafür bedanken, daß die unaussprechliche Majestät veranlaßt hatte, daß sich Japan von diesem Menschen getrennt hat. – Dagegen war unsere Ehe ein Kinderspiel. Eine Krise, gewiß, Dauerkrise, die Ehe war ohnehin eine krisengeschüttelte Branche, die krisengeschüttelte Branche schlechthin, so daß wir uns an der allgemeinen Entwicklung immer wieder aufrichteten und, paradox gesagt, unsere Hoffnung im kleinen aus dem allgemeinen Niedergang dieser Institution bezogen. Wir bezogen unsere Hoffnung aus der Vermutung, daß es im Grunde überall so sei wie bei uns. Ja, wir glaubten, unsere Ehe sei geradezu typisch für unsere Zeit und Welt. Adrian! Zunächst hatte es so ausgesehen, daß wir drei zu einer Art Sandwich werden könnten, wie wir das auch in befreundeten Ehen kannten. Eine Ehe auf Sandwich-Basis. Zwar hat Gabi versucht, und es auch geschafft, daß ich einen sogenannten Ehe-Therapeuten aufsuchte (davon später ausführlich). Dabei hätte ich sie ebensogut zu Nillius schicken können oder müssen.

Warum ich! Wenn schon, da hätten wir beide hinmüssen, vielleicht sogar zusammen irgendwo einen Partnerschaftskurs machen. Nillius war ein Psychiater der alten und doch längst überholten Freud-Schule. Er sah in meiner Liebe eine Krankheit. Er wollte sie mit Elektroschocks und Freud austreiben. Ja, auch mit Elektroschocks, deren Ansehen in letzter Zeit unter den Psychiatern wieder hinzugewonnen hat, und immer noch mit Freud, der doch längst in allem widerlegt ist, was die Liebe angeht. Während Gabi ihre Liebe wohl für ‚normal' hielt.

Adrian hatte uns auf die Idee gebracht, zu unserem 20. Hochzeitstag gemeinsam von Köln aus nach Überlingen, dem Schauplatz unserer Hochzeit und Hochzeitsnacht, zu fahren. Ins selbe Hotel, ins selbe Zimmer – aber wir bestanden darauf, daß Adrian uns begleiten sollte. Wenn schon, dann wollten wir nur mit ihm in diesen Ort am Bodensee, der schon, wie sich das Hochzeitspaar von einst erinnert, selbst für ein Hochzeitspaar schwer zu ertragen war. Die Zimmer wurden gebucht, das Zimmer Adrians mußte auf demselben Stock des Grandhotels liegen. Schröder war längst vergessen, und dann saßen wir halt in unserem Erkerzimmer auf der Beletage, und Adrian machte sich sogleich lustig über unser Bett, das Hochzeitsbett, nun ein Wasserbett, wie er sogleich fachmännisch erkannt hatte.
Das Grandhotel ist auch nicht mehr, was es einmal war. Im Aufzug fragte mich ein Inder, was das für eine Sprache sei, die wir (meine Frau und ich) sprachen. ‚Das ist Deutsch!' sagte ich ihm (auf englisch). Und woher er komme? Aus Delhi, sagte er. Ah, Suaheli, sagte ich. Nein, Hindi, sagte er. Ich: Das ist gewiß auch eine schöne Sprache. Und ich bat ihn, ein paar Sätze in seiner Sprache zu sagen. Er kam meiner Bitte nicht nach, was ich verstand. Denn mir war eingefallen, daß ich in Hamburg der Bitte, einen Satz auf kreenheinstetterisch zu sagen, auch nicht nachgekommen bin. Sie hielten mich nämlich aufgrund meiner Aussprache für einen Ausländer, weil sie Sprache und

Aussprache verwechselten und beides, wie fast überall in Deutschland, nicht unterscheiden konnten. In Hamburg, bei meinen Schwiegereltern und deren Freunden, überlegte ich ernsthaft, auf englisch umzusteigen, um der Befremdung zu entgehen und Kreenheinstetten in die Schweiz zu verlegen, ‚black forest, Switzerland' zu sagen.

Immer noch standen die zwei Volieren in der Halle und auch Herr Buzzi an der Rezeption, der die vergangenen 20 Jahre, – statistisch gesehen – 7,9 Schweine, 198 Hähnchen, 11 256 Liter Rotwein etc. verzehrt und knapp über 3000 Mal geliebt hat (wobei ich nicht weiß, wen). Er erkannte uns und sprach uns mit Namen an. Buzzi hat sehr nachgelassen, dachte ich. Damals hatte er noch das gewisse Etwas (in der südlichen Variante), nun hatte er das gewisse Nichts.

Meine Frau, die selbst schwarzhaarig ist, was im Norden viel häufiger vorkommt als zu vermuten, wollte mit mir, von Haus aus blond, manches Mal einen Haarfarben-Streit beginnen, mich in einen Streit über die Menschen und die Welt hineinziehen, indem sie behauptete, die schwarzen Haare seien das schönste auf der Welt.

Vielleicht dachte sie insgeheim anders, schließlich hat sie damals *mich* genommen, mich unbedingt haben wollen: und ich sie auch. Gewiß liebte ich schwarz als Haarfarbe ganz besonders, ich mußte aber meiner Frau, noch im Aufzug, sagen, daß fast die ganze Welt schwarz sei, was die Haarfarbe betreffe, und ich zählte auf: ganz Asien, China und Indien, dazu Afrika, Ozeanien und große Teile Amerikas, alle Afro- und Indianer-Amerikaner. Auch Europa, sagte ich, ist leider – was die Haarfarbe angeht – schwarz, sagte ich. Worauf sie, wie oftmals geschehen, wenn sie nicht weiterwußte, mir einfach die Zunge herausstreckte. Dann waren wir schon wieder in der Lobby, wo wir mit ‚Frau Doktor, Herr Doktor!‘ weiterkomplimentiert wurden.

Dabei fällt mir ein: Ich habe seit Jahren keinen Menschen mehr gesehen, der mir die Zunge herausstreckte, nicht einmal ein Kind. Nicht einmal in einem Film. Dieses Lebenszeichen muß doch sehr aus der Mode gekommen sein. Und den Vogel gezeigt hat mir auch niemand, vielleicht aus Rücksicht, was ich nun schon wieder bedenklich finde.

Volieren, runde Volieren, nun aber mit kleinen gelben Vögeln aus Plastik, und Flügeln aus gelbem Polyester, die freilich nicht mehr flogen oder immer nur an derselben Stelle im Fliegen festgehalten wurden an nicht sichtbaren Fäden aus Zahnseide. Vielleicht hat sich Animal Peace eingeschaltet, vielleicht war es nur die Artenschutzbehörde. Vielleicht war es nur der vorauseilende Gehorsam der Direktion. NICHT MAL EIN ausgestopfter Papagei war mehr möglich, das konnte sich das Grandhotel nicht erlauben, auch wenn solche Gäste, die sich daran gestoßen hätten, gar nicht kamen. Das Gezwitscher kam nun vom Band. Ich akzeptierte diese Lösung, und doch: Selbst diese Volieren waren nicht mehr das, was sie einmal waren. Auch waren die schönen Jugendstilvolieren rund, was lebende Kanarienvögel ohnehin in den Wahnsinn getrieben hätte oder in den Wahnsinn getrieben hat. Sie hätten die Orientierung völlig verloren wie jener Fisch in einem runden Behältnis aus Glas vor dem Kratersee von Santorin auf dem Foto von Herbert List, das heute verboten wäre, das heute nichts wäre als eine mediterrane Herzlosigkeit dem Fischleben gegenüber, schlimmer als Descartes. Es war ein Fisch, der damals noch lebte, als er fotografiert wurde, und nach der Aufnahme womöglich einfach weggeschüttet wurde, was weiß denn ich.

Buzzi hat freilich sogleich gesehen, daß wir (meine Frau und ich) sehr nachgelassen hatten. Irgend etwas war aus uns (Buzzi, meiner Frau und mir) verschwunden, was dingfest zu machen, ja, sichtbar und klar, geradezu einleuchtend war, aber nicht gesagt werden konnte. Es war ein Schatten, der einleuchtete. Wir (meine Frau, Buzzi, ich) waren Schatten, die einleuchteten. Dennoch gab es immer noch Frauen, die mich geliebt hätten, so wie ich war oder geworden war: ein Mann im besten Alter.

‚Überlingen ist nicht mehr das, was es einmal war‘, hatte sich Gabi schon bei der Einfahrt Adrian gegenüber entschuldigt, dem sie als Verliebte Rechenschaft schuldig zu sein glaubte, wie für jede Panne im Leben, für jede Abträglichkeit des Alltags, wie sie das bei mir ganz zu Beginn auch einmal gehalten hatte. ‚Das Grandhotel ist auch nicht mehr das‘ hatte sie ihm schon in der Halle zugeflüstert und sich anschließend bei der Zimmerbesichtigung bei ihm entschuldigt, daß die Minibar (die es damals noch gar nicht gab) nur über fünf verschiedene Whisky-Sorten verfügte, und dann bei unserem Begrüßungsdrink, als Adrian eine Andeutung von Gleichgültigkeit der Flasche Heidsieck gegenüber zeigte, beim Anflug von Verächtlichkeit sogleich entschied: ‚Schütten wir ihn weg!‘ – Das Zimmer hatte nun ein Wasserbett, war aber das alte geblieben, im Gegensatz zu mir und ihr: Wir waren nicht die alten geblieben. Meine Frau hatte sich wohl wieder einmal längst mit mir abgefunden, unbeschadet der institutionalisierten Ehekrise. Sie mußte mich in Kauf nehmen, damit sie Adrian haben konnte. Unserer Gesellschaft gegenüber und auch mir gegenüber, der, was seine

Frau angeht, immer nur auf Vermutungen angewiesen war. Sie hat mir ja nie ins Gesicht gesagt, daß sie ihn liebt oder nicht. Früher wollte ich das noch wissen. Ich wollte das eigentlich mein Leben lang wissen, habe aber nicht mehr danach gefragt. Nie mehr habe ich einem Menschen eine der dümmsten und dringendsten Fragen gestellt, die es gibt auf der Welt, also nie mehr gefragt: ‚Liebst du mich?‘ – Ich habe auch meiner Frau einmal ganz am Anfang, als sie mich gewiß noch liebte, als darüber nicht der geringste Zweifel bestehen konnte und die Lieblosigkeit Lichtjahre von uns entfernt war, diese Frage gestellt: ‚Liebst du mich?‘ – Und sie hat dann, von heute aus gedacht, eine subtile, gleichzeitig geistreiche, ja, unerwartet wahre Antwort gefunden: ‚Bevor du mich gefragt hast, wußte ich es noch.‘ Ich war gerührt über so viel historische Präsenz. Der Satz erinnerte an die Confessiones des Augustinus. Aber vielleicht hat sie ihn, diesen Satz, auch nur in einem Liebesfilmdialog aufgeschnappt, und ebenso zu mir und dann zum Fenster hinausgeschaut, wie im Film, irgendwohin in die Ferne.

Sie hatte sich also längst wieder einmal mit mir abgefunden, also schlug ich noch einen kleinen Abendspaziergang zu dritt bis zur Konzertmuschel vor. Nicht der an sich belanglosen Konzertmuschel wegen, wenn sich auch noch mit dem kleinsten Detail unserer einstigen Liebe Erinnerungen verbanden, so war die an sich unbedeutende Konzertmuschel, die als eine der schönsten von ganz Europa galt, Auslöserin von Erinnerung.

‚Armes Überlingen!‘ sagte Gabi, auch um sich bei Adrian zu entschuldigen. Wir mußten ihm Überlingen, von dem wir so viel gesprochen hatten, irgendwie erklären und standen nun vor einem Rätsel wie vor einem Freund, den man gepriesen hat, den man nicht mehr kannte, und der nun vor einem steht wie eine Vogelscheuche, mit der man Mitleid hat.

Adrian ging gelangweilt neben uns her. ‚Armes Überlingen!‘ Gabi meinte nun wohl die Pauschaltouristen. ‚Alle mit der DB angereist‘. – Hat Überlingen einen Bahnhof? fragte er. Wir waren noch nicht beim Kiosk von Ernst Jüngers Schwägerin angekommen, als Adrian ausscherte und sich auf unbestimmte Zeit von uns absetzte. Er sagte, er wolle ins Hotel zurückgehen. Schon nach fünf Minuten sagte Gabi, sie habe Angst.

Es könnte ihm etwas passiert sein. Ich hatte dieselbe Angst, sagte es aber nicht.

Wir gingen doch noch weiter. Es war kein einziger Gast aus dem Ausland darunter, auffallend viele ältere alleinreisende Damen aus Norddeutschland, die mir leid taten, denen ich aber auch nicht helfen konnte. Ein Publikum, das anscheinend auf gar nichts mehr wartete, eine typisch norddeutsche Bescheidung und Verdrossenheit. ‚Überlingen ist wieder einmal ein Fehler‘, dachte ich, als ich all dies sah. Der See war freilich so wie immer. Wir näherten uns nun der Konzertmuschel. Der Schautafel im Kurpark hatte ich entnommen, daß bis zum Ende der Saison eine internationale Formation aus Preßburg die beliebten Serenadenkonzerte bestreite. Gabi ereiferte sich derweilen über die Schönheit der Überlinger Konzertmuschel, stellte internationale Vergleiche an und, ich weiß schon, sie wollte mit mir nun einen Streit anfangen, allein deshalb, weil hier alles begonnen hatte und weil Adrian jetzt weg war. Sie hat aus Angst einen Streit mit mir anfangen wollen, aber auch, weil er weg war und ich hier war und wir in Überlingen gelandet waren, einem im Grunde furchtbaren, wenn auch nicht furchterregenden Ort im südlichsten Deutschland, in Sichtweite der Schweizer Grenze. Die Konzertmuschel an der Promenade in Sylt sei die schönste, die sie gesehen habe. – Dann kennst du Bückeburg, Pyrmont und Bocklet nicht, von Baden-Baden ganz zu schweigen. – Ach, das Orchester aus Preßburg saß schon in der Muschel, und das entsprechende Publikum zupfte sich erwartungsvoll auf fünfzehn mager besetzten Reihen verteilt zurecht. ‚Selbst schuld!‘ – Sollen wir uns dazusetzen? Und wir setzten uns in die hinterste Reihe. Bald hörten wir die energisch dirigierte Ouvertüre zum Zigeunerbaron, mit dem auch Carlos Kleiber sein Neujahrskonzert begonnen hatte. Wir waren wegen Kleiber nach Wien geflogen. Wir reisten Kleiber hinterher, das war möglich, weil er pro Jahr nur dreimal dirigierte, davon zweimal den Zigeunerbaron und einmal die Fledermaus (Feldermaus). Dazu kam jedes dritte Jahr Tristan und Isolde. Obwohl wir, was den Zigeunerbaron angeht, doch verwöhnt waren, nickten wir uns zu, die Preßburger hatten sich ganz passabel geschlagen. Dann aber kam das kurze Grußwort des Kurdirektors, das uns beide derart hinabzog, daß wir aufstanden und zu einem der naheliegenden Promenadenbänkchen gingen, zu dem die Musik aus Preßburg hinüberwehte, so daß man noch zuhören, aber auch weghören konnte. Meine Frau hatte sich nun wieder gefangen, schaute auf den See hinaus, ich kannte dieses Hinausschauen, so, als ob sie wieder einmal auf der Südseite ihres Lebens angekommen wäre. Dieser dankbare Feierabend- oder Freizeitblick Gabis, wie aufs Meer hinaus, irgendwie verehrend, von unten nach oben schaute sie in einem 45-Grad-Winkel in die Welt und schloß die Augen dabei.

‚Du mußt etwas für dich tun, Gabi!‘ dachte ich. Das hatte ich schon gedacht, als wir auf der Höhe des Strickwarenkiosks, den die Schwägerin von Ernst Jünger unweit der Schifflände immer noch betrieb, stehen blieben und sie sich über die Art, wie die Auslagen drapiert waren, mokierte. Wie Gabi nun ‚alt-fränkisch' und ‚drapiert' sagte und sich von unten her mit offenem Mund mir zuwandte, sah ich ihr Parodontosegeschädigtes Innenleben, und ich nahm mir fest vor, bald einmal, aber noch nicht heute abend, darüber zu sprechen, daß sie etwas für sich tun müsse. Gabi war schön, war eine schön gewesene Frau, ‚Die Welt war voll von schön gewesenen Frauen' (Arnold Stadler, Feuerland), immer noch; und ich kannte einen guten Zahnarzt in Würzburg, einen der besten überhaupt, zu dem ich meine Frau auf irgendeine Art schleusen mußte, ohne sie zu verletzen.

Die Waschbetonanlage, die das Ufer von Überlingen, ja, Überlingen selbst mittlerweile war, diese Paare in Rudeln, von denen wir ein einziges waren, konnten uns nichts anhaben, so, wie wir nebeneinandersaßen. ‚Hinterlandgesichter' hatte sie geurteilt, aus dem Hinterland des Lebens, da krieg ich eine Gänsehaut, sagte sie. Dann gehen sie hier auf und ab spazieren. Manche schlecken Eis und glauben, sie sind am Meer. Andere staunen nur, wie groß die Welt ist. ‚Sie sehen so aus, als ob sie aus Schwackenreute wären.' Meine Frau kannte Schwackenreute, jenen berühmten Ort an der europäischen Wasserscheide (welcher?), vom Vorbeifahren, Schwackenreute lag auf dem Weg nach Kreenheinstetten, und aus Kreenheinstetten über der Donau stammte ich, aus diesem Orte auf der Höhe, aus der Wirtschaft ‚Zur Traube', dem Geburtshaus von Abraham a Sancta Clara, der mein Ururururgroßonkel war, ohne daß er dies je erfahren hätte. Er endete und starb etwas weiter donauabwärts als Kaiserlicher Hofprediger 1709 in Wien an der

Donau. ‚Ich habe daran gedacht, Kreenheinstetten wieder einmal einen Besuch abzustatten‘, sagte ich salopp, um Gabi gegenüber meine Rührung bei diesem Gedanken zu unterschlagen. ‚Heimwärts ist für mich bergauf‘, so bezog ich einen Dichter in meine Gefühle ein. Zwanzig Jahre war ich nicht ‚zu Hause‘ gewesen, heillos zerstritten mit meinem nichtsnutzigen Bruder, der unter dem Vorwand, unser altes Haus, unsere ‚Traube‘ zu übernehmen, dasselbe an sich riß und es schon drei Jahre später verscherbelte, um sich mit dem Geld in eine Anlage bei Alicante einzukaufen, wo er wohl noch lebte. Ich konnte auch jetzt nicht fahren, obwohl *das Ganze* (Kreenheinstetten, die ersten zwanzig Jahre) nur eine halbe Stunde von Überlingen entfernt lag.

‚Sie sind nicht aus Schwackenreute!‘ Soviel wußte ich, den Schwackenreuter Klang noch im Ohr. Sind sie mit dem Fahrrad oder mit dem Traktor gekommen? Doch ich fürchte, sie alle waren mit ihren Geländefahrzeugen gekommen, und Gabi, die ich bat, mit ihren Vorurteilen zu sparen, hatte wohl recht. Wer hat heute schon noch einen Traktor! Da geht der Kulturamtsleiter mit seinem Freund! hörte ich vom Nachbarbänkchen. Der eine sah aus wie der evangelische Pfarrer von Hausen im Wiesental, auch kein erfreulicher Anblick.

Vom ersten Schmerz im Freien, noch im Kreißsaal, vom ersten Nadelstich, jener Beruhigungsspritze, die ich, wie man mir sagte, wenige Minuten nachdem ich angekommen war, verabreicht bekam, weil ich nicht zu schreien aufhörte, wußte ich längst nichts mehr. Ich schlief ein, und alles war vorerst vergessen, wenn jene Spritze auch eine Impfung fürs Leben, ein Anfang, der sich festgefressen hat, gewesen sein mag. – Es war ein Fehler, daß wir Adrian nach Überlingen mitgenommen hatten, zu unserem Hochzeitstag, noch eine Torheit, dachte ich. Gabi dachte dies wohl auch. Er langweilte sich ganz offensichtlich, vor allem mit uns. Wir aber hatten, da er nicht zwischen uns auf der Bank saß, Angst um sein Leben. Sagten es aber nicht. Obwohl wir ja praktisch nur für ein verlängertes Wochenende nach Überlingen gefahren waren, wurde die Programmgestaltung zu einem Problem. Bei aller vermuteten Liebe wußte selbst meine Frau nicht, was wir noch machen, was wir ihm noch zeigen sollten. Torkelkeller, Mainau etc. hatten wir schon besichtigt. Adrian langweilte sich, was wir beide verstanden, Gabi vielleicht noch etwas mehr als ich. Als wir am zweiten Tag noch einen Spaziergang bis zum Strandkiosk von Ernst Jüngers Schwägerin vorschlugen, sagte er, den kenne er schon, und er meinte, den Bodensee, er habe diesen See doch schon gesehen. Er müsse doch nicht zweimal dahin. Und in die nahen Alpen wollte er auch nicht. Sie hätten Berge zu Hause. Die Berge kenne er schon. Es war also nicht ganz einfach für uns, bei aller Liebe gesagt.

Zum Abendessen war er wieder da.
Wir waren gerettet.

Gabrieles Eltern kamen damals bei mir angefahren, noch kurz vor der Hochzeit, und wollten ihre Tochter noch ein letztes Mal mit einem Geldkoffer (voll Geld) von mir freikaufen. Sie dachten, eine angehende Chirurgin habe es nicht verdient, mit mir zusammenzusein. Die Aussicht, daß die einzige Tochter einer angeblich bedeutenden Import-Export-Firma ihr Leben mit einem zukünftigen Geschichtslehrer teilen müsse, kränkte sie; und daß sie ihr Leben nach den Ferienzeiten und Gewohnheiten eines Lehrers ausrichten müsse, der, wie sie glaubten, nicht einmal richtig deutsch sprechen konnte, zog sie hinab. Und auch die Tatsache, daß ich vom Land stammte, aus einem Ort, der in Hamburg völlig unbekannt war, dazu lächerlich klang. Aus einem Haus, unter einem Dach mit zweihundert Schweinen großgeworden und einem wohl geistesgestörten Bruder: ein einziger Schmerz, ein Grund-Riß. So erzählten sie in der Hamburger Gesellschaft, Gabriele heirate einen Magnaten vom Bodensee. Dabei galten wir schon am Bodensee als Waldmenschen, bornesisch: Orang-Utan. Es waren zwei Welten, die bei unserer Hochzeit in der Wallfahrtskirche Birnau zusammenstießen.

Die Rede, die mein Schwiegervater gehalten hat, war wohl einem sogenannten Musterbuch entnommen. Er hat die Rede beim Mittagessen und auch die Damenrede im Musterbuch ‚Der Festredner' gefunden. Er hat damit meine Kreenheinstetter beeindruckt, weil man das Institut der Tischreden nicht kannte; andererseits nicht allzusehr beeindruckt, denn in Kreenheinstetten war man, was Reden anging, verwöhnt. Schließlich stammte der größte Redner des 17. Jahrhunderts aus unserem Dorf, ja, unserem Haus: wir alle waren Nachkommen von Abraham a Sancta Clara, wenn auch aus einer Seitenlinie, der Mönch starb, soweit bekannt ist, kinderlos. Dagegen konnte ein aus Hamburg dahergelaufener Import-Export-Kaufmann nichts ausrichten. Immer war ein Lächeln dabei, wie beim Präsidenten der USA. Immer hat er seine Zähne gezeigt und dabei abwechselnd der Tischgesellschaft fest ins Gesicht geschaut: die amerikanische Strategie des Geschäftsgesprächs. Gabi hat sich aber für nichts in der Welt von mir abbringen lassen. Sie hat mich wohl geliebt. Zurückgestuft wurde sie zwar, doch keineswegs enterbt. Ihre Mutter hat lediglich etwas länger den Schmuck zurückgehalten, angeblich Familienschmuck. Vielleicht stammte er von Hauswedell und Nolte oder sonst einem Hamburger Pfand- oder Auktionshaus. Vielleicht gab es Geheimabsprachen und Szenen, ich habe nichts davon mitbekommen, was meine Schwiegermutter angeht. Meine Schwiegermutter hat immer gelächelt, solange sie mit mir zusammen war, ich hätte ihr gern mal eine Ohrfeige gegeben dafür. Sie aber hat zeitlebens weitergelächelt. Mich machten diese Feinheiten verrückt, auch neidisch. Denn bei uns zu Hause wurde ständig gestritten. Ich liebte den Streit, ich brauchte die Widerworte. Das hielt mich am Leben, während mich dieses Lächeln und diese gleichbleibende Stimme empörten, wie auch diese lächerlichen norddeutschen Tischsitten und Tischreden, diese kleinen Feinheiten, die uns gesagt wurden. Diese drei Personen, die da aus Hamburg angereist waren, beherrschten das Fest; und zwar mehr noch die unvermeidlichen Eltern als die Braut, deren Liebe mich über Wasser hielt. ‚Habt Ihr denn keine Verwandten?‘ – Gewiß, der Onkel mit der Fischfabrik in Eckernförde, Tante Mausi, die angeblich Anteile an der Spielbank in Bad Pyrmont hatte. Dann Trixi, die irgendwie bei Marbella lebte. So fein war diese Seite nun auch wieder nicht. Das habe ich Gabi von Anfang an gesagt: Gibt es denn bei euch nichts Geistiges, keinen einzigen Universitätsprofessor? Und auch das wußte ich: Von einem Stammbaum wollte die Familie meiner Frau nichts wissen. Das Wort ‚Stammbaum‘ durfte nicht fallen, da wurden sie ungemütlich, ich weiß auch, warum: Schon von den vier Urgroßelternpärchen hat Gabi nicht einmal die Namen zusammenbringen können, geschweige denn die Orte, wo diese Menschen gelebt hatten, im Gegensatz zu uns, die wir wußten, wo wir lebten und gelebt hatten oder nicht, und die wir bis über Abraham hinaus komplett waren. Es mag schon sein, daß Tante Elida (eigentlich: Erika) Hauptaktionärin von Beck's Bier war; mag sein, daß Mausi vom Volk bewundert wurde, weil sie niemals irgend etwas gearbeitet hat; und dasselbe Volk stand an der Absperrung, wenn Mausi zusammen mit dem schwulen Onkel Eduard, der mit seinen beiden marokkanischen Freunden aus Argentinien angereist kam, die Festspieltreppe hinaufstieg. Es mag schon sein, daß sie die Fürstin Sayn mit ihrem ‚ich fe-reue mich' in althabsburgischem Akzent begrüßt hat. Und sie mit Vornamen ansprach. Gut, die dreifache Perlenkette mit den Smaragd-Inlays hätte den Haushalt einer Bananenrepublik bestritten. Dafür machte ich Gabi nie verantwortlich. Sie hat mir das sogenannte Ja-Wort gegeben und hat es eine ganze Zeit ernst gemeint. – Nach zwanzig Jahren wieder auf der Birnau-Terrasse stehend: so war es. Für mich war dieser Auftritt in der Birnau (vor zwanzig Jahren) ein enormer Prestigegewinn, gerade bei den Kreenheinstettern, die ‚recht zahlreich erschienen' waren, während ja aus Hamburg nur drei Personen, einschließlich der für diese Hochzeit unvermeidlichen Braut, gekommen waren.

Besonders beeindruckte, daß das Brautpaar mit den Brauteltern in einem Hubschrauber angeflogen kam wie ein Lokalpolitiker, der in der nächstbesten Wiese landet. Auf dem Hubschrauber hatte ich bestanden: man mußte die Kreenheinstetter zurechtweisen, auch die Verwandten. Wir hätten auch mit dem Schiff anlanden können, was aber weniger wirkungsvoll gewesen wäre. Also der Hubschrauber. Die sogenannten Zaungäste haben geklatscht, als wir ausstiegen. Es regnete. Die Zuschauer standen in ihren Regenhexen herum, bis sie in der Kirche verschwanden. Der Priester war, wie mein Schwiegervater meinte, für zwei Stunden gemietet. Wir sagten ja, Gabriele war eigens wegen der Heirat in dieser Kirche und meinetwegen katholisch geworden.

Gabi träumte lange Zeit davon, mir einen Stammhalter zu schenken. Dieses Geschenk wollte ich nicht. ‚Nein, bitte keinen Stammhalter!‘ flehte ich meine Frau an. ‚Warum denn nicht?‘ fragte sie kopfschüttelnd und eingeschnappt. ‚Laß das mal die anderen machen! – Es gibt doch schon genügend Stammhalter, oder nicht?‘ Ich habe mir für mein Leben nicht viel vorgenommen, aber soviel weiß ich, wußte ich: Für meine Person wollte ich keinen sogenannten Stammhalter. Damit sie nachher auf dem Kindergeburtstag streiten und Krieg spielen und sich umbringen wollen? Das hatte ich doch alles mit eigenen Augen im Nachbargarten gesehen: Kaum war das ‚happy birthday‘, das deutsche Geburtstagslied schlechthin, verklungen, hatten sich zwanzig Neunjährige in Mannschaften aufgestellt und gingen aufeinander los. Die Eltern glaubten, das sei ein Spiel. Dabei fehlte nicht viel, und sie hätten sich umgebracht. Es gab niemanden, der ihnen dieses Spiel beigebracht hätte. Sie sind von selbst draufgekommen. Es sah zeitweise nach Krieg aus. Die Mädchen waren übrigens in der Überzahl. ‚Gehen Sie mir mit Ihren Kindern!‘ mußte ich als Geschichtslehrer manches Mal sagen. – Es war ja nur ein Rest, eine traurige Elite, die da im Garten wütete. Unter diesen Kindern humpelte kein einziges und war keines, das einen sichtbaren Dachschaden gehabt hätte. Das verdankten wir der Präventivmedizin, ein Wort, das von Präventivschlag abgeleitet ist. Die Segnungen der Präventivmedizin haben dazu geführt, daß heute nur gesunde Kinder auf den Geburtstagen erscheinen, nur gesunde Kinder in die Gärten drängen, wo sie Krieg spielen und sich gegenseitig umbringen wollen.

Also keinen Stammhalter, Gabi.

Da haben wir uns zum ersten Mal auseinandergelebt. Sie wollte mir bald nach der Hochzeit einen Stammhalter schenken, und ich habe dieses hochherzige Geschenkangebot einfach abgelehnt.

Zum Aperitif gingen Gabi und ich voller Hoffnung, fast wie vor zwanzig Jahren, zumal wir in der Bar mit Adrian verabredet waren.

Ich hatte mir vorgenommen, heute einmal den beiden von mir zu erzählen, von früher, ihnen zu sagen, wie es war. Ich dachte, wann, wenn nicht heute. – Gewiß war auch Alkohol im Spiel. Ja, wir waren am 20. Hochzeitstag immer noch voller Hoffnung, wenn auch aus anderen Gründen.

Das sage ich als Historiker.

Doch schon beim Aperitif unter der ‚Wurstdose‘ von Mimi Palladino war die Euphorie wie weggeblasen. Ich fragte Adrian, ob er das Wort ‚Wurstsalat‘ kenne, worauf ich keine Antwort bekam. Meine Frau verdrehte die Augen. So saßen wir uns noch eine Weile gegenüber und rührten im Glas mit einem giraffenartigen, roten Löffel, der eßbar aussah, aber nicht eßbar war, und tranken, bis die Gläser leer waren. Und da niemand etwas sagte, sagte ich: ‚Gehen wir so ganz langsam zum Essen hinüber.‘ – Er habe keinen Hunger, hörten wir nun. Er wolle noch Freunde treffen und wünsche uns einen schönen Abend, stand auf und ging. Da blieb uns gar nichts anderes übrig, als uns allein auf den Weg zum Speisesaal zu machen, Arm in Arm. Doch kurz nachdem er unwiderruflich zu dieser Tür hinaus war, schlug der Zorn in Angst um, und Gabi machte mich für alles verantwortlich, konnte es aber nicht sagen; und auch ich wünschte mir, daß eine der meterhohen Vasen, die in der Oktogon-Galerie, wie mir schien, nicht recht verankert waren, im richtigen Augenblick auf sie herunterfiele und sie tötete, zur Strafe für alles, und mich auch, zur Strafe für meinen bösen Wunsch, damit alles vorbei wäre. Doch dieser Wunsch ging nicht in Erfüllung. Wir mußten hinein und einen 20. Hochzeitstag überstehen.

Ich vergaß mich, ich erinnerte mich

Unser Dreiertisch! – Der Unterkellner hat das dritte Gedeck, zusammen mit dem Überraschungspräsent, diskret weggeräumt. Einmal im Leben das Leben erzählen?

Wir gingen mit erhöhter Pulsfrequenz und schweren Herzens zum Diner hinüber. Alles erzählen, das heißt: das wenige, das mir noch geblieben war von allem. Kurz: Es handelte sich bei diesem Nachlaß hauptsächlich um Erinnerungen, nicht katalogisierte Erinnerungen an alles, um Fragmente von allem, um die Unregelmäßigkeiten im Teppich, um einen besonders wertvollen, handgeknüpften Teppich, ob sie wollte oder nicht. Ich bitte dich! Gabriele, hörst du mir zu? Kannst du mir zuhören? Lauser hatte schon eine Flasche Heidsieck kaltstellen lassen, wie ich von weitem sah, als wir Arm-in-Arm auf unseren, immer selben Tisch in der vom Pariser Belle-époque-Architekten Garnier entworfenen Speisehalle zugingen. Und ich sah noch mehr: Da hatte sich die gesamte Speisesaalbesatzung aufgestellt, angeführt vom Direktor mit dem etwas grob geschnittenen Gesicht und seiner Frau, zwanzig Personen in einem Spalier: und da mußten wir hindurch, während sie klatschten. Und obwohl die anderen Gäste gar nicht wußten, warum geklatscht wurde, fielen sie in dieses Klatschen ein, wie auch sonst. Eigentlich wußten nur Lauser und seine Mannschaft Bescheid, der sich vom Haus-Chronisten, dem seit Anfang unermüdlichen Chef der Rezeption, wie Lauser sagte, Herrn Buzzi, hatte alles sagen lassen: Heute vor zwanzig Jahren war das gesamte Hotel voller Hochzeitsgäste gewesen, nun waren wir allein, und wurden auch noch fotografiert: Von Amerika her hatte es sich eingeschlichen, daß auch in den feinsten Hotels bis zu den Büffets hin alles auch noch fotografiert wurde, wie zum Beweis: die amerikanische Form von Geschichtsbewältigung. Ich aber setzte mich, vielleicht errötet, an den freesiengeschmückten Dreiertisch. Mag sein, daß dieser starke, im Krankenhaus verbotene Duft alles ausgelöst hat.

Die Stromableserin

Rosemarie Schwichtenberg war ein Flüchtlingskind, mir voraus an Jahren, erklärte ich nun, das war eine damals uneinholbare Überlegenheit. Dazu fällt mir ein Kartoffelkeller im Oberdorf ein. Kaum Licht: noch ein Ort, wo wir Doktor spielten. Auch waren wir zusammen im Kirchenchor. (Obwohl sie evangelisch war. Sie wollte einfach mitsingen.)

Bei ‚Kirchenchor' zuckte Gabriele zusammen, erst recht bei ‚Kirchenchorausflug', vor allem wegen der Nachbartische. Aber ich hatte mir vorgenommen, Gabriele vom Einsteigen in den Bus an alles zu erzählen, ja, vielleicht sogar zu erklären, vom Einsammeln der Ausflügler um 5.30 Uhr an der Molkerei im Unterdorf an, alles. Und wie wir dann ins Oberdorf und ins Hinterdorf fuhren; und daß die Kühe schon gemolken waren und daß schon gemistet war, und daß das Stallhäs (= Kleid) am Nagel an der Tür hing, die Wohnung und Stall verband. – ‚Ein weiterer Anlauf, mein Leben zu erzählen, desperadoartig. Was hatte ich noch zu verlieren?' ‚Liebling', flehte mich meine Frau an. Sie fürchtete, daß der Nachbartisch dies alles hörte und sie in ihrem Rang und ihrer Erscheinung von internationalem Anklang Schaden leiden würde. Da saß Wolfgang Rihm, der Komponist.

Wie habe ich mich damals wegen der Nummer geschämt, als wir von Kreenheinstetten aus in den Bregenzer Wald fuhren! Und dann noch mit dem Omnibus-Betrieb Muffler, ein hoch-anerkannter Name in unserer Gegend zwar, trotzdem. Der Name, der alte Bus, die Nummer: und drinnen wir. Nur wenn wir unter uns waren, schämten wir uns nicht. Sonst fremdelten wir wie Kleinkinder in ein paar bestimmten Monaten, wir aber ein Leben lang. Name, Bus und Nummer wiesen uns als vom Land hinter dem Hinterland kommend aus. Ich sagte Gabriele auch, daß ich dies alles auch einmal Nillius erzählen wolle, um es und mich aufzuarbeiten, sagte ich, ,aufzuarbeiten' – wollte ich eigentlich vergessen oder erinnern, erinnern, um vergessen zu können – oder umgekehrt? Gabriele gelang es nicht, gegen mich und meine Erzählung einzuschreiten, auch sah ich, daß Rihm schon herüberschielte. ,Gabi!' sagte ich nun demonstrativ, ,so war es eben! – Es gab diesen Kirchenchorausflug, es gab mich, es gab meine anderen, diesen Bus der Firma Muffler und noch viel mehr.' Nillius wollte mich vielleicht nur ausschlachten, ein Analytiker der Altwiener Schule, einer der letzten, – oder in eine Fallgeschichte einbauen, und alles, was war oder gewesen sein würde, war, daß ich in einer Tabelle erscheinen würde, aufgelistet als höchst seltener ,echter alkoholischer Eifersuchtswahn, einer von insgesamt drei Fällen'. Das Wort ,Kirchenchorausflug' war schon schlimm genug; zum Glück habe ich nicht begonnen, von Gott selbst zu sprechen. Da wäre sie mir davongelaufen. Sie zitterte schon, daß ich, nur einen auf immer verwehrten Katzensprung von ihm entfernt, nun auch noch mit Gott kommen, (mit Gott anfangen würde), was ich ganz und gar nicht gemacht hätte, weil ich dies für unmöglich hielt. Aber Gabi hielt es für möglich, daß ich sie nun auch noch mit Gott quälen wollte. Aus Angst vor den Menschen, die dies alles hören konnten, beschwor sie mich, nun nicht auch noch mit Gott daherzukommen. Ja, sie hatte Angst, daß sie herüberschauen würden, als ob sie überlegten, die Polizei kommen zu lassen wegen Erregung öffentlichen Ärgernisses. Von Ficken hätte ich sprechen können, das war nun möglich, ein gesellschaftsfähig gewordenes Wort, nicht aber von Gott.

Meine Menschen hätte ich niemals verraten, ich habe nur die Stationen dieses Ausflugs erzählt, mehr nicht, Kreenheinstetten, Molkerei, Farrenstall, Abraham a Sancta Clara, Hinterland. Nillius habe ich nicht einmal gesagt, wer im Bus neben mir saß, daß wir in der hintersten Reihe saßen, und mit wem und wie wir schmusten, kaum über das Schwackenreuter Wäldchen hinaus. Und auch, daß wir die ersten zweistimmigen Lieder sangen, und wie uns die Sehnsucht ins Gesicht gestiegen war. Es waren Morgenlieder, jung waren wir, die wir in der hintersten Reihe saßen, das ist wahr. Die anderen saßen vorne, vor allem der Pfarrer mit seiner Haushälterin im kanonischen Alter und die schon immer etwas scheppernden Sopranstimmen. Und der Dirigent, der neben Muffler saß und demselben die Karte lesen half. ,Wenn wir erklimmen', sangen wir, auf dem Weg zum See hinunter, in den Bregenzer Wald – und weiter.

Und Rosemarie hat ihre schöne orangefarbene Handtasche genommen, hat die Dose Penatencreme (ja: Penatencreme) herausgenommen und kundig und geschickt mit Hilfe eines Spiegelchens das erste Mal an diesem Tag sich aufgefrischt, hat die fraglichen Stellen nachgezogen, Penatencreme, etwas Penatencreme, das war ihr Geheimnis. Beim Wort ,Penatencreme' wollte meine Frau aufschreien, ich weiß. Später hat sie es selbst heimlich ausprobiert und ist von Helena Rubinstein zu Penatencreme gewechselt. Meinetwegen, mir zulieb. – Gleich hinter dem Kreenheinstetter Wäldchen staunten wir über die Größe der Welt. Diese Weite schüchterte uns ein, daher sangen wir uns Mut zu mit Bergsteigerliedern: ,Wenn wir erklimmen schwindelnde Höhen, steigen dem Gipfelkreuz zu' wie im Wald. Schon am See, kaum dreißig Kilometer von uns entfernt, galten wir wie gesagt als Waldmenschen, auf indonesisch-bornesisch: Orang-Utan.

Einmal hielt der Bus auf Geheiß des Geistlichen. Der Pfarrer gab dem Busfahrer ein Zeichen, es sei Zeit zum Anhalten und ersten Austreten. Und dann haben sich die Männer hinter dem Bus der Reihe nach aufgestellt, und die Frauen sind im Wald verschwunden und haben sich da irgendwo hingesetzt; und dann sind wir wieder in den Bus eingestiegen und weitergefahren. Es war nun schon halb sieben, kurz nach Immenstaad am Bodensee. Eigentlich waren wir nach Damüls unterwegs, und irgendwann sind wir auch dort angekommen. Ach, ich konnte Gabi diese Dinge nie richtig erklären, und den anderen auch nicht, keinem Menschen konnte ich je sagen, wie es ist, wenn man sich durchfragen muß, wenn man mit einem Kirchenchor in einem Bus mit Tuttlinger Nummer in den Bregenzer Wald, und dann noch nach Damüls, unterwegs ist. Ich habe nie sagen können, wie es ist, wenn einem schon in der ersten Kurve vom Hochland zum See hinunter schlecht wird, nie sagen können, wie es war, wenn sie lachten, Neugierige, die uns im Bus entdeckten in Überlingen und anderen furchtbaren, wenn auch nicht furchterregenden Kleinstädten unten am See, du weißt, die wir alle durchfahren mußten, weil es noch keine sogenannten Umgehungsstraßen gab. Ich habe nie sagen können, wie es ist und war, wenn uns diese Kleinstadtmenschen, die sich auf der Welt glaubten, ins Gesicht schauten und in uns die Hinterwelt entdeckten, die noch vom bloßen Anschauen errötete. So war es. Daß es bald vorbeisein würde: das war unser Strohhalm. Ich habe nie sagen können, wie es ist, wenn man vorbeifahren muß und die Menschen einem ins Gesicht schauen. Dann waren wir in Bregenz. Dort kehrten wir das erste Mal an diesem Tag ein und aßen ein Restaurationsbrot. Es war morgens um halb acht.

Und beteten ein Vaterunser, da haben die Bregenzer aufgelacht. Den Älteren brachte die Bedienung ein Weißbier, den Jüngeren einen Almdudler, dann hat sie sich aber unverhohlen am Büffet aufgestellt und uns ins Gesicht geschaut, um nichts zu versäumen, als wir uns bekreuzigten; und um nichts zu versäumen, hat sie ganz schnell der Küche ein Zeichen gegeben, und dann sind der Koch und der Spüler herausgekommen und haben sich dazugestellt, als machten sie eine Zigarettenpause. Wir trauten uns nun gar nicht mehr, unseren vierstimmigen Morgensatz zu intonieren, dieses Lied anzustimmen. Im Bus haben wir nämlich ein Lied nach dem anderen angestimmt, auch, um dem Busfahrer zu imponieren, wie wir singen konnten, und als wir dann mit der Sesselbahn die Bergstation erreicht hatten, stellten wir uns noch einmal auf der Terrasse des Gipfelrestaurants auf und sangen ein Danklied an den Schöpfer, weil alles so schön war. Das Sommerpublikum, der Bergwanderer, war fromm, ausgesprochen naturfromm und klatschte, während das Winterpublikum, der eine Skifahrer zusammen mit dem anderen – und auch das Stadtpublikum –, abwechselnd den Kopf geschüttelt und gelacht hätten. – Der Pfarrer hat stillschweigend bezahlt, in Schilling, und hat diese Bedienung wissen lassen, wir seien auch Menschen. Und so war es doch? Was aus dieser Bedienung geworden ist? Sie war keine Vorarlbergerin, sondern kam aus Wien, das konnte unser Pfarrer mit Bestimmtheit sagen.

Mittlerweile hatte ich entdeckt, wie Gabriele Herrn Professor Rihm ein Zeichen zu geben versuchte, daß sie mit einem Idioten am Tisch sitze, der trotz allem früher einmal sehr nett gewesen sei. Es war einer jener Fraternisierungsversuche gegen mich.

Hörst du mir zu, Gabi? sagte ich. Draußen, sagte ich, hatte ich den Zwischenfall schon wieder vergessen. Wenn wir auch empfindsam waren, so hatten wir auch gleich wieder alles vergessen, daher lebten wir weiter. Es wäre nicht weitergegangen, wenn wir uns alles gemerkt hätten. Die Grenze unserer Empfindsamkeit war der Augenblick, nur die Erinnerung holt manches zurück: denk dir, die Frauen wollten sich nicht in die Sesselbahn setzen! Es war die Angst, Gabi. ‚Das verstehe ich nun überhaupt nicht!' sagte sie in einem Ton, der ihr Amüsement anzeigen sollte, und – Rihm gegenüber – daß man sehr wohl verstand: diese Frauen waren übergeschnappt wie ich auch. Tatsächlich stimmte, was Gabriele sagte: sie verstand überhaupt nicht. Oben begann der Almabtrieb, die Frauen sind aber unten geblieben, haben sich um die Talstation herum aufgehalten, gingen auf dem Parkplatz auf und ab (der noch nicht einmal geteert war), wo der Postbus stand und ein paar VW-Käfer und auch unser Bus. Haben sich in gemessenem Abstand vor dem Bergbach aufgestellt und einander an der Hand gehalten. Sie haben die Holzbrücke bestaunt, die über diesen Bergbach ging, zum Dorf hinauf, das sie niemals gesehen haben. Ein schaudernder Blick zum Holzsteg hin: das war's. Wir hatten Angst vor den Dingen. Die Frauen sind ‚zwei-und-zwei' zur Toilette in der Talstation gegangen und haben von Zeit zu Zeit einander gefragt, wie spät es sei. Und sie haben sich die Zeit von der Kommunionuhr abgelesen. Auch kamen Menschen vorbei, Wanderer wie wir, die noch fragten, wie spät es sei, die wissen wollten, was das für eine Nummer sei, und woher wir kämen. Dabei kamen wir von hier: Umgesiedelte, die nun vor dem Bergbach zurückschreckten. Außer Rosemarie Schwichtenbergs Chromosomen stammten alle von hier. Die

Habsburger haben uns alle auf den Heuberg deportiert, von wo wir uns nun nach diesen Bergen zurücksehnten, die wir an den klaren Tagen von Kreenheinstetten aus sahen.

Die Frauen schreckten auch vor dem Sessellift zurück, der sie nach oben gebracht hätte, eine Möglichkeit, die den meisten von einst nun verwehrt ist, tot, wie sie sind. Die Sesselliftgondel war ein Zeichen, das am Himmel verschwand, der so groß wie meine Sehnsucht war.

Oder nicht? Die Frechsten hatten sich am Sessellift aufgestellt, und der Sesselliftmensch hatte ihnen per Handzeichen die Stelle gewiesen, wo sie auf die Freiluftgondel warten sollten. Nur jene, die vormachen konnten, wie man richtig gegen den Bus schifft, haben sich auch richtig an der Sesselliftschranke aufgestellt, setzten sich richtig in die Gondel, schlossen richtig den Bügel und zeigten den anderen, wie man richtig die Beine baumeln läßt. Es gab Menschen, die schreckten einfach zurück, scheuten, wie die Schweine, die nicht in den Schweinetransporter wollten und an den Ohren hinaufgezogen werden mußten, und von hinten half der ‚Elektrisierer‘. Das hätte ich Gabi einmal erklären sollen: Menschen, denen schon in der ersten Kurve schlecht wurde, zeitlebens; und die, vor eine Sesselbahn gestellt, zurückscheuten und vielleicht Todesangst hatten. Und die anderen? Wie Sieger sind sie nach einer Stunde in ihren Gondeln aufgetaucht, vom Himmel herunter, mit einem überheblichen, fast unflätigen Lachen und Herunterschreien, als sie die Frauen auf dem Parkplatz vor dem Bus entdeckten, als kämen sie von der Front zurück, Krieger, und zwar mit Beute. Bis nach Kreenheinstetten habe man sehen können.

Trotz allem: das Staunen überwog, unsere Freude an den Bergen, die dem ersten Schnee zu vergleichen ist. Das erste Mal die

Alpen gezeigt hat mir mein Großvater, unweit der Stelle, wo er nun liegt. So saßen wir im Bus und schauten. Immer wieder zeigte eine Hand gegen einen Berg hin, ein ausdeutendes Zeichen, und es wurde nicht viel mehr gesagt als ‚schaut!‘. Schauen war das Hauptwort von uns, die unterwegs waren. Viel mehr konnten wir auch nicht sagen. Dafür sangen wir. Wie der Kirchenchor so im Bus saß: dagegen waren unsere Ministrantenausflüge erotische Abenteuer. – Vom Almabtrieb haben wir nicht viel mehr gesehen als die Plakate auf den Heuschobern die Bregenzerwälder Straße entlang. Auf dem Friedhof von Schnepfau sahen wir dieselben Namen wie die unseren. Es ist (an sich schon) immer heimelig, wenn man so einen kleinen Bergfriedhof mit den schönen schmiedeeisernen Kreuzen aufsucht. Wenn dann noch dieselben Namen dastehen (wie die so seltenen) wie Saummüller, Kreuzpaintner und Nesensohn, ist man fast schon zu Hause. Nur Schwichtenberg, der Flüchtlingsname, fehlte. Auf dem Bergfriedhof waren wir zu Hause, war die Welt noch heil. In der Hauptwirtschaft vis-à-vis waren wir dann schon wieder Fremde, Ausländer, von draußen. Wir wurden auch hier von der Seite aus betrachtet, es war nicht nur Liebe, sondern auch ein Mißtrauen dabei, als der Stammtisch ‚Grüß Gott‘ sagte. Sie haben so ‚Grüß Gott‘ gesagt wie in alten Zeiten, als man sich im Urwald begegnete und erst einmal ‚Grüß Gott!‘ sagte, um herauszufinden, ob es sich um einen Feind handelte oder nicht. Auch der Wirt hieß Saummüller (wie nun auch Rosemarie Schwichtenberg), sonst gab es keine Gemeinsamkeiten mehr, nicht eine einzige gemeinsame Erinnerung. Damals müssen doch alle geweint haben, als das halbe Tal weggetrieben wurde: und nun stellten uns die Saummüllers der Schnepfauer Linie einen Almdudler hin, den wir auch noch bezahlen mußten. Der Wirt, ein anständiger Mensch, eben ein richtiger Saummüller, hat gefragt, woher wir kämen, und was wir anbauten, und wie groß die Höfe seien. Auch etwas Waldwirtschaft. Der Pfarrer sagte dann (als ob er uns aufklären wollte), daß wir alle von Menschen abstammten, die einst aus diesem Tal weggezogen (worden) seien. So unser guter Pfarrer, ohne den wir dies gar nicht gewußt hätten. Und der Wirt hat nur genickt, denn er war ein Philosoph. – Als wir dann (damals, als wir noch zusammen nach Hause fuhren) am frühen Abend schon wieder nach Kreenheinstetten zurückkehrten, haben wir das Kreenheinstetter Heimatlied gesungen, das von einer Handarbeitslehrerin um 1860 herum gedichtet und komponiert worden war. Gabi schaute finster-verzweifelt, Rihm aber notierte an dieser Stelle eine erste Frage, die er wenig später vortrug. Im 3. Reich war dieses Lied verboten, aber das Schönste daran war, daß wir genau an der Stelle, an der der Bus vor der ,Traube' zu stehen kam, mit der dritten Strophe zu Ende waren. Das war ,timing', ja, wir hatten noch ein Gefühl für die Zeit. Der Pfarrer betrat als erster wieder heimatlichen Boden. Dann haben wir uns ohne Tischordnung in die ,Traube' gesetzt; und fast alle haben einen Wurstsalat bestellt. Und auch gegessen: Waldmenschen, die Wurstsalat aßen. (Wurstsalat, was für ein Wort. Unter Waldmenschen kann man sich ja noch etwas vorstellen. Aber Wurstsalat? Er steht nicht in Grimms Wörterbuch, ich habe nachgeschaut. Ich hätte unter ,Aphrodisiaka' nachschauen müssen). Der Wurstsalat enthielt außer der Wurst irgendwelche Zusatzstoffe, die nicht nur vom Selbstmord abhielten, sondern sogar Lust auf das Leben provozierten, war also ein Rausch- und Betäubungsmittel zugleich, eine doppelte Absicherung gegen den Selbstmord hin. Der

Wurstsalat war unsere Lebensversicherung, Gabriele! Und das Schönste daran war: wir wußten es nicht einmal. Heute ist der Wurstsalat wie das alte Coca-Cola verboten. Ich esse längst keinen Wurstsalat mehr. Er war ja auch, wenn ich ehrlich bin, etwas aus der Mode gekommen, so wie das Grillhähnchen, das der Höhepunkt aller Genüsse meiner Kindheit war, Gabi, du weißt es. Nur noch der Heilige Vater soll Wurstsalat essen. Es wird in der einzigen autorisierten Biographie als sein Lieblingslebensmittel genannt, allerdings à la polonaise, ich weiß nicht, wie es sich da mit den Zusatzstoffen verhält. Was für eine Gotteslästerung: Wurstsalat! – (Haben die Menschen keine Scham mehr?) Aber vielleicht habe ich nur zuviel Wurstsalat gegessen als Kind und bin jetzt etwas durcheinander. – An dieser Stelle prostete der Komponist Wolfgang Rihm mir zu, nachdem er mich schon siebenundzwanzig Minuten oder neun Seiten hingebungsvoll belauscht hatte.

Es war eine Äußerung, die Gabi derart aufrichtete, daß sie nun ihre schönen Chirurgenhände, die durch die Arbeit nicht gelitten hatten, auf eine mir unnachahmliche, aber oftmals bewunderte Weise verschränkte, so wie etwa Maria Callas auf dem berühmten Hamburger Verneigungs-Videoclip. Alle Kompositionen von Rihm fand ich großartig, aber seine Tischdame hatte er eine halbe Stunde lang geradezu grob vernachlässigt. Außer ‚ja, ja‘, ‚stimmt genau‘, ‚gewiß‘ hatte er gar nichts gesagt, während sie doch ohne Unterbrechung auf ihn einredete. Das ‚ja‘ war eigentlich eine Zustimmung zu allem, was ich sagte, während Gabi diese Frau belauschte, ebenfalls immer wieder ‚ja‘ sagte, aber diese Frau meinte. Und nicht mich. Sie war wohl eine Sängerin, die die Uraufführung eines Requiems zu bestreiten hatte, in dem fleischfressende Pflanzen und Genlisias (nach

Madame de Genlis) eine Rolle spielten. Ich erinnerte mich an die Stromableserin, die am Samstagnachmittag kam, einmal im Monat, und wie sie das Fahrrad an die Hauswand stellte, um dann den Strom abzulesen. Ich fragte zum Nachbartisch hinüber, ob zu ihnen auch die Stromableserin gekommen sei, und ob es auch bei ihnen zu Hause eine Hauswand gegeben habe, an die die Stromableserin das Fahrrad lehnen konnte. ‚Aber Liebling, so kannst du doch nicht fragen!‘ Und mir schwante wieder einmal, daß ich im Prinzip allein war auf der Welt, denn weder Rihm noch Gabi, mit der ich in fünfundzwanzig Jahren kein einziges Mal von der Stromableserin gesprochen hatte, kannten das lebensbestätigende Institut der Stromableserin. ‚Lassen Sie Ihren Mann ruhig fragen! – Es ist eine gute Frage!‘ sagte Rihm. Und dann hat *er* versucht, sein Leben zu erzählen, ist aber nicht recht weitergekommen. Ich wollte nun wissen, ob er schon einmal fleischfressende Pflanzen gesehen und ob er sie dabei beobachtet habe. Keine Antwort. ‚Ist Ihr Requiem schon fertig?‘ fragte ich nun über den Tisch. Worauf Rihm uns an seinen Tisch bat, mit dem ihm eigenen Gesichtsausdruck. Das war die Einladung an den Rihm-Tisch. Nun waren wir im Grandhotel aus dem Kreis der zahlenden Gäste in die Aura der Auserwählten aufgerückt. ‚Das Requiem? – Ich habe die vergangene halbe Stunde darüber nachgedacht. – Mir wurde klar, daß das Requiem noch nicht fertig ist. Ich habe Ihre Geschichte noch nicht gekannt. Vor allem muß ich den Titel ‚Requiem auf Karlsruhe‘ noch einmal überdenken. Ich kannte Kreenheinstetten noch nicht. – Gibt es diesen Kirchenchor noch? – Kommen Sie noch nach Kreenheinstetten? – Wie schreibt man diesen Ort? Wo liegt er eigentlich? Was ist der Heuberg? – Sehen Sie, all dies wußte ich noch nicht.‘ Ich konnte ihm sagen,

daß ganz in der Nähe es Kreenheinstetten und den Kirchenchor noch gibt – ach, ich war etwas vorschnell, ich wollte einfach, daß es so wäre. Der Heuberg liege sehr schön auf einem
Kalksteinfelsen zweihundert Meter über dem Ufer der oberen
Donau, komme von ‚Höhe‘, nicht von ‚Heu‘, ein Fels, der
schon von Hölderlin in der Hymne ‚Der Isther‘ besungen worden sei; und daß dieser Fluß bei uns zu Hause ‚Dunum‘ heiße,
konnte ich ihm auch noch sagen. Ich mußte ihm nun alles (bei
einer Flasche Veuve Cliquot) von Kreenheinstetten, den Kir-
chenchorausflügen und der Stromableserin erzählen, alles, was
ich noch wußte. Selbst Gabi, die Sängerin und der Sommelier
interessierten sich nun für meine Geschichte. Irgendwann war
es aber dann doch genug; Rihm schwenkte auf die Unesco-Kon-
ferenz, Themen: Kinderprostitution und Kindesmißbrauch,
um. Auch von Umweltproblemen, der Umschuldungsfrage der
Dritte-Welt-Länder sowie vom Ozonloch war noch die Rede.
Frau Süßmuth, die mit dem Hubschrauber auf dem hoteleige-
nen Landeplatz anreisen würde, hatte das Hauptreferat zu-
gesagt, 150 000 Dollar, worauf Rihms Gesicht wieder ins Ver-
drießliche zu spielen begann. ‚Das ist deutlich überzogen‘,
meinte Rihm. ‚War ihre Betroffenheit nicht für weniger zu
haben?‘ Das Wort ‚Kindesmißbrauch‘ gefällt mir gar nicht, sagte ich, und es gefiel mir tatsächlich überhaupt nicht, ein Unwort, das vom Baby bis zu einer Fünfzehnjährigen oder einem
Fünfzehnjährigen reichte, von Berühren bis zu Töten! sagte ich,
alles. Auch hier gab mir Rihm recht.

Ein uraltes EKG-Gerät, fast so groß wie Zuses erster Compu-
ter, half Rihm, wie er sagte, beim Komponieren. Es gibt Medi-
ziner, die arbeiten immer noch mit diesem überholten Gerät,

aber für mich und mein Komponieren ist es wichtiger als der Konzertflügel. Sagte Rihm. Ich konnte ihm sagen (und vormachen), wie man das Karnickel im Hasenstall faßt, wie man ihm richtig hinter die Löffel haut, auch sprachlich sehr interessant, sagte ich. Zwischendurch mußte ich noch den derzeitigen Heiligen Vater verteidigen, über den sie sich lustig gemacht hatten. Ich frage Sie, sagte ich: wer fliegt denn sonst noch auf dieser Welt zu den Armen. Er ist der einzige VIP, der die Müllmenschen von Mexiko besucht hat. Wissen Sie das? Über hunderttausend Seelen, die allein in der Stadt Mexiko auf dem Müll und auf Grund des Mülls weiterleben. Er ist der einzige Prominente auf dieser Welt, der den Kapitalismus verurteilt, und Clinton sagt, daß die Todesstrafe eine Barbarei sei, Herr Rihm! sagte ich. Und ich wurde ganz traurig darüber, daß ich wieder einmal recht hatte. Wie komponieren Sie? Ich wollte ihm weiterhelfen, indem ich ihm genau beschrieb, wie man ein Hasenstall-Kaninchen fachgerecht tötet. Ich hatte nun den Eindruck, daß er mein Leben vertonen wollte.

Die Ausflüge von Kreenheinstetten in die Welt (Ministranten, Kirchenchor, Fahrrad) wurden vielleicht schon als Liederzyklus erwogen, das um mein Leben herum angesiedelte Leben der Stromableserin hätte eine Rihm-Oper werden können. Ach, er hätte mein Leben vertonen können. Aus meiner ersten Liebe sollten Teile eines Requiems entstehen. Der fortlaufende Schmerz sollte in dieses Requiem eingebaut werden. Aus meinem ersten Hinfallen im Laufstall entwickelte sich der/ein Cantus firmus. Die Schürfwunden aus späteren Fall-Geschichten würden zu Pizzikati verarbeitet. Vielleicht war Rihm auf meine Geschichte angewiesen: wie es war und klang, wenn die Axt mit etwas Blut und Federn im Hackstock stecken blieb. Wie es war und klang, wenn der Reihe nach zwanzig Stück Geflügel eingefangen wurden, wie es war und klang, wenn sich später in der Waschküche zwanzig kopflose Hähnchenleiber türmten, und wie dies aussah, wie es war und klang, wenn das Federvieh zunächst noch irgendwie hysterisch aufgackerte – als tutti komponieren? –, dann aber, als ich beim letzten Hähnchen angekommen und es an einem der beiden Flügel (mit denen es niemals geflogen war) gefaßt hatte, verstummte: wie dies war, klang und aussah. Es war ein Geräusch, es klang nicht, es war flach, es rauschte. Die ganze Geschichte hatte sich bis dahin auf ein paar abgeriegelten Quadratmetern, in einem Drahtverhau abgespielt. Unsere Lebensläufe waren entfernt verwandt. Was diese entfernt blutsverwandten Lebewesen betrifft, Herr Professor, so hatten sie ahnungslos gelebt, was ihr Schicksal oder ihre Bestimmung betraf, bis zum Tag, als sie von mir an ihren niemals in der Luft gewesenen Flügeln gefaßt wurden. Und ich konnte dem Komponisten sagen oder nicht sagen, wie alles vollkommen leer war, erst das Geschrei, dann die Leere, die diesen Stall nun füllte. Beim ersten Hähnchen, das ich am Flügel erwischte, sah es noch nach Arbeit aus, das waren meine Handgriffe und meine Geschicklichkeit, danach sah es nach Leere aus. Auch das letzte dieser Tiere gackerte noch. Aber, musikwissenschaftlich gesprochen, eine Polyphonie war nicht mehr möglich, es war eine einzelne Stimme, eher aufgeregt als klagend, und verstummend, noch bevor ich mit meinem Beil von oben her kam. Denn mit meinem linken Arm wirbelte ich das Tier in Kreisbewegungen durch die Luft, am Ende war es betäubt, wie damals, als ich als Kind um mich selbst kreiste, so lange, bis ich ins Gras fiel, und dann kam ich: ich legte mein Hähnchen auf den Hackstock, und so lag es, leblos, aber nicht tot. Und geübt, wie ich nun war, konnte ich ihm den Kopf abhauen, und das Hähnchen hat nichts gemerkt von allem. Und Sie werden lachen, Herr Rihm, sagte ich: so ohne Kopf, kam nun wieder Leben in diesen Körper: er wollte davonrennen, das kopflose Tier rannte nun kopflos in den Obstgarten hinein, vom Hackstock weg, der unter dem Birnbaum stand. Zum ersten Mal im Freien, und dann so! Professor Rihm wollte es nicht glauben, aber so war es. Sie lebten wieder auf, nachdem ich ihnen mehr oder weniger geschickt den Kopf vom Leib getrennt hatte, ein Zwischending von Davonlaufen und Davonfliegen, aber dann blieben sie doch alle etwa an derselben Stelle im Gras hängen, und eine Blutspur hatte sich dahin gezogen. Alle kamen also etwa gleich weit. Die Köpfe aber waren in nächster Nähe zu Boden gefallen, wo sie liegen blieben, bis sie von einem Tag- oder einem Nachttier geholt wurden: Lebensmittel, vielleicht auch für die nächste Generation, die zu Hause auf Futter wartete, die darauf wartete, daß der Vater oder die Mutter mit Brot nach Hause kam.

Rihm aber wollte wissen, wie es klang. Er wollte wissen, was für ein Holz es war, denn davon hänge der Klang ab. Es sei ein Unterschied, ob es ein Eichenhackstock oder einer aus Tanne gewesen sei. Das wußte ich auch. Birnbaum, sagte ich. ‚Ach‘ – ein Ausruf der Bewunderung, wohl ausgelöst durch die Vorstellung eines besonderen Klangerlebnisses. Jetzt wollte er nur noch wissen, welches Werkzeug ich verwendet habe, ob es aus Edelmetall und rostfrei war oder nicht. Klangfarbenmischungsbedingungen waren dies, die der Musiker als optimal bezeichnete. Der etwas aus der Mode gekommene Beethoven, vor allem, was seine Sinfonien betrifft, anhand derer ein Dirigent doch einmal sein Handwerk erlernte, hätte seine Freude an mir gehabt, meinte Rihm. Meine Frau, die es auch noch gab, meinte nun, daß ich mich etwas zu lange bei dieser Hühnergeschichte aufgehalten hätte. Dabei machte Rihm schon Kompositions-skizzen. Hatte ich ihm nicht eine Welt, ja: die Welt eröffnet? Wäre er nicht ohne mich am Ende gewesen? Aber jetzt konnte er mit seinem Requiem beginnen. Ich sagte ihm: Wenn ich Ihnen einen Titel vorschlagen darf, dann: ‚Requiem auf Kreen-heinstetten‘. So habe ich einem Menschen, wenn schon nicht mir, weitergeholfen, indem ich ihn zum Weiterkomponieren veranlaßte, zum Weiterleben und Weitermachen. Ich sah es: Er überlegte schon, wie dies alles in einen Klang umzusetzen sei, wenn man Tauben den Hals umdreht. Wie unterschiedlich die Axt im Hackstock oder als Echo im Wald klang, wie die Zeit klang. Drei Sekunden lang. Welches der Unterschied war zwi-schen dem Röcheln des Kaninchens und dem Schlag hinter die Löffel. Der saß aber! Da haben sie im alten Grandhotel die Ohren gespitzt! Ich fürchtete nur, daß mir die Vertonung, daß mir dieses Requiem nicht gefallen würde. Ich habe es nie gehört.

‚Wie aber dem Wort HUMANISMUS einen neuen Sinn geben?‘ unterbrach mich der Komponist auf einmal. Er schien nun ver-zweifelt, und ich konnte meine Frau beobachten, wie sie etwas abschätzig die Blumengestecke musterte, die in diesem schö-nen Raum verteilt waren.

Unser Ja-Wort, unsere Ja-Worte

Meine Mutter trug noch ein Kopftuch, Herr Komponist. Es kleidete sie. Aber Gabi grimassierte befremdet und schämte sich, und versuchte immer noch, mich auf den richtigen Erzählweg zu bringen, unterbrach mich mit vornehmen Halbsätzen. Sagte ‚Euer Landsitz' und ‚Zirbelholzstube' und ‚Erbhof'. Meine Wörter (Fremdwörter?) waren: Kopftuch, Kirchenchorausflug, Sonderfahrt, Sessellift, Einkehren, Tellerschnitzel, Salamibrot, Stalltürchen, Viehmantel, Hotzenwald. Es waren meine Hauptwörter: Stalltürchen, Viehmantel, Stallfenster, Viehwagen, Misthaufen, Onkel Karl, Speckbrettchen, handbemalte Gebetsnuß, Tischgebet, Rosenkranz, Mistgabel, Heuschwanz, Heugabel, Herrgott, Engel des Herrn, Opel Kadett, Rauchkammer, Krautzuber, Notschlachtung, Viehprämie, Schlachthof, Deckbullen, Besamungsstation, Kirchenchor, Wurstsalat, halbes Hähnchen – die einen bestellten einen Wurstsalat, die anderen ein halbes Hähnchen, verstehst du? Rosemarie hat dazu einen Getränkebon bekommen, eine Ehrenurkunde dafür, daß sie bei den Proben kein einziges Mal gefehlt hat, und ein halbes Hähnchen, wie es damals Mode war. ‚Wir sehen uns nachher in der Bar!'
Der Nachbartisch verabschiedete sich.
Dort (in der Bar) saßen wir dann noch einmal unter der einer halben Million teuren Wurstdose von Mimi Palladino. Der Zahn der Zeit bzw. der Zeitzahn hat wieder ganz schön am Direktor genagt! dachte ich, den Direktor des Hauses diskret bei einem Sidecar von der Seite beobachtend (zu dessen Schicksal es gehörte, die Tage in der Bar zu beschließen und mit dem Sakrament des Rotweins versehen manche Lebensbeichten von an der Bar sentimental gewordenen Managern abzunehmen.

Das konnte auf Dauer nicht ohne Folgen bleiben!). – Ich ließ nun eine Zigarre kommen, wählte mit viel Sachverstand, so daß der Sommelier, der auch für die Zigarrenkiste zuständig war, die Augen verdrehte. Dann aber, schon nach zwei, drei Zügen, die alte Waschküche. Der Sommelier entfernte sich. Ich war längst kein schöner Anblick mehr. Wie war mir *mein Gesicht verreckt*! Beim Hinausgehen hat mir Rihm die Hand gegeben und sich vor mir verneigt. Die anderen, die mich miß- billigten, schauten hinterher, wie ich Arm in Arm mit Rihm den Saal verließ, und neben uns unsere Frauen. Sollten sie mich ruhig mißbilligen. Ich hatte sie schließlich, auch wenn dies nicht meine Absicht war, einen Abend mit Exotischem unter- halten. ‚Wie aber dem Wort HUMANISMUS einen neuen Sinn geben?‘ fragte mich Rihm noch einmal, als wir die Rotunde erreicht hatten, und blieb stehen. Während er eine Antwort überlegte und ebenso von mir erwartete, und voller Hoffnung war, bemerkte ich, wie meine Frau und auch die Begleiterin des Komponisten die Gestecke musterten, die in wohlüberlegter Symmetrie unter der Glaskuppel verteilt waren. Aber vielleicht schweifte sie nur ab, weil sie von A. träumte – und vergessen hatte, wo sie war, nicht mehr wußte, daß sie hier war, so wenig wie ich. Da ich darauf keine Antwort fand, und er auch nicht, wollten wir uns bald wiedersehen, auch wegen des Requiems. Ich habe Rihm nie wieder gesehen. Sein Requiem ist bis zum heutigen Tag nicht aufgeführt worden.

Wir (sie und ich) kehrten ins Hochzeitszimmer zurück und hofften (sie und ich) auf ein Zeichen von A., dem wir sämtliche Unarten längst verziehen hatten. Unsere Gefühle waren in Selbstbeschuldigung und Selbstbezichtigung umgeschlagen. Ich hätte ja von anderen Dingen reden können. Jeder vernünftige Mensch *hätte* bei dieser (meiner) Geschichte davonlaufen müssen.

Doch es war keine Nachricht da für uns (sie und mich). Auf dem Nachttischchen lag das Internationale Immobilien-Magazin BELLEVUE, noch eine Aufmerksamkeit des Hotelmanagers, neben Begrüßungscocktail, einer kleinen Fruchtschale, einer Flasche Mineralwasser gratis, Nähzeug, Wattestäbchen und einer Duschhaube. Was sollte ich mit einer Duschhaube? Gabi hat – trotz allem – noch im Internationalen Immobilien-Magazin blättern müssen. Sie hatte sogar noch im Reisekatalog geblättert, der auch noch unter den Aufmerksamkeiten lag. Sie wollte mit mir die Angebote durchgehen, dachte noch in der Nacht daran, telefonisch zu buchen, ich weiß, um auf diese Weise allem zu entkommen.

Wir waren ziemlich lang aufgeblieben, alles wegen A., das Aufbleiben und mein Kirchenchorausflug – und doch: wir wußten uns in einem Wartesaal, und der Komponist und die anderen habe ich vielleicht als Wartesaalzuhörer mißbraucht, denn jederzeit könnte die Tür aufgehen mit ihm im Türrahmen, dachte ich, während das Interesse einer so bedeutenden Person an meiner kleinen Geschichte kaum nachließ.

Am anderen Morgen, er war in unserem Wasserbett, fragte ich meine Frau, ob sie sich noch an unsere Hochzeitsnacht erinnern könne. Sie konnte sich nicht mehr erinnern. Die Angst, es könnte ihm etwas passiert sein (während er sich doch nur von uns erholte und vergnügte), die törichte Angst war stärkste Gesellschafterin in der Liebe, sie hatte die Mehrheit.

50 % plus x.

Ein schmerzstillender Mercedes

Gabi ist mit dem Reisekatalog in der Hand neben mir eingeschlafen. Am anderen Morgen wollten wir zurück in die Stadt
fahren. Doch da A. ausblieb und wir unmöglich ohne ihn zu-
rückfahren konnten noch wollten, blieb uns nichts anderes
übrig, noch einen Tag Überlingen anzuhängen und zu hoffen,
daß alles gut würde. Wir haben den ganzen Tag nichts als gewartet, herumtelefoniert und Herrn Buzzi durch unser viertel-
stündliches Nachfragen gewiß genervt. Umsonst, A. kam nicht.
Wir hofften nun, er könnte schon nach Köln vorausgefahren
sein und dort auf uns warten. Es blieb uns nichts anderes übrig,
nach einer weiteren, schlaflosen Nacht, als ohne A. zurückzu-
fahren.

Unterwegs nie sehr gesprächig, wußte ich von meiner Frau
doch soviel, daß sie müde sein mußte wie ich, und daß sie nur
die Angst um A. vor dem Einschlafen zurückhielt wie mich
auch. Während der fünfstündigen Fahrt auf der A 81, am irgendwie hügelig bewaldeten Großraum Stuttgart vorbei, auf
der langweiligen Rheinstrecke, an Frankfurt vorbei, durch die
Wetterau, den Westerwald, bis zu unserem per Fernbedienung
sich öffnenden Garagentor lebte Gabi davon, daß A. vielleicht
anrufen könnte. Wir (sie und ich) hofften auf die Fernsprech-
anlage, ,mehr als die Nachtwächter auf den Morgen' damals
gehofft haben. Sie hatte auch seine Handy-Nummer in der
Tasche, aber das Gerät war abgestellt: ,Melden Sie sich bitte zu
einem späteren Zeitpunkt', sagte die synthetische Stimme mit
derselben andauernden ermunternden Freundlichkeit. Es war
zum Verrücktwerden. Was sie (meine Frau) gesagt hätte, wäre
sie allein gewesen, hätte er angerufen? Wohl nicht viel, nicht

viel anderes als damals, als sie mich anrief, als sie mich noch liebte: ,Was machst du?' – ,Woran denkst du?'

Ich hatte niemals eine richtige Antwort darauf. Und sie, der ich diese Fragen niemals gestellt habe, hätte auch keine Antwort für mich darauf gehabt. Und doch: niemals hatte der Satz der renommierten Stuttgarter Innenarchitektin Gabi Stauch-Stottele mehr gestimmt als gerade jetzt, in unserem Fall, sie sagte mir einmal: ,Es ist ein Unterschied, ob Sie im Mercedes weinen oder in der Straßenbahn!' – Ich hatte mir diesen Satz nur für den (sogenannten) Ernstfall aufgespart.

Gabi hatte mit einem Seufzer zur Garagenfernbedienung gegriffen und jenen Mechanismus ausgelöst, der das Tor vor uns auftat, in Schrittgeschwindigkeit fuhr ich in die Garage: ein Abgrund. Infolge der vielen Staus im Stuttgarter und Frankfurter Raum (unser im Wagen installierter Staumelder hatte wieder einmal versagt) waren wir auch noch in den rheinischen Stoßverkehr geraten. Nun blieb uns nichts anderes übrig als auszusteigen, ich hörte die schwere Wagentür, die sich noch nicht automatisch öffnete, dieses mitleidslose, herzzerreißende Geräusch! Ich sah Gabi mit dem Schminkkoffer durch die feuersichere Tür zum Haus hinübergehen. Unsere Hoffnung war nun der Anrufbeantworter, dessen Nachrichten und Mitteilungen: ich hatte nämlich die Fernabfrage, ohne die ich, seit es sie gab, niemals mehr aus dem Haus ging, zum ersten Mal vergessen. Die erste Nachricht kam von Bantle, der um Rückruf bat. Wir hatten schon den 8., ich wußte, warum der Sparkassendirektor anrief, löschte diese Mitteilung sofort, wie auch die anderen Mitteilungen, einschließlich sämtlicher Mitteilungen der verrückten Nachbarin, die fast das komplette Band vollgesprochen und somit blockiert hatte mit ihrem Satz ,Ich beobachte Sie!', die Kapazität war nach 35 Mitteilungen erschöpft. Selbst Gabi ließ sich nun, da von Adrian keine Meldung dabei sein konnte, weil diese Nachbarin, Bantle und andere unerwünschte Anrufer das Band vollgesprochen hatten, von mir dazu bewegen, noch einmal über einen Entmündigungsantrag und Einweisung dieser Nachbarin in eines der wenigen seriösen Pflegeheime nachzudenken. Eigentlich kam nur Kirchzarten in Frage. Die unvergessenen Tag- und Nachtschwestern! Sabine und Christl, die meinen Onkel Henry noch lebend (noch nicht ganz tot) gesehen haben. Die Nummer des Autotelefons hatte Adrian auch. Kein Anruf während der achtstündigen Autofahrt. Und auf Band auch nichts von ihm. Das waren die Fakten. Unsere Hoffnung war nun, daß er uns wegen des vollgesprochenen Bandes nicht erreicht hatte, und mit dieser Hoffnung legten wir uns schließlich kurz nach Mitternacht in unsere getrennten, aber auf derselben Wohnebene befindlichen, durch eine Badelandschaft verbundenen Schlafzimmer, die wie das ganze Haus von Gabi Stauch-Stottele entworfen worden waren.

Zu den wenigen Privilegien, die mit meiner derzeitigen Lebensweise als frühpensionierter Geschichtslehrer verbunden sind, gehörte, aufzustehen, wann immer ich wollte. So bleibe und blieb ich zum Trost jeweils bis um neun, zehn Uhr im Bett liegen, ein Morgenmensch war ich nie. Das Aufwachen ist mir von Anfang an schwerer gefallen als das Einschlafen. – Am anderen Morgen weckte mich ein Anruf von Herrn Bantle von der Sparkasse. Er erkundigte sich, ob wir das Zahlungsziel einhalten könnten. Es sei schon der 9. des Monats, und die Überweisung sei immer noch nicht eingetroffen. Bantle erkundigte sich also persönlich bei mir, ob wir das Zahlungsziel einhalten

könnten, weil Gabi mir die Finanzen übertragen hatte. Sie arbeitete bis in die Nacht hinein und verstand auch etwas davon, während ich bald, nachdem mir diese ehrenvolle Aufgabe übertragen worden war, irgendwie ins Trudeln geraten bin. Zwar half mir der Steuerberater, und die Praxis spielte in der Regel 1 800 000, – p. a. ein; infolge des verfluchten Gesundheitsministers war nun aber das Zahlungsziel für dieses Jahr gefährdet. Bantle, und auch ich, wußten, daß unser Abschreibungsmodell in der Altstadt von Apolda, das er uns doch selbst vermittelt, ja, aufgeschwatzt hatte, Schiffbruch zu erleiden drohte. Freilich könnten wir das Zahlungsziel einhalten. Diese wie der Gesundheitsminister verfluchten Abschreibungsobjekte in Apolda, die zwar dazu führten, daß wir überhaupt keine Steuern bezahlten und selbst noch das Benzin für unsre Autos abschreiben konnten, hatten mir schon viel Kopfzerbrechen bereitet, vor allem, seitdem abzusehen war, daß die Praxis in diesem Jahr nicht mehr soviel einspielen würde. Wirklich verheerend aber war, neben der drohenden Steuerreform, daß die Emirate die Aufträge für die Amphibienfahrzeuge, in deren Entwicklung wir viel Geld gesteckt hatten, stornierten. Ich sagte Bantle, daß ich gerade ein günstiges Fax aus den Vereinigten Arabischen Emiraten bekommen hätte. Aber eigentlich blieb mir nichts anderes mehr übrig als zu beten, was die Finanzen anging. Wenig später rief Gabi aus der Praxis an, daß ich heute einen Termin bei Dr. Artschwager wegen der Läufigkeitsprophylaxe unseres kleinen Lieblings hätte. Ich solle das bitte nicht vergessen. Dabei konnte ich ihr gleich sagen, daß Bantle schon wieder angerufen habe. Sie verstand mich. Also immer noch nicht. Es war bald fünf vor zwölf.
Über eine Woche später.

Von A. kein Zeichen, ohne daß wir (sie und ich) im Begriff waren, verrückt zu werden. Es konnte sich aber nur noch um Stunden handeln.

Wie jeden Morgen überbrückte ich die Zeit bis zum Postboten, der kurz vor dem Mittagessen angefahren kam, mit dem Lesen der F.A.Z., gewiß auch zur Ablenkung, aber mehr noch zur ständigen Weiterbildung, was die Welt betrifft. Zur Strafe für die Zeitungslektüre verfolgten mich danach, manchmal bis zum Mittagessen und darüber hinaus, von der Jahreszeit abhängige und unabhängige Begriffe wie Clintons Genitalien, die nun auch schon in der F.A.Z. erschienen. Außerdem ‚tobte, von der Weltöffentlichkeit unbemerkt, ein Bürgerkrieg mit 1,5 Millionen Toten‘, manchmal bis in den Mittagsschlaf hinein.

Die Woche über war Gabi bis 19 Uhr in der Praxis geblieben, hatte aber im Stundentakt (bei mir) angerufen, um sich zu erkundigen, was es Neues gebe. Es gab nichts Neues. Ich konnte ihr aber sagen, daß Bantle schon wieder angerufen habe. Allmählich dämmerte mir: Bantle muß übergeschnappt sein. Ich gab meiner Frau recht, die dies als Ferndiagnose schon längst gesagt hatte.

Milka schlurfte an, um zu fragen, ob ich den Espresso vor oder nach dem Mittagessen haben wolle, und brachte ausnahmsweise schon die Post mit; da sie wußte, wie sehr wir warteten, hat sie in jenen Tagen immer den Postboten abgefangen. Sie legte die Post auf den empfindlichen Marmortisch, den wir nicht noch einmal gekauft hätten, der aber Teil des Konzepts von Gabi Stauch-Stottele war. – Guten Morgen, Herr Doktor! – Post von Bantle, sah ich, sowie die immer ärgerlichen Briefe von der Telecom, also insgesamt wieder nichts.

Da war noch ein Umschlag, über dessen Schrift mein Graphologe später erschrak. Unsere Namen, Gabis und meiner, waren hingekritzelt: jeder Buchstabe für sich, jedes Wort für sich, ganz unregelmäßig, aber nach links fallend, unsere Namen beziehungslos nebeneinanderstehend und einfach wegkippend. Ich öffnete trotzdem und hielt ein Schnellfoto in der Hand, ein Portraitfoto, wie es die Stars verschicken lassen, signiert: Greetings from Adrian. Auch seinen eigenen Namen ließ dieser Mensch einfach wegkippen. Darüber aber das Bild, das mir Adrian in einem Skianzug mit blau-weiß-roten Seitenstreifen zeigte, im Schnee kniend, flankiert von einem Bernhardiner und dem Matterhorn, lächelnd, mit dem Matterhorn im Hintergrund, sein Mund so groß wie dieser schöne Berg, eben ein Foto, die Zähne so weiß wie die Gletscherregion des benachbarten Monte-Rosa-Massivs, dessen Ausläufer noch über der Bernhardinerschnauze zu erkennen waren.

Nun wußten wir Bescheid und waren glücklich, wobei wir dieses Glück selbstverständlich überspielten und nach außen hin mit der Sonne begründeten. Selbstverständlich habe ich sofort in der Praxis angerufen, unter einem Vorwand, und Gabi nebenbei gesagt, daß Adrian aufgetaucht sei, das heißt, er habe eine schöne Karte aus Zermatt geschickt, und viele Grüße.

Das war kein halbes Jahr, bevor er Moritz umbringen ließ. Den Rest des Tages wollte ich das Foto vor meiner Frau verstecken, dann habe ich ihr diese Aufnahme gegeben. Sie spielte die Gleichgültige, ließ das Foto auf meinem Marmortisch liegen, ging in den Garten hinaus und führte ganz für sich einen Freudentanz auf, wie damals, als der Brief vom Oberamtsgericht eintraf, der Gabi mitteilte, daß sie den jahrelangen Prozeß gegen jene Nachbarn in der Wohllebstraße gewonnen hatte, die ihre Küchenabfälle regelmäßig in unseren Garten, manchmal sogar in unseren Gartenpavillon mit der Statue des Guten Hirten warfen. Da war sie mit dem Brief in der Hand auf die Terrasse hinausgestürzt, und dann in den Garten, wo sie triumphierte und aufstampfte und einen Freudentanz aufführte wie Hitler bei der Nachricht, daß Frankreich besiegt ist: Jener Freudentanz war 1940, dieser an einem beliebigen Morgen in den achtziger Jahren. Und nun wieder, in den Neunzigern, nachdem Adrian nichts als ein Foto geschickt hatte.

Nun rief sie noch die Buchhändlerin zu Hause an und bestellte ein Buch über arabische Kalligraphie und wollte – ihm zuliebe, vermute ich – schon Muslimin werden, und ich vielleicht auch. Jedesmal wenn sich Gabi im Lauf unserer Fast-Vierteljahrhundert-Beziehung verliebt hat, immer wieder hat sie sich verliebt, sie war ‚ein kleines Genie an Verliebtheit‘, kaufte sie irgend etwas Neues, etwas, das es bei uns noch nicht gegeben hatte bis dahin. Daran erkannte ich sie immer mehr. Ich wollte meiner Frau kein Unmensch sein und gönnte ihr diese Reaktionen, auch wenn sie alle jeweils von mir wegführten, oder noch anders gesagt: gegen mich gerichtet waren. Ja, jedesmal wenn sich Gabi verliebt hatte, kaufte sie etwas Neues, entsprechend den Vorlieben ihres Geliebten, und so machte ich es nun auch, wie ich mir eingestehen mußte (zu 49 %). Weil ich wußte, daß es sich bei Adrian um einen Muslim handelte, wollte ich nun auch schon zu dieser Religion hin konvertieren; und auch Gabriele sprach in den folgenden Tagen davon, vielleicht zu einer der aufgeklärteren Formen des Islams hin konvertieren zu wollen. Wenn es sich um einen Pianisten handelte, kaufte Gabi ein Klavier und versuchte, Klavierstunden zu bekommen bei ihm. Handelte es sich um einen Golfspieler, so mußte es ein Golfset sein; außerdem kaufte sie sich im entsprechenden Golfclub ein. Es ist in dieser langen Zeit auch vorgekommen, daß sie sich plötzlich für Briefmarken interessierte und nun die Nachrichten des Vereins der Deutschen Philateliker zugeschickt bekam. Oder sie wollte einfach einen neuen Hund; sie wollte so einen Hund wie er.

Zu meiner Entschuldigung kann ich sagen, daß ich nun mit dieser Handschriftenprobe zu meinem Graphologen ging. Ich hatte insgesamt vier Handschriftenproben dabei: die von meiner Frau, je einen Umschlag von Ralf Dahrendorf und Elisabeth Noelle-Neumann, jeweils von diesen hochgestellten Persönlichkeiten selbst geschrieben, wie ich aus einem Handschriftenvergleich wußte, und den Umschlag von Adrian. Bei der Probe A (meiner Frau) drücke das ‚Herrn‘ Zweifel aus; Probe B (Dahrendorf) lasse jeden Respekt vermissen; auch Probe C (N. Neumann) lasse jeden Respekt vermissen. Schlimm sei die Probe D (Adrian): Diese Schrift, möglicherweise von einem Genie, möglicherweise von einem Analphabeten, sei die einzig interessante. Es tue ihm aber auch leid, diese Handschrift gesehen zu haben, und daß ich von so einem Menschen Post bekommen hätte. ‚Gott schütze Sie!‘ So schloß der altmodische Graphologe. – Trotzdem habe ich auf nichts anderes als auf ein Zeichen von ihm gewartet, als ich wieder zu Hause war. Und Gabi hat wohl auch gewartet, während sie ihre Kunst ausübte. In die hauseigene Sauna gesperrt, ist mir alles, was der Graphologe gesagt hat, wieder eingefallen.

Freilich könnten wir das Zahlungsziel einhalten! mußte ich Bantle am folgenden Morgen schon wieder beschwichtigen. Ich hatte allerdings keine Ahnung, wie.

Ich habe mein Leben nie in den Griff bekommen: es gab Menschen, die vor mir flohen. Sie wollte nun ein Pferd kaufen, weil Adrian von Reiten gesprochen hatte. Unser 5000 m^2 Grundstück als Pferdewiese, warum nicht. Adrian als Pferdebursche. Ich liebte Pferde auch, kein Zweifel, aber Frauen auf Sätteln? Ich fragte mich (und auch Gabi), warum es vor allem Frauen waren, die die nun überall eröffneten Pferdeställe bevölkerten. Praktisch jede zweite Arztfrau wollte nun ausreiten. Möglicherweise war Reiten eine Spielart der Sexualität, die wohl besonders Frauen ansprach. Ich hatte schon in Überlingen bemerkt, daß neben dem Ausfahren mit dem Geländewagen nun alles ausritt, vor allem Frauen. Man spricht in allen Sprachen von ,reiten‘, sagte ich. Hör auf! sagte sie. Dabei wollte ich nur, wiederum von meiner Beobachtungsgabe als Historiker ausgehend, eine neue Sexualtheorie entwickeln, die ich aber für mich behielt. Hatte nicht jede große Erfindung auch ein neues sexuelles Glück begründet? So etwa die Erfindung des Autos den Autosex, die Erfindung des Autobusses den vor allem in Italien blühenden Frotteursex. Auf das Telefon folgte, unmittelbar nach der Abschaffung des Fräuleins vom Amt, der Telefonsex. Bestimmte sexuelle Formen sind definitiv ausgestorben. So hat die Einführung der Unterwäsche und der Damen- und Herrenhose und auch der Glühbirne andere, altehrwürdige Formen ein für allemal beendet, dachte ich. Und seitdem es den Wäschetrockner gab, hat Gabi Stauchs Nachbar auch nicht mehr die Wäsche von der Leine gestohlen. Ich müßte sie fragen.

All diese Dinge behielt ich für mich.

Das Pferd wurde doch nicht angeschafft. Bantle hat es verhindert.

Daraufhin hat Gabi in den folgenden Tagen, wenn sie von mir sprach, ‚mein Mann‘ gesagt, so wie sie ‚mein Grabstein‘ gesagt hätte. Sie hätte genausogut ‚mein Grabstein‘ sagen können.

Unsere Nummer war dreistellig, das heißt:
ich kam vom Land

Der erste Tag am Baggersee. Endlich ein Ort, der ihm gefiel. Er war wieder da.

Unsere erste Nummer war dreistellig. Dagegen wies uns die fünfstellige Vorwahl als aus der Ferne kommende Randfiguren aus. Vor meiner Zeit in Kreenheinstetten hatte es sogar noch zweistellige, ja, neun einstellige Telefonnummern gegeben. In der Frühzeit schämte sich meine Frau für diese drei Ziffern noch, glaubte dies erklären zu müssen, und gab Kreenheinstetten als Landsitzadresse am Bodensee aus. Es hatte einen Beiklang von Landgut, wenn nicht Schloß. Sie selbst kam nur wenige Male nach Kreenheinstetten. Angeblich reagierte sie allergisch auf Kuhhaare.

Eine Freundin aus Studienzeiten, die aus Schweinfurt stammte und dorthin als Haus- und Arztfrau zurückkehrte, ist extra zur Geburt ihrer Kinder aus Schweinfurt weggefahren, ins wohlklingende Bad Kissingen, und hat dort ihre Dynastie begründet, obwohl ihr Mann doch Chefarzt der Inneren Abteilung des Städtischen Krankenhauses Schweinfurts war. Ich hätte auch nicht gerne gesagt: Ich komme aus Schweinfurt, ich gebe es zu: auch ich wäre mit meiner Frau in eine andere Stadt gefahren bei Gefahr einer Sturzgeburt, hätten wir in Schweinfurt gelebt.

Auch ich wäre meinen Eltern dankbar gewesen, gesetzt den Fall, sie hätten in Schweinfurt gelebt, und ich wäre in Schweinfurt gezeugt worden, sie wären weggefahren mit mir für die Tage der Geburt. ,Das Licht der Welt erblicken' in Schweinfurt? Ich fand, dieses Wort war eine unglückliche Verbindung von Klang und Bedeutung, vom sogenannten Phonetischen mit dem Semantischen: dieses Wort sprach gegen die deutsche Sprache.

‚Ich habe das Licht der Welt in Schweinfurt erblickt' – kein guter Anfang für eine Autobiographie, kein guter erster Satz, keine wirkliche Einladung zum Weiterlesen, gewiß kein Blickfang. Und zum Sterben, was, das eigene Sterben betreffend, in der Literatur nur ein einziges Mal vorgekommen ist?[1] Das Sterben ist sicher, die Beschreibung unmöglich: ich würde, gesetzt den Fall, ich käme aus Schweinfurt, diesen Ort noch ein letztes Mal verlassen.

‚Wo leben Sie?'

‚In Schweinfurt.'

‚Kann man da leben?'

‚Was wollen Sie von mir?'

Sie sollten diesem Schweinfurt nicht soviel Bedeutung beimessen! hatte ein alteingesessener Schweinfurter meiner Freundin gesagt.[2] Rüsselsheim als Geburtsort anzugeben wäre mir auch schwergefallen. Auch wegen meines kleinen Sprachfehlers: die l-s-Abfolge! – Meine Frau schien meinen kleinen Sprachfehler nie bemerkt zu haben. Womöglich lastete sie meine kleine S-Variante meiner Muttersprache, dem Kreenheinstetterischenn, an. Zum Glück war Kreenheinstetten für mich, sprachlich gesehen, kein Stolperstein, das Wort ‚Kuß' hingegen hat mir von Anfang an zugesetzt. Vielleicht bin ich auch deswegen etwas vom Küssen abgekommen. Das Wort ‚Kuß' war bei mir, akustisch, zwischen ‚Kuch', ‚Kuck' oder ‚Kutz', alles wegen

1 Vgl. das Ende des 5. Buch Moses
2 Also hat sie ihren zweiten Sohn in Schweinfurt geboren.

eines einzigen falsch stehenden Zahnes, den ich mir später herausnehmen ließ, was meine Position auf der Welt entscheidend verbessert hat. Durch mein kleines Defizit wurde ich aber, was die Sprache angeht, recht hellhörig, und was das Sprechen anging, ein kleiner Sprachkünstler. Ich verzichtete auf alle Wörter, über die ich gestolpert wäre. Darüber hinaus waren mir bei meinem geschärften Blick auch andere Laute aufgefallen, die ich zwar tadellos aussprechen konnte, die aber trotzdem häßlich waren, ‚auf der Klangebene unschön, nicht auf der Bedeutungsebene‘. Jeden Mißklang beim Sprechen des Hochdeutschen vermeiden, das führte zwangsläufig dazu, daß ich praktisch nicht mehr ‚ich‘ sagen konnte, vor allem im Ausland nicht. In der sogenannten Muttersprache mußte ich zum Glück nicht ‚ich‘ sagen, – bodensee-schwäbisch hieß das kommandoartig zischende ‚ich‘ einfach: ‚ie‘, was, wie mir Amerikaner, Afrikaner, Asiaten, selbst Adrian versicherten, nicht so verheerend klang wie das zwischen schrillem Schmerzlaut und Kommando changierende ‚ich‘. Es kam ganz auf den an, der sprach.

Wie gerne wäre ich Franzose gewesen im Ausland, wie gerne wäre ich mir als Botschafter vorgekommen. Oder hätte ‚e-u‘ für ‚ich‘ gesagt, auf brasilianisch, und hätte ein ganz anderes Selbstverständnis gehabt. Ich wäre viel gelassener geworden und gewesen, hätte mich auf klangvoll schwermütige Weise an den Strand gesetzt und hätte ganz anders aufs Meer hinausgeschaut. Das amerikanische ‚I‘ klang allerdings auch nicht besser. Dazu kam der Stumpfsinn und der Hochmut, den ich in diesem großgeschriebenen ‚i‘ witterte. Alles andere, außer dem eigenen Namen, wurde ja sonst klein geschrieben. Schon ‚you‘ wurde wieder klein geschrieben. Beim Sprechen der verbliebenen Wörter versuchte ich etwas Wienerisches hineinzubringen.

Das Wort ‚Pfirsich‘ zum Beispiel fand ich ganz grauenhaft und auf der Klangebene nicht zu verbessern. Ich ließ dieses Wort schließlich ganz ausfallen. Ich verzichtete auf Pfirsiche. Zunächst hatte ich eine Alternative für dieses Wort im Deutschen gesucht, fand aber keine. Dann wollte ich auf ein wohlklingendes Fremdwort ausweichen, fand aber keines. Ich stieß auf ‚peach‘. Auch nicht gerade wohlklingend, fand ich. Vor allem, wenn man es niederschrieb, wie es sich auf deutsch anhörte: ‚pietsch‘ (und auf türkisch: ‚Hurensohn‘).

‚Ä pietsch!‘ – sagte ich und streckte Adrian die Zunge heraus. Mit ihm sprach ich ja englisch. Immer wieder hatte ich auch mit meiner Frau auf Englisch umstellen wollen, auch weil ich meine Sprache nicht verlieren wollte. Mit Adrian sprachen Gabi und ich englisch-amerikanisch. Das hatte ich recht bald durchgesetzt, um meine Sprache nicht dem Gespött dieses schönen und überheblichen Menschen auszusetzen. Ich hatte auch im eigentlich deutschsprachigen Ausland längst umgestellt. Kam ich nach Zürich oder Wien, sprach ich selbstverständlich mein internationales Pidgin, wie die anderen auch. In Holland ohnehin, obwohl ja, wie ich im historischen Grundkurs gelernt hatte, das Niederländische als deutscher Dialekt galt, was in der Welt zum Glück niemand mehr wußte. Auch in Deutschland selbst, vor allem in den Großstädten, habe ich schon vor über zehn Jahren auf Amerikanisch umgestellt, jeglicher Small talk bzw. Light talk naturgemäß auf Angloamerikanisch.

Ich schrieb für Adrian ‚ä pietsch‘ auf ein Tempotaschentuch: so müsse das eigentlich niedergeschrieben werden. Ob ihm das gefalle? – ‚Ätsch!‘ – sagte ich, und schrieb ‚edge‘ auf das Tempotaschentuch. Kakophonien, die durch eine feine Schreibweise vertuscht wurden. Ich glaubte, ein Geheimnis entdeckt zu haben. Aber es tat sich nur ein Abgrund auf.

Ich hätte auf alle Grund- und Grunzlaute meiner Sprache verzichten müssen, fast auf das Sprechen. Ich versuchte es auch. Um eine gute Figur vor ihm zu machen, der das Deutsche mit ‚it hurts my ears!‘ (it hörts mai ihrs) kommentierte, immer wieder ‚it hörts mai ihrs!‘, vermied ich diese Sprache. Wenn ich ab und zu doch noch Deutsch sprach, vermied ich, so gut es ging, alle unguten Laute, was eine enorme Sprachdisziplin, auch eine gewisse Klugheit und viel Übung erforderte, um ohne all diese Laute auszukommen. Zum Glück hatte meine Stimme einen eher milden, versöhnlichen, südwestdeutschen Tonfall, den ich aus altösterreichischer Verbundenheit (über fünfhundert Jahre waren wir Altösterreicher, lange vor den Tirolern oder gar Salzburgern etc.) um einige österreichische Besonderheiten ergänzte. Leider gab es kein österreichisches Wort für Pfirsich, also mußte ich weiter auf Pfirsiche verzichten. Beim Schwimmen fielen mir aber auch wohlklingende deutsche Wörter ein. Ich ging dann an Land wie mit Beute. Mit dem Wort Donau, zum Beispiel, das dem schiefmundigen englischen ‚Danube‘ überlegen war, ganz zu schweigen vom lächerlichen italienischen ‚Danubio‘. Kaum hatte ich dieses Wort an Land gebracht, äffte er mich nach, das heißt, er versuchte es, indem er hintereinander ‚ichichichichichichchchchch‘ ausstieß, als ob er sich übergeben müßte mit diesem Wort. Gewiß, ‚ich‘ war kein schönes Wort. Bei einer Sprachreform hätte ich es durch ein wohlklingendes ‚Ego‘ ersetzt.

‚Ichliebedich!‘ sagte er nun, und Abscheu war in seinem Gesicht. Dabei sagte ich ja gar nicht ‚ich‘, und schon gar nicht ‚ich liebe dich': – das habe ich mein Leben lang nicht gesagt, in keiner Sprache. Wenn, dann wäre ich auf das ‚I love you' mit dem großgeschriebenen I und dem kleinen you ausgewichen – oder auf das Japanische: Aischtemass!

Der Kerl behauptete doch, alle hohen Wörter im Englischen seien dem Romanischen entlehnt, während die niedrigen Wörter, die Shit- und sonstigen Four-letter-words dem Germanischen entnommen seien. Wie gerne wäre ich da einmal im Leben Sprachwissenschaftler gewesen! Als Beispiele fügte er, außer ‚shit', noch die Wörter für pissen, kotzen, töten und sterben an. Ich suchte währenddessen verzweifelt nach Gegenbeispielen und wurde fündig! Gabi hatte währenddessen auf ihrer Campingliege vor sich hingedöst, machte sich aber dann zusammen mit ihm über meine Sprache und mich lustig, fraternisierte, ging erst mit ihm ins Wasser, von wo ich ein Gelächter hörte, nachher in das angrenzende Wäldchen, von wo sie lange nicht zurückgekommen sind. Ich hatte viel Zeit, und als sie dann zurückkamen, als wäre nichts gewesen, war ich es, der wieder damit anfing, auch wenn er es gar nicht hören wollte: Das Geheimnis, die Vergänglichkeit, die Sehnsucht, das Heimweh! – trumpfte ich auf. Das gibt es in keiner Sprache. Und das sagte ich noch, deutlich und abgesetzt: Weltschmerz. Und was ist mit ‚love', ‚life', ‚light', ‚sea', ‚fire', ‚earth', ‚God' und so weiter? ‚Love' ist auch ein Four-letter-word, sagte ich.

Daß es den Namen ‚Gertrud' im Deutschen gab, mußte ich verschweigen. Ich schämte mich, daß es in meiner Sprache einen solchen gänsehauterregenden Namen gab. Währenddessen lag Gabi nackt auf ihrer Liege und versuchte ebenfalls, vor Adrian eine gute Figur zu machen. Das war anstrengend, jedenfalls nicht ganz einfach. Auf dem Weg ins Wasser hatte sie ein Höschen angezogen, auf dem ‚Olympische Winterspiele 1972' stand, aus Angst, es könnte etwas in sie hineinschwimmen. Mir war es ein Rätsel, wo sie dieses alte Höschen aufgetrieben hatte.

Intermezzo am Fuß der Schwäbischen Alb

Und doch, trotz allem: wir fuhren nach Stuttgart, zu Gabi Stauch-Stotteles 40. Geburtstag, um A.s Asylsache voranzubringen.

Was das Schönste für mich sei? fragte das nun vierzigjährige Geburtstagskind. Zu ihrer Überraschung, wie sie gestand, sagte ich: ‚Die Amseln und die länger werdenden Tage, ein heller Abend Anfang April, die Sommerzeit!‘ – Sie machen einen Scherz! Nein, so war es. Ich galt als Stadtmensch, sie wußten nichts von Kreenheinstetten. Wir waren zu dritt gekommen. Ende Juni. Und schon half Frau Stauch-Stotteles Mann bei Mercedes meiner Frau aus dem Mantel und hatte sie mit ‚Gnädige Frau‘ begrüßt. Ich sah beim Begrüßungscocktail im zur Terrasse hin geöffneten, geräumigen Wintergarten mehrere Festspieldirndl stehen. Dabei lag Stuttgart nicht in einer Festspiel- und schon gar nicht Trachtengegend. Es waren am Altösterreichischen geschulte Phantasieuniformen. Bald wurden wir dem Oberbürgermeister vorgestellt und dem ebenso langweiligen Leiter des Amts für öffentliche Ordnung: es hätte nicht besser laufen können. (Mittlerweile hatten wir A., mit Hilfe eines bedeutenden Frankfurter Anwalts, aus der U-Haft herausgeboxt. Er war, was die strafrechtliche Seite anging, völlig rehabilitiert). Adrians Asyl-Verfahren war, wie es so schön hieß, hier anhängig, weil er hier als Flüchtling gelandet war. Unsere Hoffnung vor der Abschiebung war nun personifiziert in zwei Herren mit Fliege, wie sie im Altschwäbischen noch gerne getragen wurden. Die Adoption, unsere letzte Rettung, würden wir nicht so schnell durchbringen. Freilich waren Gabi und ich uns vollkommen einig, daß gar nichts anderes außer einer Adoption zu gleichen Teilen als letzte Rettung in Frage käme. Wir wollten Adrian ohnehin adoptieren, und seine Schwester auch. Wir haben verschiedene, nein, alle Möglichkeiten durchgespielt. Wenn uns Deutschland das Glück nicht gönnen wollte, wanderten wir eben aus, brächen die Zelte hier ab; aber vorher noch: nichts unversucht lassen. ‚Ich habe die Lösung‘, rief mich Gabi vor kurzem ins Schminkzimmer, wo ihr Milka gerade eine Gurkenmaske aufgelegt hatte: ‚Du heiratest Dragica, und ich heirate Adrian: wir machen eine Doppelhochzeit.‘ – ‚Das ist die Ideallösung, auch wegen der Leute. – Ich komme sonst noch in ein schlechtes Licht.‘ Da aber diese Lösung mit zu viel Aufwand und Unwägbarkeiten verbunden wäre, entschieden wir uns, für den Notfall, für die kleine Lösung: gemeinsame Adoption von Adrian durch Gabi und mich zu gleichen Teilen. So standen wir noch etwas herum, bis wir vom Hausherrn zu Tisch gebeten wurden.

Lange Zeit habe ich mich gewundert, warum ich entweder kein zweites Mal oder nur in ganz großen Abständen von der Gesellschaft eingeladen wurde. An der Gegeneinladung oder auch an Adrian konnte es nicht liegen. Unsere Gesellschaft war an sich zu einer der tolerantesten überhaupt herangewachsen. Ich wurde in diesem Fall höchstens bedauert wegen Adrian, aber auch wegen meiner Großzügigkeit bewundert. Adrian galt als Hausfreund meiner Frau. Ganz Köln sprach davon. Es lag wohl doch an meiner sonderbaren Art der Gesprächsführung, wie Gabriele, an der hanseatischen Ausdrucksweise geschult, meinte. Bill Gates, der bald so viele Dollars wie Hirnzellen besitze, sagte ich, stolz, diesen Vergleich gefunden zu haben, aber auch empört über die Sache selbst, das sah man mir wohl an, und noch eins draufgebend *die Welt ist groß und gehört den ande-*

ren', und kurz vor dem Verstummen *‚Wenn das Herz denken könnte, würde es stillstehen'*. Das war von Pessoa: Unter diesen Umständen konnte freilich bei meinen unmittelbaren Tischnachbarn keine Festfreude aufkommen. Und doch war dies aus der Seele gesprochen. Es war am Abend desselben Tages, an dem wir vollbepackt aus Metzingen zurückkamen. Wir haben das eine mit dem anderen verbunden, Gabi Stauch-Stotteles Einladung, das Voranbringen von Adrians Einbürgerung und den Fabrikverkauf bei Boss im naheliegenden Metzingen.

‚Wir müssen gar nicht darüber sprechen, daß es in Deutschland nur eine Stadt gibt, in der man leben kann', behauptete ich nun. Vielleicht dachte ich, aus Kreenheinstetten kommend, dabei an die vielen schönen Kirchen, die Köln zweifellos aufzuweisen hat, ein Kapital, das nun aber für die meisten Mitglieder unserer Gesellschaft brachlag. Auf Gegenliebe bin ich bei sogenannten Tischgesellschaften nie gestoßen. Es war schön gewesen bei Boss, ich hatte mich von Regal zu Regal geschleppt, das Schönste war, wie ich Adrian bei der Anprobe beraten konnte, ja, wie ich, im Gegensatz zu Gabi, immer wieder hinter jenem Vorhang verschwinden konnte … und es tat mir leid, kein Schriftsteller zu sein, der seinen Schmerz veröffentlichen konnte, der sich in eine andere Geschichte hineinschwindeln konnte, ohne sich zu verraten. Ich wußte nicht, was ich mit Gabi Stauch-Stottele reden konnte, so verriet ich einfach, daß wir in Metzingen gewesen seien, und daß die Ware nur gegen Barzahlung abgegeben wurde, wußte sie auch, und daß auf dem Boss-Parkplatz die S-Klasse mit Nummern aus ganz Deutschland zu entdecken war, darunter viele Bekannte, sagte sie. Dieses Gedränge! – Adrian hatte es irgendwie geschafft, in einem jener gutsitzenden Boss-Anzüge an der Kasse vorbeizukommen, und glänzte nun. Zurückgelassen hatte er einen alten Adidas-Trainingsanzug: wir waren stolz auf ihn. (Adrian, der so hieß, weil er von der Adria kam, das habe ich vergessen.) Ich solle mich nicht so anstellen, erklärte mir Gabi, als ich sie beim Einladen auf diesen ,Sachverhalt' hinwies. Adrian saß längst am Steuer, er war bald, nachdem er zu seinem Open-end-Besuch bei uns erschienen war, zu unserem Fahrer und Hausmeister geworden: eine Konzession dieser Gesellschaft gegenüber. Einen Führerschein hatte er wohl nicht. Das war schon zu einer Zeit, als ich aufgehört hatte, irgendwelche Fragen zu stellen, auch mir selbst. Ich saß in meinem schwarzweißen Sakko in Waffelpiqué, Gabi hat immer das Richtige für mich herausgefischt: ich verließ mich, was die Kleidung anging, ganz auf sie. Jedoch: die Frau des Oberbürgermeisters hat ihrem Mann das gleiche Sakko herausgesucht; und auf Gabis Geburtstag habe ich mein Sakko noch dreimal gesehen, allerdings das Boss'sche Waffelpiqué in Altrosa, Tabak und Burgunderrot. Es stellte sich heraus, daß am selben Tag noch zwei solche Waffelpiqué-Sakkos in Metzingen erstanden worden waren, die nun diesen Geburtstag bereicherten. Nicht auszudenken, wenn diese Entdeckung die Frauen hätten machen müssen. Zum Glück war Boss bis dahin ein reines Männer-Label.

Zerknitterte schwäbische Frauengesichter hatten beim Einpakken geholfen; gewiß, sie haben die Sachen für ihre Männer noch günstiger bekommen, oder schon vorher beiseite geschafft, und die liefen in ihren Waffelpiqués nun zu ihren Anlässen. Auf der Fahrt von Metzingen nach Stuttgart träumten wir von der neuerlichen Vervollständigung des Lebens, von unserer fortschreitenden Annäherung ans Glück. Zumindest was unsere Ausstattung anging, wurden wir immer vollkommener. Die Blutwerte stimmten auch. Wir waren gesund, und so fort. In Plieningen wurde sogar getanzt, die Frauen haben bei ‚Only you' mitgesummt. Dabei war, gestehe ich, das Zuschauen oft noch unerfreulicher als das Zuhören. Und obwohl es doch ausgemacht war, daß Mann und Frau fürs Leben zusammengehörten, habe ich den ganzen Abend Adrian nicht aus dem Auge lassen können. Ich unterhielt mich mit Gabi Stauch-Stottele über das neueste Glühbirnendesign und schweifte herum. Gabi Stauch-Stottele bezeichnete im übrigen Adrian auch als hinreißend.

‚Haben Sie sich von Ihrer Trigeminusneuralgie erholt, Gabi?' fragte nun meine Frau. Gabi antwortete dahingehend, daß sie sich schon gar nicht mehr daran erinnern könne. Ihre Familie wohnte damals in der Adolf-Hitler-Straße, in Ulm, ein Straßenname, der den Kreenheinstettern erspart geblieben ist, weil es bei uns noch keine Straßennamen gab. Ihre Mutter arbeitete als Fußpflegerin, nun aber zu Frau Stauch-Stotteles Mann. Gabis Mann war bei Mercedes. Dessen Vater war noch Alteisenhändler im Südbadischen gewesen, aus einer Familie von Halbnomaden. Im Sommer durchforsteten sie die Hochtäler des Schwarzwaldes nach Alteisen und schliffen dafür im Tauschhandel Scheren, Messer, Mistgabeln und so fort. Im Winter lebten sie im Eisenbahnerasyl in Weil am Rhein, in einer Baracke aus Sperrholz feierten sie Weihnachten. Dies nur, um anzudeuten, welche Aufstiege auch bei uns möglich sind oder möglich waren. Immer da, wo es gerade boomt, am besten in Kriegszeiten, sagte ich. Onassis und Niarchos haben als Besitzer und Spekulanten auf abzuschießende alte Tanker, auf die hohe Versicherungssummen abgeschlossen waren, begonnen, sagte ich. Wenn es sich nicht um so hohe, hochangesehene

Summen handelte, müßte man von Betrug sprechen, sagte ich. Aber bei derart hohen Summen kommt ein Glanz darüber; und das Wort ‚milliardenschwer‘ ersetzt das vieldeutige Wort ‚Kapitalverbrechen‘, und die Bewunderung ersetzt in solchen Höhen die Verachtung. Sagte ich. Nun gut, heute ist es das Autofach, wo solche Karrieren von geradezu onassishaftem Ausmaß möglich sind: Gabis Schwiegervater hat noch in den fünfziger Jahren vom nomadisierenden Alteisenhändler und Scherenschleifer auf Autohändler umgesattelt und wurde seßhaft. Onassis und Niarchos beteten während des Krieges noch jeden Abend vor dem Schlafengehen, daß ihre bei Lloyd's versicherten Schiffe abgeschossen würden. Da ich schon etwas angetrunken war, fragte ich nun nach dem Tischgebet, ich forderte Frau Stauch-Stottele als Herrin des Hauses auf, ein Tischgebet zu sprechen, worauf tüchtig gelacht wurde, der Scherz war angekommen. Ich bin aber mit Onassis noch nicht zu Ende! sagte ich. Beide, Onassis und Niarchos, haben über sabotierende Elemente ihre Schiffe in die Nahkampfzone dirigiert, die Schiffe wurden abgeschossen und liegen immer noch auf dem Grund des Mittelmeeres und anderer Gewässer. Die Versicherungsprämien wurden kassiert, beide haben aber auch nach dem Zweiten Weltkrieg ihre Gelübde eingelöst und ein Kloster gestiftet (Onassis) bzw. eine griechisch-orthodoxe Wallfahrtskirche (Niarchos). Niarchos hat übrigens auch eine wunderbare Kunstsammlung angelegt, mit der er auf seinem Wohnschiff auf demselben Meer herumfuhr, auf dessen Grund die abgeschossenen Schiffe immer noch lagen, möglicherweise ist er gelegentlich sogar über sie hinweggefahren, ohne dies zu wissen. Aber gestorben ist er dann doch, wenn auch einige Jahre nach Onassis. Das Wort ‚sterben‘ war ein Fauxpas, hat einen

Schriftsteller, den ich kannte, 20 000 Mark gekostet, weil der Tod im Titel vorkam. Das Wort ‚Sterben' verursacht immer Ungemütlichkeit; also wiederholte ich noch einmal meinen geistreichen Einfall, Bill Gates betreffend, von dem ich behauptet hatte, daß er mittlerweile mehr Dollars als Hirnzellen sein eigen nenne. Also: so groß war der Sprung von Gabis Schwiegervater auch wieder nicht. Immerhin: Gabis Mann war nun bei Mercedes, die Tochter der auf Fußpflegerin umgesattelten Zeitungsausträgerin verfügte über ein Gästehaus und über mehrere Putzfrauen aus Kroatien. Mehr war nicht, fand ich. Das war schon fast alles. Sie hat natürlich kein Tischgebet gesprochen. Sie hat nur launig von der Freitreppe heruntergerufen: ‚Das Büffet ist eröffnet!' – an der Stelle, wo ihre Mutter noch ein kleines Gebet gemurmelt hätte, von einem verhuschten Kreuzzeichen begleitet vielleicht. Ich hätte über den Tisch rufen können: ‚Gabi, zieh dich aus!' – dann hätten alle gelacht, sogar der Herr, der aussah wie aus der Hundehütte, ein Hauptaktionär. Dieselbe Gabi, die doch zum Bleiben genötigt hatte, stöhnte nachher: ‚Die Gäste sind viel zu lange geblieben!' Und dann kam sie auch noch mit dem Gästebuch an. Vielleicht sind alle deshalb solange geblieben, weil ihnen nichts Rechtes fürs Gästebuch eingefallen ist. Und obwohl doch fast alle alkoholisiert waren, ist keinem etwas Rechtes für das Gästebuch eingefallen. Keinem ist etwas anderes eingefallen als etwas Dummes, und auch ich schrieb nur eine aus dem Geist des Abends formulierte Ferkelei, von einem hineingemalten, erigierten Schwanz, der an Adrians Geschlechtszeichen erinnerte, gesäumt.

Was noch? Seit St. Moritz ging Herr Stauch nun am Stock; und ich bedauerte doch, den von der Volkshochschule angebotenen Kurs ‚Richtig stehen – Richtig gehen' nicht wahrgenommen zu haben. Die Idee zu diesen Kursen hatten die Volkshochschulen der Schwulenbewegung geklaut. Dort war es um männliches Gehen und Stehen gegangen. Zweifellos gab es Männer, ich sah solche Exemplare jeden Tag, die eleganter, damenhafter auftraten als die alte Gräfin Dönhoff. Ich übertreibe nur ein wenig, wenn ich nun sage: Jeder Schritt ein Walzer.

‚Wo ist mein Portemonnaie?‘ rief Frau Stauch-Stottele launig in den Raum, als sie auf der Suche nach ihrem Mann schien. Weit konnte er mit seinem Stock nicht gekommen sein. Gabi war keineswegs auf das Geld ihres Mannes angewiesen, sie machte sich auf diese Weise über ihn lustig. Auch erzählte sie am Tisch, daß die Stauchs zeitlebens Zeitungspapier liegen gehabt hätten auf der Toilette, statt Toilettenpapier, so sparsam bzw. so arm seien ihre Schwiegereltern gewesen. Ich weiß bis heute nicht, ob Gabi Stauch dies aus Bewunderung, nachträglichem Mitleid oder zu unserer Belustigung erzählte, gewiß war ein Haß dabei gegen Ad, wie sie ihren Mann namens Adolf nannte, mit dem sie nun das Leben teilen mußte. Die Kinderfrage hat sie weit hinausgeschoben; dazwischen Ausflüchte erwogen, zum Beispiel mich: einmal hat sie bei mir angefragt, ob ich ihr etwas Samen schenken würde, so wie ein Kind nach einer Kugel Eis fragt. Das ist die Wahrheit. Wenn ich das Ehe-Elend der Stauch-Stotteles bedenke, so kann ich die Jahre mit meiner Gabi als Glück bezeichnen. Der Standardwitz von Gabi Stauch – es war eigentlich nur eine bittere Bemerkung –, ihre Schwiegereltern betreffend, war: daß ihr erstes Kind so häßlich gewesen sei, daß sie es wegwerfen mußten. ‚Dann kam mein Mann‘, so Gabi Stauch-Stottele. Ich sah es ja: dieser Mensch mußte sein Äußeres ein Leben lang überspielen, auch durch staatstragende Limousinen, Rotary-Nadeln und lebensbestätigende

Besuche in den feinsten Etablissements der europäischen Metropolen. Sich selbst überspielen, das gewisse Nichts, das er hatte und war, durch unsinnige Behauptungen überspielen wie: daß ein Mann, der schön sei, gar kein richtiger Mann sei. Seine Frau quälte ihn, hatte ich den Eindruck, ständig und zusätzlich dadurch, daß sie vom berühmten Stuttgarter Ballett die jeweils schönsten Tänzer einlud, als Dekoration für die Gäste, aber, was Ad angeht, als Kontrastmittel, damit er sich ein Bild machen konnte, wie ein Mensch auszusehen und dazustehen hat. Aber Adrian hat ihnen an jenem Tag die Schau gestohlen, beleidigt zogen sie sich in die Salons zurück, wo sich im einzelnen gewiß kleine Freundschaften und weitere Einladungen ergaben.

Ad wäre auch beinahe weggegeben worden, doch die Halbnomaden vom Rheinknie waren schon so verzweifelt, daß sie dazu keine Kraft mehr hatten. Die auf immer blonde Gabi hatte Angst, sich von einem solchen Mann wie Ad ein Kind schenken zu lassen. Sie hat sich, als abzusehen war, daß ich ihr nicht weiterhelfen würde, die Broschüre ‚Der Adoptionsführer' beschafft, in welchem die für beide Seiten wichtigsten Fragen erörtert waren. Sie hat dann doch selbst geboren, einen Pasqual, von dem ich noch nicht sagen konnte, ob Ad als Vater in Frage kam. Pasqual war gerade drei Jahre alt. Er hat das Licht der Welt erblickt und wurde nicht weggegeben, so wie Ad das Licht der Welt erblickt hatte und nicht weggegeben wurde, und doch: es gab Augenblicke, da wünschte sich Gabi Stauch-Stottele, ihr Mann bei Mercedes wäre weggegeben worden, und nicht hier. Ich sah doch, wie Gabi Strauch-Stottele immer wieder zu uns herüberschaute. Selbst Gabi ist von den Solotänzern abgefallen, ich glaube, schon bei der Begrüßung, dem ausra-

sierten Nacken zuliebe. Ich sah, wie sie bei diesem Anblick auf-
lebte, konnte sehen, wie ein schöner Mensch das Leben bestätigt und ein Fest ist, mußte sehen, wie ihr Ad daneben saß: das
reinste Kontrastmittel.

‚So können Sie über Schönheit nicht reden!‘ meinte die Kollegin
von Mercedes, auch eine Erscheinung ‚vorne hinten wie höher‘,
wie Johannes Kuhn, der Beschreibungskünstler aus Kreenheinstetten, etwa von der Hotzenwald-Elsa, Saukarles Frau, sagte.
Damit hatte die Kollegin von Mercedes Frau Stauch-Stottele
zurechtweisen wollen, die die Geschichte ihres Mannes in
einem Beispiel, das implizite Urteil über ihren Mann kaum ver-
tuschend, erzählte. Sie war überhaupt eine Frau, die die Welt
gerne anhand von Beispielen erklärte. Gabi erzählte nun, daß es
früher üblich gewesen sei, bei den Adoptionsfreigaben die häßlichen Neugeburten, soweit man dies habe schon sehen können, an adoptionsbereite häßliche Paare weiterzugeben. Es habe
beim Vormundschaftsgericht einen Tester gegeben, der sei
durch ganz Baden-Württemberg gereist und habe Paare oder
Mütter ausfindig gemacht, die bereit waren, ihre Kinder weg-
zugeben. Ein häßliches Kind bzw. eines von häßlichen Eltern
sei dann an ein häßliches Paar weitergegeben worden, damit der
Stammbaum stimmte. Besonders dumme Menschen hätten ein
Kind von besonders dummen Menschen bekommen; ein im
alkoholischen Eifersuchtswahn gezeugter Mensch sei mit
großer Gewißheit in einen Alkoholikerhaushalt gegeben worden: so war es. Ein himmelschreiendes Unrecht: aber so war es.
Das wußte ich schon von meiner Frau, die, im Gegensatz zu
mir, immer wieder zu einem Ehrenamt herangezogen wurde.
Ich weiß, und es tut mir immer noch weh: Ich quälte meine
Frau nun schon über mehrere Jahre, aber nur, wenn ich meine

Tage hatte. Und doch sagte sie bis zuletzt ungefragt den Satz, daß es schön sei, mit mir zusammenzusein, und daß dies ein Glück sei. Auch wenn sie in jüngerer Zeit dem Nebensatz jeweils ein ‚dennoch' oder gar ein ‚trotz allem' voranstellte.

Eine als Abschiedsbrief getarnte Liebeserklärung

Bald, nachdem ich ihm begegnet war, hatte ich auch eine gewisse Unverfrorenheit an ihm bemerkt, seine gut durchbluteten Hände und Unterarme, von März bis November ging er ins Wasser. Immer drängte es ihn in ein Gewässer zum Hinein- und Hinausschwimmen, zum Eintauchen, Untertauchen, Auftauchen und Davonschwimmen. Er kehrte oft erst nach einer Stunde zurück, gerade im Augenblick, als ich die Wasseroberfläche abzusuchen begann, stand er vor mir. Schüttelte sich zu nah an meiner Campingliege und sagte, es sei schön gewesen dort draußen im Wasser. Wie er so vor mir stand, fiel mir ein, daß die Polizei nicht wissen durfte, daß er hier war. Er durfte das Stadtgebiet von Köln nicht verlassen. Wir aber waren an unserem schönen Baggersee, unweit von Zülpich, dem vermuteten Geburtsort von Chlodwig. Etwas ganz Unerhörtes, fand ich und sah, daß dieser Mensch doch etwas ganz Unübersehbares und Einmaliges war, und daß Zürich und die ganze Schweiz, die ihn abgeschoben hatte, sich glücklich hätten schätzen müssen, einen solchen Menschen bei sich zu haben. Sie hätten sich eigentlich glücklich schätzen müssen, einen solchen Menschen zu beherbergen, ihm Gastgeber sein zu dürfen. Und auch hier dachte ich: ganz Köln müßte es wissen, daß dieser Mensch unter ihnen war.

Es war sonnenklar, daß dieser Ort einer der schönsten auf der Welt war. Ich hätte ihn als Traumstrand bezeichnet, diesen Ort, diesen Baggersee, noch vor Ko Samui, Playa de las Americas, der Insel Phi Phi Don, Palavan, Sulavesi und den Adamanen, die in den einschlägigen Führern in dieser Reihenfolge als Traumziele auftauchten.

Ich hatte einen Freund, der eigentlich kein Freund war, spätestens seitdem wir, durch Zufall, auf das Thema ‚Traumziele‘ zu sprechen gekommen waren. Der, ein Universitätsprofessor, sagte, ‚Ich bin doch nicht verrückt, meine Traumziele zu verraten, daß alle hinfahren‘, so geizig war er. So wie ich nun Adrian anpries, auch Gabi gegenüber, was ich doch lieber nicht hätte tun sollen, so gab ich immer auch sonst im Leben meine Traumziele und schöne Menschen bekannt: ja, ich wollte oftmals über die schönsten Menschen und Strände sprechen, bei Menschen und Stränden machte ich eine Ausnahme. Die meisten kannte ich freilich gar nicht. Ich war auf Filme und Abbildungen bis hin zu Fotos in den Gala-Illustrierten angewiesen. Oft ließ ich die anderen raten, ja, es wurde ein Fragespiel an manchem Abend, der sonst vielleicht nicht soviel Glanz gehabt hätte. Zwar mochte ich gegen die Regeln von Small-talk-Gesellschaft und ihren Small-talk-Abenden verstoßen haben, doch die Menschen, vor allem Frauen, waren mir dankbar. Einmal in ihrem Leben konnten sie sagen, was für sie schön war, wer die Schönste für sie war. Ich hoffe nur, sie haben die Wahrheit gesagt und wollten mit ihrer Auskunft nicht von ihren insgeheimen Leidenschaften ablenken. Wenn eine Frau sagte, sie finde Weizsäcker am schönsten, so wußte ich, daß sie mich anlog. Das Antwortenspektrum durfte nicht unter Namen wie ‚der frühe Udo Jürgens‘ beginnen. Auch gab es immer Menschen, die einen noch schöneren Strand gesehen hatten, einen noch schöneren Menschen, als diejenigen, von denen wir gerade sprachen, und das Schöne, an dem wir uns gerade begeisterten. ‚Bleiben Sie der Erde treu, Liebe!‘ hatte ich oftmals ausrufen müssen, ‚Üben Sie Nächstenliebe, schauen Sie sich hier um, oder glauben Sie uns wenigstens!‘ Das war ein Querulant (es war, nebenbei, ein Gast auf Gabi Stauch-Stotteles Geburtstagsfest, auf dem Adrian ja auch zu sehen gewesen war), der einen Menschen in einem Film genannt hatte, den niemand gesehen hatte, mit einem Namen, den keiner gehörte hatte (Mensch, Strand, Film), während ich, glaube ich, die Wahrheit sagte, als ich sagte, die schönste Frau, die ich gesehen habe, sei mir in einem Film begegnet, Ilse Werner, ‚die Sie alle kennen!‘ in der ‚Großen Freiheit Nr. 7‘ mit Hans Albers. Das war zehn Jahre vor meiner Geburt. Und dann erzählte ich noch von Rosemarie, ohne ihren Namen zu nennen. ‚Es gibt (gab) eine Frau, die kennen Sie nicht! Sie lebt auf dem Heuberg. Den kennen Sie nicht. – Beide am schönsten!‘ Großes Gelächter. Immer gab es Menschen, die drängten danach, ihre Hitliste bekannt zu geben, wenn auch nur in kleinem, aufgemuntertem Kreis, zu ihnen gehörte ich auch. Aber bei Gabi Stauch-Stottele machte ich eine Ausnahme, was meine Frau auf der Rückfahrt mit dem Satz kommentierte: ‚Du warst nicht ganz bei Trost!‘ Ich habe nämlich, den Alkohol, die Heiterkeit und die Ironie als Zeugen, gesagt: ‚Das Schönste auf der Welt ist Adrian!‘ – und ich habe mich nicht gescheut, ihn in die Mitte des Raumes zu stellen, neben mich hin ‚damit Sie die Welt, die dazwischen liegt, sehen können!‘ und er kam auch, Voilà! ‚Nun sehen Sie selbst!‘ – Das Ganze wurde beklatscht und mir als gelungenster Scherz des Abends angerechnet bzw. ausgelegt. ‚Ein Traumziel!‘ hatte ich noch gesagt und auf ihn gezeigt, das mir wie alle sogenannten Sprichwörter verhaßte Sprichwort von ‚Kein Feuer, keine Kohle kann brennen so heiß‘ und alle Sprichwörter Lügen strafend. ‚Wie stehe ich da!‘ hatte Gabi, neben mir sitzend, aufgeschrien, vielleicht auch aus Eifersucht. Sie hatten gelacht, und wie! Dann aber waren sie verstummt und waren traurig gewor den bei der augenblicksweisen Erkenntnis, daß sie, deren Namen doch in triumphbogenartigen Zusammenhängen erschien, nicht dabei waren. Da stand ein anderer Name auf dem Triumphbogen.

Es mochte vielleicht auch eine Verwirrung darüber, was schön war, entstanden sein. Aber zu einem Streitgespräch kam es nicht mehr. Die Lage war geradezu eine Beweislage, erdrückkend, ja, niederschlagend. Das mußten selbst die Männer bei Mercedes, bei aller Selbstsucht, zugeben, und auch ihre Frauen, die sich naturgemäß für die schönsten hielten. Wie waren ihnen da, sage ich, an der Sprache von Kreenheinstetten geschult, ,die Gesichter verreckt'! Es blieb ihnen nichts anderes übrig, als hinauszugehen, nach Hause zu gehen und den Abend zu vergessen.

Gabi, die am Baggersee wieder auf diese Szene zu sprechen gekommen war, als Adrian vom Wasser her auf sie zuging, wies mich zurecht: ,Ach was, hör doch auf!' – ,Das hat doch kein Mensch geglaubt. Sie haben doch alle gelacht. Das war doch ein Witz!' sagte ich kurz darauf. ,Ich habe ihnen doch schließlich die Möglichkeit gegeben, sich mit Anstand hinter einem Witz zu verstecken! – Ich habe mich doch für sie hergegeben, ich habe mich doch ihrer Sehnsucht geopfert! – Ich war doch nur ihr Stellvertreter!' sagte ich. Trotzdem, erinnere ich, hätte ich mich am anderen Morgen am liebsten unter meiner Bettdecke vor der Welt versteckt, das war beim Aufwachen, wie oft beim Aufwachen wollte ich einfach wieder einschlafen und nichts mehr wissen von mir und nicht mehr hier sein auf der Welt, auf der ich zu viel gesehen und zu viel getrunken hatte, vor allem Rotwein, möglicherweise die ganze Ernte einer mittelgroßen Lage, somit dem Herztod entgegenarbeitend aufgrund der Geschichte unserer Medizin, die eine einzige Irrtumsgeschichte ist, von der mir erst gesagt worden war, daß der Rotwein zum Tod führe. Jetzt aber habe ich erfahren (sogenannte neueste Studien), daß das Trinken, und vor allem der Rotwein, am Leben halte, der Rotwein ein Herzmittel sei.

So lag Gabi auf der zweiten Liege in ihrem Höschen, auf dem ,Olympische Winterspiele 1972' stand, auf ihrem Arsch diese fünf Ringe, in sich gefügt und rund, während ihr Arsch, der Schwerkraft und den Verhältnissen gehorchend, allmählich nach unten fiel, und streckte Adrian ein Badehandtuch entgegen, auf dem MIAMI stand. Dieses Relikt von den Olympischen Spielen hielt das Geheimnis noch einigermaßen verborgen, das Höschen war gnädig, hielt die Vergänglichkeit zusammen, in Grenzen, ach, ich konnte mir überhaupt nichts erklären, weder Geheimnis noch Vergänglichkeit. Aber alles war sichtbar. An ihrer Oberfläche hatte sich die Geschichte festgesetzt, unsere fünfundzwanzig Jahre waren sichtbar, ich aber konnte dazu nichts sagen.

Das Erscheinen von Adrian machte Appetit. Sie fragte, ob sie jetzt die Steaks aus der Kühlbox nehmen solle. Ich solle ,schon mal' den Grill ,anmachen'. Da klingelte das Handy. Dummerweise hatte ich es nicht abgestellt, leider war ich so neugierig und wollte wissen, wer uns am Samstagnachmittag sprechen wollte. Es war Bantle, der sich nach dem Zahlungsziel erkundigte. Ich versicherte ihm, wir könnten das Zahlungsziel einhalten, und dachte nicht daran, mir den Appetit verderben zu lassen. Gabi reagierte überhaupt nicht. Der Name ,Bantle' löste bei ihr nicht einmal mehr eine Grimasse aus. Sie nahm die Steaks, da fielen mir die Fingernägel von Rosetta ein. Ich saß im Geniewinkel zu Hause in Kreenheinstetten und hatte ein

Schnitzel bestellt. Ich sah die notorisch erhöhte Konzentration von Kolibakterien unter den Fingernägeln von Gabi und Rosetta, die mir das weithin gerühmte Schnitzel brachte, dabei fiel mir ein, daß in der letzten Zeit in jedem meiner Sätze ein Mensch vorkam, er oder sie. Oft kam ‚ich‘ vor in meinen Sätzen. Trotzdem und trotz allem aß ich das weithin gerühmte Schnitzel und auch Gabis mit einer Fertigsauce garniertes Steak mit einer Lust, als käme ich von der Waldarbeit, nein, als wäre es das letzte Mal, ohne es zu wissen.

Was Adrian dabei dachte, als er aß, indem er Fleisch zwar nicht roh, aber doch ohne Brot hinunterschlang, weiß ich nicht. Auch bei Gabi sah es nach Appetit aus. Zu aller übrigen Gier kam auch noch diese Gier. Und danach? Die alte Müdigkeit. Jetzt ein Mittagsschlaf! – Gabi schaute noch auf die Uhr, kippte aber als erste weg. Wir hatten Zeit: wir waren schon um elf hier gewesen und hatten unseren Platz besetzt, und wir wollten auch noch den Sonnenuntergang hinter dem Wäldchen sehen. Es gab einen schönen Spazierweg, den Adrian entdeckt hatte, wie sich herausstellte, war es ein sogenannter Wackel, eine Art Strichmeile, wohin er auch tagsüber schon immer wieder verschwunden war. Auch mit Gabi, was aber bei mir gar keinen Argwohn, nur eine Eifersucht vielleicht, auslöste. Auch daß sie (gleich nach dem Mittagsschlaf) eine Decke mitnahmen, brachte mich auf keine bösen Gedanken. Ich wurde sogar müde und schlief vor mich hin. In dezenter Nachbarschaft, in einem Abstand, der die Schamgrenze nicht verletzte, waren die anderen mit ihren Campingliegen und hatten sich für den schönen Sommertag eingerichtet, auch sie mit Kühlboxen, Sonnenschutzmitteln, Surfbrettern und Grillgeräten und was man zum Leben braucht. Ich wurde geweckt durch Max, der auch geschlafen hatte, nun aber ins Wasser wollte, und deswegen das Höschen der Nachbarin, was mir unangenehm war, herbeitrug. Mittlerweile hatte dies die Nachbarin auch bemerkt, stand schon auf und kam zu uns herüber: nackt, wie Gott sie geschaffen hat oder nicht. Nun war der Kontakt hergestellt, indem sie sagte, das sei gar nicht schlimm, ,ach, was', sagte sie, meinen Entschuldigungsansatz abwürgend, so als ob sie sagen wollte ,sind ja nur Kinder!'. Wenn es aber Kinder gewesen wären, hätte es ein Geschrei gegeben, und ich hätte mich für meine Kinder rechtfertigen müssen. Aber hier wurden wir für Max bewundert, wie aufgeweckt er sei, sagte die Nachbarin vom Baggersee, so vor mir aufgestellt, ohne das Höschen, wie es zum Sittenkodex eines FKK-Strandes gehört hätte. Oben als Frau immer ohne, das Höschen aber übergestreift, wenn man sich zu den Nachbarn begab oder sich sonstwo auf- oder anstellte. Auf der Liege oder im Wasser hingegen wieder nackt. Wehe aber jenen, die gegen die Baggerseemoral verstießen, die kamen und sich nicht auszogen! Das waren Außenseiter, die von allen verachtet wurden oder für Sittenstrolche gehalten wurden, man hätte eigentlich die Polizei kommen und solche Elemente abführen lassen müssen. Also stellte sich die Nachbarin vor uns auf, eine fortschreitende Cellulitis alimentosa! sah ich auf den ersten Blick, an den Beinen meiner Frau geschult. Hunde sind die idealen Kontaktvermittler. Kinder hätten für Streit gesorgt, bestenfalls für Desinteresse. Nun aber wollte die Nachbarin wissen, wie unser kleiner Liebling heißt, sie fragte nach seinem Namen, und ich sagte: Max. Die Nachbarin sagte: ist der aber schön! an der Stelle, wo ihre Mutter vielleicht noch, in einen Kinderwagen hineinblickend, diesen Satz gesagt hätte. Dazu kam der quälende, aber nicht formulierbare, von meiner

Frau oder Adrian oder den beiden ausgelöste Schmerz. Sie sind einfach im Wald verschwunden und kamen über eine Stunde lang nicht zurück, nahmen eine große Decke mit, während diese Frau vor mir stand und mir die Welt erklärte.

Nur mit einer Sonnenbrille, einem Strohhut und Badeschlappen bekleidet kam sie auf mich zu. So stellte sie sich vor mir auf, nur gelegentlich ihr Gewicht von einem Bein aufs andere verlagernd, und redete über dieses und jenes, auch, daß wir nun Schröder als Kanzler hätten, während die beiden im Wald waren, und was eigentlich Kohl nun wohl den ganzen Tag treibe.

Von einem ganzen Tag, ja, Leben, blieb oftmals nicht viel mehr als ein Bild, das Bild inmitten der Bilder, wie von einer Reise. Von der nichts zurückbleibt als die eine Aufnahme, welche die Sehnsucht, einen Liebesbrief zu schreiben, nach sich zieht. Oder eine als Abschiedsbrief getarnte Liebeserklärung.

Der Lebenstraum von Frau Berberich war, eine Hundepension zu führen, um ihre Kinder nicht in die Hundepension geben zu müssen, sagte sie mir, wenn sie mit ihrem Mann, selten genug, wegfuhr.

Ihr Mann (sie sprach von ‚Herrn Berberich‘) blieb im Hintergrund. Ich fürchte, er hätte mir am liebsten diese Frau übergeben. Dafür war es nun zu spät. Diese Frau Berberich mußte offenbar ohne Haushaltshilfe auskommen, hatte nur einen Hund, während ich praktisch nur noch in solchen Kreisen verkehrte, die mindestens einen Hund und zwei Haushaltshilfepraktikantinnen, die voll absetzbar waren, besaßen.

Als sie aus dem Wäldchen herauskamen, war von mir noch einmal beschlossen: Du mußt dein Leben ändern. Ein vorerst völlig folgenloser Entschluß. Wie oft hatte ich dies schon beschlossen?

Sie fragten mich, ob ich es schön gehabt hätte, ob ich mich gut unterhalten hätte. Sie taten so, als wäre nichts. Auch wenn Gabi nun mit einem Gesichtsausdruck auf ihre Campingliege zurückkehrte, als ob ihr Name auf dem Triumphbogen stünde. Und zwar ganz oben, zusammen mit dem Namen Adrian: HADRIANUS GABRQUE DIE OPTIMO FECERUNT. Adrian war nun ihr Held, und bestärkte sie in diesem Glauben. Er warf ihr Blicke zu, die Komplizenschaft, wenn nicht Geheimwissen verrieten (veni, vidi, vici). Dann ging er zum Surfbrett, sagte: ‚Ich surfe jetzt noch eine Runde' auf englisch, und stand dann bald, von Gabi und dem ganzen Baggersee bewundert wie einer der beiden Tyrannenmörder im Archäologischen Museum von Neapel, auf seinem Surfbrett.

Am Abend sollten wir auch noch gemeinsam Pizza essen gehen. Ich ging mit, wenn ich auch schon für den nächsten Tag vorgesorgt hatte. Wir saßen an einem der Ecktischchen dieser schlecht ausgeleuchteten Pizzeria. Der Kellner begrüßte auf italienisch, was den Umsatz steigerte, sagte ‚Prego, Signori' etc. Die Pizza selbst war aber so katastrophal, daß Adrian vorschlug, das Lokal zu wechseln, und aus Rache in einem unbeobachteten Augenblick die Pizza auf den Teppich- oder Filzboden unter die Eckbank des schlecht ausgeleuchteten Lokals warf. Wir wissen nicht, was daraus geworden ist. Das hatte er auch schon in anderen Lokalen so gemacht. Jetzt aber machte es Gabi auch so. Das war neu. Diese Banalität war ein Schlußstrich. Du hast sie verloren, mußte ich mir sagen. Beide.

Ein altes Arschloch

Dieses Jahrhundert war das Jahrhundert der Psychiater, aber das geht nun zu Ende! behauptete ich in einer Small-talk-Runde. Die Angst der Psychiater vor dem Ende dieses Jahrhunderts, das ihres war, ist verständlich.

Sie wissen doch, daß es mit ihnen zu Ende geht, sagte ich. Ich war schon ganz verzweifelt, weil ich immer noch soviel Hoffnung hatte.

Trotzdem:
Schon in der Schule hatte ich eine Neigung zum Minusrechnen. Das Subtrahieren leuchtete mir ein.
Eine einfache Rechnung für mich, da sie mit einer kleinen, die Wahrheit vertuschenden Anstandsdistanz nacheinander, aber ganz eins, aus dem Wäldchen herausgekommen waren. Eine einfache Rechnung: minus zwei: diese zwei Menschen durfte ich also von mir abziehen.
Geh doch einmal zu Nillius! sagte meine Frau nun. Hilfe kommt vielleicht von Nillius, meinte sie. Und als ob dies schon ein Beweis für eine kurz bevorstehende Rettung wäre, sagte sie mir, es sei praktisch unmöglich, bei ihm einen Platz zu bekommen, so gefragt sei dieser Mann und Seelenspezialist. Und ich machte mich mit der Hoffnung eines Melancholikers zu Nillius auf. Ja, ich weiß, die Psychiater hatten es geschafft. Sie waren so unabkömmlich, wie sie für unabkömmlich gehalten wurden. Selbst eine Chirurgin hoffte nun in meinem Fall auf die Hilfsmittel der Psychologie. Meine Frau schaffte es, daß ich sofort genommen wurde. Und ich dachte mir nichts dabei, ich dachte, das sei natürlich, die Konsequenz aus meinem Leben, daß

ich schließlich bei Nillius landete und von ihm analysiert werde. Meine Frau muß meinen Fall als einen der dringendsten dargestellt haben.

Als ich Professor Nillius das erste Mal sah, erschrak ich – wahrscheinlich mehr als er. Ich hatte ihn mir doch nicht als derart mausgraue Erscheinung vorgestellt. Dann beruhigte ich mich doch wieder und landete in seinem Sofazimmer. Ein durch eine subtile Dimmer-Anlage gesteuertes Licht (ein Hilfsmittel, über das die Väter dieser Kunst noch nicht verfügten) sollte mich von Nillius selbst ablenken, gleichgültig machen und dabei zum Reden bringen. Als ich auf seinem schäbigen Sofa in dieser Behandlungskemenate zu liegen kam, abgedunkelt, fast schon umnebelt, fiel mir mein Beichtvater ein, alle Beichtväter meines Lebens, wie sie mit einem Taschentuch und meinem Mund an ihrem Ohr dasaßen, wegschauten und hinhörten, in einem ähnlichen Neigungswinkel wie Nillius, in einem zutraulichen Murmelton wie hier. – ‚Können Sie sich an irgend etwas erinnern?‘ Ich konnte mich an nichts erinnern.

Da gab er mir ein Stichwort: Kindergarten.

Stichwort: Kindergarten, worauf ich gleich zu Beginn erst einmal stockte und verstummte. Das erste, was ich erinnern konnte, war eine Frage der Kindergartentante, die uns damit vielleicht schon auf den Heimatkundeunterricht vorbereiten wollte: ‚Was hört ihr im Wald?‘ fragte sie. Da hat die vorlaute Heidrun Benz den Finger gestreckt und ‚ein Auto‘ gesagt. Heute ist sie mit dem zweiten Heuberger Geländewagen-Mogul (wenn nicht Geländewagen-Papst) verheiratet. Nillius aber sagte gar nichts. – Auch ich lag so eine ganze Weile, sagte gar nichts und wartete auf eine Antwort auf mein Kindergartenerlebnis. Meine nächste Erinnerung war ein Ministrantenausflug.

– Aber von daher konnten doch meine aktuellen, tatsächlichen Schwierigkeiten nicht abgeleitet werden? Oder doch? Mit dem Bus zum Flugplatz Kloten ... Die Aussichtsterrasse ... ein Ministrantenausflug ... Zürich ... die Aussichtsterrasse ... Ich sah Düsenjets davonfliegen, wohl 707, das war vorerst alles; ich erinnere eine Aussichtsterrasse: die Grenze der Sehnsucht war erreicht. Ganz gegen die analytische Praxis wollte *ich* nun sofort von Nillius eine Antwort, ich wollte auf der Stelle wissen, ob es diese Aussichtsterrasse noch gebe: ‚Gibt es sie noch?‘ Doch Nillius hat mir keine Antwort geben können oder wollen. Ich habe Nillius alles erzählt; und dabei blieb es. Ich wußte schon nicht mehr, was mich im Grunde in die Arme von Nillius getrieben hatte (Gabi und Adrian konnten doch nicht eine Erklärung für alles sein). Aussicht auf Heilung vielleicht? War es die Sehnsucht, von meiner Sehnsucht befreit zu werden? Das gewöhnliche Leben vielleicht, das ich mir von Nillius versprach? – Ja, ich habe bar bezahlt und hoffte auch, wie ein alter Ablaßzahler, das Ganze günstig zu beeinflussen. Doch eines Tages (es war nach zwanzig Jahren) sagte mir ein Kreenheinstetter: ‚Du bist das alte Arschloch geblieben!‘

Ja, das war die an den weisen Frechheiten des hauseigenen Abraham a Sancta Clara geschulte Sprache von Kreenheinstetten. Aber dieser Erkenntnis war die Zeit oder Zeitverschwendung bei Nillius vorangegangen. – Ich hatte mir auf dem Weg zu Nillius fest vorgenommen, von meiner Frau und Adrian zu sprechen. Doch als ich auf der ‚Couch‘ lag, waren die beiden wie verschwunden, ja, weggeblasen. Statt dessen erzählte ich von meinem Auto, von meinem geliebten, schmerzstillenden Mercedes. ‚Ich stehe auf dem Parkplatz, da drüben‘, sagte ich. ‚Ich stehe gleich da drüben.‘ An dieser Stelle hätte Nillius einschreiten müssen, hätte sagen müssen: ‚Aber Sie stehen bzw. liegen doch hier! – Sie verwechseln sich mit Ihrem Auto. Sie identifizieren sich zu sehr mit Ihrem Fahrzeug!‘ Nichts davon, er hat mich reden lassen. Doch dann kam meine Frau – ‚Ich erinnere dich, noch mehr dein blaues Kleid.‘ – Aber sie hatte immer Angst, daß ein Fisch in sie hineinschwimmen könnte, sagte ich. Daher zog sie jenes Höschen an, auf dem ‚Olympische Winterspiele 1972‘ stand, wenn sie ins Wasser ging. Auch erinnerte ich die Pistole in Dildo-Form, mit den Eiern als Anschlag, wie man sie beim Großen Meßkircher Wurstschnappen Ende der siebziger Jahre mit sich führte. Sämtliche unverheilte Stellen, auf die ich gestoßen war, blieben von Nillius unbehandelt. Vielleicht erschrak er sogar, als ich ihm auch noch mit der Wirtin mit Kopftuch, die abwechselnd die Kühe fütterte und die Bierflaschen hinstellte, die am Abend zwischen Stall und Wirtschaft hin und her ging, als ich ihm mit meiner Mutter kam. Das hätte ich ihm anrechnen können zu seinen Gunsten. Aber ich fürchte, er erschrak nicht. Es gehörte nicht zu den Aufgaben eines Analytikers zu erschrecken, daher bin ich auch ganz ungeheilt entlassen worden. Ich war nur vielleicht noch etwas zerzauster. Meine Zeit mit den ‚Jungfrauen von Bumshausen‘ ist daher bis zum heutigen Tag nicht bewältigt. Die Jungfrauen von Bumshausen! – Ich mußte Nillius sagen, daß ich noch heute einen Ekel vor diesen Jungfrauen, deren Anführerin ‚Die Tuttlingerin‘ hieß, hätte. Die Tuttlingerin, nach einem mir wohlbekannten Ort an der Donau. Sie war genommen worden (in jenem Film), und zwar ausschließlich wegen des ‚Holzes vor der Hütte‘. Dieses Holz war der Hauptschauplatz des Films. Meine gute alte Buchhändlerin! sagte ich, ach, meine Buchhändlerin, ein hoffnungsloser Fall, fuhr zum

Wandern in den Harz. Da lachte Nillius. Gewiß ist sie mittlerweile gestorben, es kann nicht anders sein, als daß sie tot ist oder hundert Jahre alt. Es gibt solche Buchhändlerinnen nicht mehr. Du mußt mit der Zeit gehen! Erika, sagte ich nun, als ich, ich, (ich kam nicht ‚drumherum‘) nun doch auf mein Abtreibungstrauma zu sprechen kam, ‚du kannst nicht einfach mit der Stricknadel hineinstechen, wie das deine Mutter noch gemacht hat, was nichts genützt hat, wie du weißt, liebe Erika, denn trotz allem bist du doch gekommen, hast im selben Raum das Licht der Welt erblickt wie ich‘, sagte ich erst Erika, und zwanzig Jahre danach Nillius. –

Was ist aber, wenn es nun doch Gott gibt, der mich für mein Leben bestraft? fragte ich einen gottlosen Psychiater. – Ich weiß, Nillius wollte mir Gott ausreden, ja, er setzte für die Analyse voraus, daß es ihn nicht gab. ‚Gott‘ war seine schärfste Konkurrenz. ‚Gott lassen wir aus dem Spiel!‘ meinte er von hinten. Gut, ich machte weiter mit Erika, frühreif, wohl eine altehrwürdige Tradition in dieser Familie mit den kleinstmöglichen Generationsabständen nördlich des Wendekreises. Sie hat mich einst vom Kindergarten weg in einen Straßengraben gezogen und behauptet, sie könne mir etwas zeigen. Ich sah nichts, ich schwöre es. Nun wußte ich auch, warum ich in der ersten Klasse ausgelacht worden war, als wir einander malen sollten. Ich malte Rosemarie. Aber da ich niemals eine nackte Frau gesehen hatte, habe ich sie nach meinem Bilde gemalt, mit meinen Geschlechtsteilen, und alle haben gelacht. Dabei erinnerte ich mich wieder an die verlorenen Stunden in der Autowerkstatt von Futterknecht mit Hugo, wie wir die Kühlerhaube öffneten und hineinschauten. Und so blieb es: Immer wenn ich mit Hugo hineinschaute, sah ich nichts, und immer wenn mir

Erika etwas zeigen wollte, sah ich nichts, das hätte mir Nillius einmal erklären sollen. Es war wie bei einer Erscheinung, wo nur die Hauptpersonen etwas sehen, und die anderen sehen nichts außer den Personen, die eine Erscheinung haben. Immer wenn mir Erika etwas zeigen wollte, wurde ich sehr einsam und mußte mich für den Menschen aus ‚des Kaisers neue Kleider‘ halten, der nichts sieht als das, was er sieht und was zu sehen ist. Als der, der nichts sah als das, was er sah: nichts. Möglicherweise, ich gebe es zu, ging es weiter unten irgendwo hinein, da war ein Tor, eine Öffnung, durch die ich nicht wollte. (Können Sie mir weiterhelfen, Herr Professor Nillius? Hätten Sie mich heilen können?) Ich sah einfach nichts, ich schwöre es. Nicht, daß ich dieses Loch oder diese zwei drei Löcher hätte als ‚nichts‘ bezeichnen wollen, Herr Professor. Aber ich war doch kein Mystiker! – Ich dachte nun von der Autowerkstatt her und von der Autowerkstatt an.

Anders kann ich mir die Hingabe nicht erklären. Erika wollte mir einreden, sie könne mir etwas zeigen, was ich nicht habe. Es blieb dabei, daß ich nichts sah, ich war der Ungläubige, der verstockt vor einem Wunder steht. Da lachte Nillius auf, etwas vollkommen Ungewöhnliches für einen Analytiker, so daß ich mich von meiner Couch erhob und mich umwandte und das schlechte, mauszahnartige, verhuschte Gebiß von Professor Nillius sah. Nillius hatte gegen das eherne Gesetz der Psychoanalyse verstoßen: nichts zu sagen, und vor allem: niemals zu lachen.

Er aber lachte: ein Wunder. Nillius war ein medizinisches Wunder, er hatte noch die ersten Zähne, die sogenannten Milchzähne, daher ist er auch Analytiker geworden, weil er wußte, daß er nie lachen darf und daß er bei diesem Beruf sich und seine Zähne nie zeigen darf. – Das war eine Katastrophe, daher wurde die Analyse durch Nillius nach dieser sogenannten Sitzung abgebrochen. Ich mußte nur noch bis zum Abbruch dieses todernsten Geschäfts, das die Psychoanalyse war, ist und bleiben wird, zurückgeworfen auf die primitivste Form der Medizin, die Selbstheilung, eine Anstandsfrist verstreichen lassen. Ich mußte Nillius die Chance geben, sich mit Anstand zurückzuziehen, indem ich für den Rest der Sitzung so tat, als ob ich nicht wüßte, daß er eine psychoanalytische Todsünde begangen hatte. Ich erzählte einfach weiter an der Stelle, an der ich aufgehört hatte, und entwickelte dabei ein ungeheures Selbstbewußtsein, eine Gewißheit, diesem Menschen und seiner hilflosen Kunst der Analyse überlegen zu sein, ein einziges Mal in meinem Leben. Es blieb dabei, daß ich nichts sah, so wie der Ungläubige, der verstockt neben einem Wunder steht. Und die anderen stehen daneben, verzückt und fassungslos, empört wegen des Unglaubens dieses einzelnen, der daneben steht und behauptet, nicht und nichts sehen zu können, außer dem, was er sieht. Herr Nillius, war es die Gnade des Unglaubens, war ich der mit Blindheit Geschlagene, der die Madonna einfach nicht weinen sieht? War es so, weil es Erika war? – Mit diesen Fragen ließ ich ihn auf immer zurück. Er mußte nun damit fertig werden. Auch sagte ich ihm noch zum Abschied, daß ich schließlich mit meinen Händen zwischen Erikas Beinen herumhantierte und daß ich kam, daß ich sie vollgespritzt, nein, beschmutzt habe. Das sagte ich noch, in anderen Worten. – Ich hatte Nillius eigentlich aufgesucht, weil die Psychologin Krista Schmitt nicht weitergekommen war und weil ich Hilfe brauchte. Dann gingen wir zu seinem Schreibtisch hinüber, und ich habe einem tatenlos dasitzenden, nichts sagenden Menschen ins Gesicht geschaut. Ich hatte ihm die Rettung unterstellt, bin ihm entgegengefahren, als komme von ihm das Heil. Dann hat er mir eine Gynäkophobie attestiert. Kein schönes Wort! Ja, ich saß da, ich schaute ihn an und wartete auf eine Antwort. Meiner Frau zuliebe war ich zu Nillius gegangen, eine Unsinnstat schlechthin. Vollkommen ungeheilt verließ ich diesen nichtssagenden Menschen, der mir nicht einmal bestätigen wollte, daß ich etwas hatte, nicht einmal sagen konnte, daß mir etwas fehlte. Immerhin: er galt als eine Kapazität im Einstellen der Medikamente. Immer wieder haben mich Menschen zum Psychiater schicken wollen. Aber meine Frau war die erste, die mich zum Psychiater geschickt hat. Schon sehr früh hat sie dies versucht, kaum, daß sie mich kennengelernt hatte – und bis zuletzt. Nachher versuchten es andere immer wieder, auch Männer. Alle wollten mir nehmen, was mir doch fehlte.

Ich beschloß, mein Leben zu ändern, und wurde krank

Als Kind hatte ich Angst vor dem Scheintod. Es war die Angst, lebendig begraben zu sein. Dann habe ich doch geheiratet. Nun sind es zwanzig Jahre, da wir uns das sogenannte Ja-Wort gaben. Um Mariae Himmelfahrt. Ich hatte Nillius hinter mir.

Ebenso die erste große Herzuntersuchung. Kleinere Untersuchungen waren vorangegangen. Ich sah, zum Beispiel, mein Herz schlagen. (Das war beim Ultraschall.)

Falls die Sozis an die Regierung kämen, wollte Bantle mit Mann und Maus, also mit Frau und Kind, auswandern, hörte ich ihn vor einem Jahr sagen. (Ich habe ihn nie gesehen, alles lief über das Telefon, E-Mail und Private Banking.) Aber jetzt war er immer noch da, weder in den USA noch in der Psychiatrie, was vielleicht auf dasselbe hinausgelaufen wäre (Ressentiment Nr. 2375). Habe ich fast mehr Ressentiments als Wörter?

Es war ein Vorhofflimmern, wie ich vom Krankenhaus hörte. Nicht weiter schlimm, doch irgendwie auch diffus im Befund. Ich wurde nun richtig eingestellt. Das Herz war mit entsprechenden Medikamenten im Griff. ‚Machen Sie, was Sie können!‘ sagte ich, mich selbst übertreibend, ‚ich werde noch gebraucht‘, sagte ich, auch wenn ich nicht hätte sagen können, von wem. Im gefährlichen Alter war ich eigentlich noch nicht – noch nicht einmal Mitte Vierzig. Es war meine Lage, die gefährlich war.

Aber nach der Gesundheitsreform wurde es zumindest für die Älteren, die nicht privatversichert waren, allmählich kritisch; schon waren wir unterwegs zu englischen Verhältnissen. Dort, aber auch in Amerika, wurden bei jedem, der nicht bezahlen konnte, die Geräte abgestellt, was heißt abgestellt: sie wurden gar nicht erst angestellt. Wenn es sich nicht mehr lohnte, wenn also nicht bezahlt wurde, hat man es so gemacht: man hat gar nichts gemacht. Eine Operation für einen mittellosen über Siebzigjährigen kam (mit dem Hinweis auf die Überbevölkerung und die Jungen) überhaupt nicht in Frage, was das Herz betrifft oder ein anderes konsumierendes Organ. Auch in Deutschland mußte man um einen sogenannten Bypass für einen Rentner nach der schönnamigen Gesundheitsreform geradezu betteln. Zum Glück hing ich nun schon lange nicht mehr derart an meinem Leben, daß ich meinen Herzschlag im Prinzip bis zur Ewigkeit hin hätte verlängern wollen, außerdem war ich privat versichert, ich Pharisäer. Das Vorhofflimmern mußte nicht über die Kasse abgerechnet werden. Das Herz war, hörte ich, rhythmisiert. Die Engstellen waren per Ultraschall ausgemacht worden. Dasselbe Herz, von dem ich sprach, hatte ich per Ultraschall gesehen, ich Barbar. Zu allem muß man sich die Angst vor dem Tod dazudenken.

Es hatte mit einem nicht erklärbaren, leichten Ziehen, einer Art Kopfweh angefangen (zwei Tage nach einem Besuch in Zürich, der schönsten Stadt, die ich auf der Welt gesehen habe, die mich von allem ablenken sollte), und es endete mit der BILD-Schlagzeile: 3 Millionen Tote. – Darunter ich? Das war also mein Kopfweh! – Nun wußte ich Bescheid. Jahrelange Ablenkungen wie die Salzburger Festspiele, die Basler Kunstmesse und der Genfer Autosalon waren wie weggeblasen.

‚Unser Name steht auf dem Triumphbogen!' hieß es damals zu Hause in Meßkirch. Törichtes Meßkircher Volk! Wußten sie nicht, daß ihr Name unter den Besiegten auftauchte? Was sollte ich nun – angesichts des Todes – mit dieser Wahrheit anfangen?

– Seit dieser BILD-Schlagzeile, die (wenig modifiziert) auch Schlagzeile des SPIEGEL war, seit meinem diffusen Befund (Eigendiagnose) zwei Tage nach Zürich bei einer Schweizerin, die aus Weltanschauungsgründen Kondome ablehnte, wie sie mir erklärte, hätte sich Nillius das ständige Fiebermessen dazudenken müssen. Ich hatte Angst, an einer unehrenhaften Krankheit zu sterben, unehrenhaft aus diesem Leben entlassen zu werden. Auch kam die Panik hinzu, ich könnte Gabi und Adrian ,anstecken‘, wie das harmlose Wort hieß, oder schon angesteckt haben. – Es ist wie an der Front, sagte ich mir, einige werden lebend heimkehren.

Die Erfindung des Instant-Fiebermessers bedeutete in den Tagen und Wochen nach Zürich für mich eine ungeheure Vereinfachung und Präzisierung des Lebens. Ich konnte in Sekundenabstand sagen, ob es nun soweit war. Ich hätte Nillius auch sagen können oder sagen müssen, daß ich nun schon mit zwei Fiebermessern kontrollierte, den einen mit dem anderen auf Zuverlässigkeit hin überprüfte. Jedes Mal hatte ich Angst, beide könnten nach oben hin ausschlagen, daß es also dem Ende zuging. Auch unterwegs mußte ich kontrollieren. Sogar in der Bahn. So gelang es mir, etwa zwischen Wesseling und Brühl eine Sofortmessung durchzuführen. Das Abteil war keineswegs leer, und doch, das Kunststück gelang mir, indem ich mich in meinen legeren Sommermantel schmiegte und verrenkte: Ich habe nur die exakte Analmessung gelten lassen nach der strengen Göttinger Schule. Das beste Foto ist jenes, mit dem der Fotograph zeigt, daß er etwas gesehen hat, aber so etwas kam niemals vor die Linse. 37,09 °C! – Ich hatte 37,07–37,08 °C geschätzt, ziemlich genau, aber zweifellos eine klassische Zwangsneurose! Zwei Schwestern in einer Janker-Aufmachung, aber mit hochdeutschem Akzent, hätten mich beobachten können, wie ich nun wegen der 0,1-Abweichung in Panik geriet. Also war es soweit! Ach, diese Menschen waren so sehr mit sich selbst befaßt, daß sie von meinem Elend nie etwas mitbekommen haben. Ich sah wenigstens noch, daß es sich bei diesen zwei Damen um Schwestern, wenn nicht Zwillinge handeln mußte, so häßlich waren sie. Ich traute mich daher nicht, zu fragen: ‚Sind Sie verwandt?‘ Ich wollte die eine mit der anderen nicht beschämen, ich wollte nicht, daß sie sich wiedererkannten. Doch diese Ablenkung war ganz kurz.

Ich dachte an mich und hatte Angst, das könnte die Todesangst sein. Schon war ich wieder bei mir: früher hat man sogar noch die Sterbenden krepieren lassen in den deutschen Krankenhäusern, aus Angst, gerichtlich belangt zu werden, aus Angst vor dem Betäubungsmittelgesetz hat man den Sterbenden das süßliche Opium vorenthalten, aus Angst, daß sie rauschgiftsüchtig werden. Ob es immer noch so war? Und ich träumte von irgendeinem, der über den Schnee davonkam und dem die Stille der Schneeflocken folgte.

Doch am anderen Morgen lebte ich immer noch, und es ergriff mich die *senile Bettflucht* (Alles wegen eines nicht diagnostizierten, unmeßbaren, aber beweisartigen Schmerzes: Es tut weh, – also bin ich.), so genannt nach den Alten, die Angst vor dem Tod haben, wie früher die Teufel vor dem Weihwasser, und daher nicht im Bett, dem landläufigen Ort des Todes bleiben wollen. Das Wort, nicht die Sache, war entdeckt worden von *Medizinern,* die auf der Suche nach Hilfswörtern waren, doch keine Angst vor und keine Ahnung vom Tod hatten und auf irgendwelchen Fortbildungsveranstaltungen ihre Kollegen mit den neuesten Hilfswörtern versorgten. Immer noch lebte ich,

obwohl doch *die Ärzte* einen Herzstillstand diagnostiziert
hatten und einen ebensolchen für meine Zukunft prognosti-
zierten. Gut, dazu mußte man kein Prophet sein. Dies alles
hatte immer noch nicht zu einem sogenannten Herzstillstand
geführt. Immer noch lebte ich, obwohl mir *die Ärzte* das
Gegenteil voraussagten. *Die Ärzte* – ich darf in der Mehrzahl
sprechen – neigten dazu, aufgrund meiner gespeicherten und
jederzeit abrufbaren Daten meinen dramatisch erhöhten Harn-
säurespiegel, den sogenannten Cholesterinspiegel, überhaupt
meine sogenannten Blutwerte meinem Leben anzulasten,
besonders meine Herzdaten; das fand ich unerhört, wo ich
doch wußte, daß ich dies alles, einschließlich des Lebens, nur
geerbt hatte: wie viele meiner Vorfahren waren schon an denselben Krankheiten gestorben, an denen ich noch lebte! Und dann
kam einer, der sich Arzt nannte, und von meiner Frau vermittelt, und behauptete: Sie leben zu gut! – Was für eine Unterstel-
lung. Immer noch lebte ich, obwohl von den Daten her eigentlich vom Gegenteil auszugehen gewesen wäre. Von meiner Frau
habe ich mich nie untersuchen lassen. Bestimmte Dinge sind in
einer Ehe und in einer Liebe nicht mehr möglich. Sie können ja
auch nicht zur Frau, die Sie lieben, wenn Sie mit ihr im Bett liegen, ,Du Sau!' sagen, auch wenn Sie Lust darauf hätten. Dafür
müssen Sie schon bezahlen! wenn Sie sie lieben. Dazu sind wir
doch nicht in der Lage.
Selbst in einer Schlafklinik landete ich, ein Ort, der laut Gabi
der richtige für mich war. Das alles, d.h. meine Lage vom
Wäldchen an gerechnet, zog sich über das bis dahin furchtbar-
ste Jahr meines Lebens hin. Der Schmerz denkt aber nicht, und
schon gar nicht in Zeiträumen. Alles ist jetzt (oder nie).
Der Aufenthalt in der Schlafklinik bei Wangen im Allgäu war

ebenfalls eine Tortur. Hilfswort: Schlafapnoe. Die längste Phase meines Atemstillstands: 1 Minute, 36 Sekunden. Dann schreckte ich wohl auf, und es ging weiter. Ich führte alles auf das Leben zurück, auf das Wäldchen. Der Apparat, an dem ich hing, hat alles treu registriert. Zum Beweis fuchtelte der leitende Arzt (Dr. Kneller) auf seinen Tabellen und Schaubildern herum und legte seinen Finger zum Beweis auf besonders kritische Situationen: ‚Da, um 3.11 Uhr zum Beispiel.' Und so hat er mir aufgrund der Bögen sieben lebensgefährliche Situationen in einer Nacht bewiesen. ‚Sie brauchten eigentlich ein mobiles Sauerstoffzelt.' Meiner Frau blieb danach nichts anderes übrig, als dieses mobile Monster anzuschaffen. Sie hat wohl zum ersten Mal in ihrem Leben eine Güterabwägung durchgespielt, weil es nun schon Adrian gab. Trotzdem habe ich das Gerät bekommen. Dazu kamen Krankheiten wie Allergien, Schimmelpilz und Elektrosmog, die ich den Privatsendern verdankte. Mein Fiebermeßwahn, getreulich dokumentiert in einer Art Logbuch, das ich über ein Jahr führte, mit Doppelmessungen vor und nach dem Frühstück, vor und nach dem Mittagessen, vor und nach dem Abendessen, vor und nach dem sogenannten Zubettgehn, und vor und nach dem sogenannten Aufstehen, hatte sich zum Glück gelegt, was eine deutliche Verbesserung meiner Lebensqualität bedeutete.

Aber Dr. Kneller riet mir nun, wie alle Ärzte, ich solle etwas Sport treiben. Ich dachte nicht daran! Außer dem einen dachte ich nicht daran, einen weiteren Sport zu betreiben. Sollten sie doch selbst Sport treiben und mit dem Rotwein aufhören und so fort; sollten sie doch endlich einsehen, daß ich all meine Krankheiten dem Leben verdankte, daß ich das alles geerbt hatte wie das Leben selbst. Dr. Kneller wollte wissen, ob ich einen Sport ausübe, und welchen, und ob ich je Sport betrieben hätte. Das sah er doch! Ja, früher war ich in der Regionalunterliga, bei den Ringern des benachbarten Irrendorf, da wir in Kreenheinstetten gar nicht so viele junge Männer hatten, einen derartigen Club zu gründen. ‚Hat es Ihnen Spaß gemacht?' O ja, aber dann wurde ich ausgebootet. Mein Fall: In der fünften Minute wurde ich vom Kampfrichter bei 4:0 disqualifiziert. Der Grund: Ich war angeblich zu defensiv eingestellt. Ja, ich lag auf dem Boden, war schon geschultert. Da hat sich der Schutterwalder, ein Türke aus Bulgarien, der schon etwas Deutsch konnte, auf mich gelegt, und ich habe, derart in Besitz genommen: ‚Ich liebe dich!' vor mich hingesagt. Zweifellos habe ich gar nicht diesen Menschen gemeint, sondern *Rosemarie*, die erste, niemals widerrufene, und somit vielleicht einzige Liebe meines Lebens. Genauso war es beim Unfallhilfekurs im Rotkreuzheim vor der Führerscheinprüfung mit Rosemarie Schwichtenberg gewesen. Genauso hatte sie sich über mich gebeugt und Erste Hilfe in Form einer Mund-zu-Mund-Beatmung geleistet. Das war ein Déjà-vu, kein Blackout! – Vielleicht auch ein Blackout, kurzum: mit einer heftigen Bewegung hat sich der Schutterwälder auf diese Mitteilung hin von mir gelöst, mich wegstoßend ist er aufgesprungen, hat seinen Gürtel genommen und damit auf mich eingeschlagen. Er hielt mich wohl für schwul; und ich war ein Opfer des bulgarisch-türkischen Moralkodex. Anschließend wurde *ich*, nicht er, für die bis zum heutigen Tag konservative badische Unterliga gesperrt und unehrenhaft aus dem Deutschen Ringerverband entlassen. Ich! – jetzt soll noch ein Mensch sagen, daß es gerecht zugeht auf der Welt, und jetzt wissen Sie auch, verehrter Dr. Kneller, warum ich als liberaler Mensch gegen den Sport bin, schlicht:

die Funktionäre sind mir zu schwulenfeindlich.' – Wahrscheinlich sagte ich doch nicht ‚schwulenfeindlich‘, sondern ‚intolerant‘, ‚wenig liberal‘ oder ‚politisch nicht korrekt‘, ein Wort, das es in der Schlafklinik schon gab.

Das Sauerstoffzelt habe ich im Fabrikverkauf mit einem Passierschein meiner Frau, zusammen mit den fehlenden Teilen im chirurgischen Besteck meiner Frau, in Solingen abgeholt. ‚Sauerstoffzelt‘ hört sich gewaltig an; aber es war eigentlich nichts anderes als ein aufblasbares Moskitonetz, wenn auch hermetisch geschlossen, der dazugehörende Motor wurde frei Haus geliefert. Außer nach Kreenheinstetten, wohin es keine Zugverbindung gab und gibt, fahre ich manchmal gerne mit der Bahn, vor allem die kleinen Strecken. Kurz vor Köln las ich ‚Leverkusen‘, ein Ort, der nun auch im Kulturbereich durch Golo Manns Tod eine gewisse Berühmtheit erlangt hatte. Doch auch hier: die gleiche Lustlosigkeit. Schon zu Hause hatte ich an mir Anzeichen der sogenannten echten Impotenz bemerkt, ich hatte zuweilen absolut keine Lust, auf nichts: ‚Ich kann und will nicht!‘ Das war der Befund. Nach allem kein Wunder. Im IC-Fenster 1. Klasse sah ich, daß meine obere und meine untere Gesichtshälfte nicht zusammenpaßten: unten sah es nach etwas aus, oben sah es nach nichts aus. Erste Anzeichen von Kopfweh hatten sich schon in Solingen eingestellt (Kopfweh, Fieber, Scharlach, Tod, ein Kinderspiel). Eine große rote junge Frau, mit wahrscheinlich blütenweißem Hinterteil, das aber in eine Lederhose gezwängt war, welche die Cellulitis alimentosa begünstigte, Erinnerung an Preßsack, auf Stöckelschuhen. Die ersten Anzeichen von echter Impotenz meinerseits: ganz freiwillig wich ich mit meiner Schulter aus. Ein Ereignis, das mir zu Lebzeiten nicht vorgekommen wäre, und empfand diese

Berührung als Belästigung, wo ich doch in früheren Zeiten auch noch in der Angst lebte, als Frotteur zu enden. Wie immer hatte ich ein Lieblingsbuch auf dem Nebensitz liegen, um so in ganz Deutschland Werbung zu machen. Ich ging sogar auf die auch schon in der neuesten IC-Generation immer unappetitliche DB-Toilette in der Hoffnung, daß in der Zwischenzeit mein Buch gestohlen sein könnte, umsonst. Oftmals mißmutig und voller Verachtung für meine Mitreisenden, blieb mir nichts anderes übrig, als zum Fenster hinauszuschauen. Da hatte ich auf Augenhöhe das neueste Angebot einer Firma für Unterwäsche, die ich nicht nenne, vor mir, es war ein Arsch zum Hineinbeißen, wie man heute sagt. Damals haben sich die Werbetexter noch etwas gedacht, es gab noch einen Text, zur Zeit ist die Werbung doch nur eine Abteilung der Pornographie, dachte ich in jener Zeit, als sich zu allem anderen auch noch die Anzeichen der sogenannten echten Impotenz bei mir einstellten. Oder ich belauschte die Mitreisenden, die mich gerne belauscht hätten, ein Vorteil aufgrund meiner Einsamkeit, eines der wenigen Privilegien des Menschen, der allein unterwegs ist, nicht belauscht werden zu können. Das Mithören konnte jedoch auch als eine Strafe gelten.

Ich zitiere: ,Vier Wochen vor den Fernsehaufnahmen wird unterspritzt bei Dr. Mang in Lindau – Sie müssen Vertrauen haben zu mir – Auf die Alm dürfen Sie aber die nächsten vier Wochen nicht – selbst sehr gut aussehend, noch jung! – Was werden unsere Männer dazu sagen – Aber es macht etwas aus – Es hält mindestens zwei Jahre – Aber jetzt ist schon wieder alles weg – eine positive Einstellung zu allem – finde ich schön – so soll es auch sein – eine Mentalitätsfrage – du darfst nur zum Fachmann – Ich wäre aus dem OP gesprungen – bei mir ist alles noch da – Als ich jetzt in Spanien war – der Mann ist Arzt – ach so – von Tübingen war ich enttäuscht – vor allem die Mentalität ist ein bißchen anders im Vergleich zu uns – Total auf dem Land, das ist wirklich Provinz – ja – ja – die Spanier – ja – ganz toll – die haben dem deutschen Mann was voraus – das Wetter war nicht so gut – Prominentenfriseur – schenkt sich nicht viel – genau – Wasserbett – wie halb auf dem Bauch – genau so – ja genau –'

Das schlimmste war aber, daß dies alles mir zuliebe gesagt worden war. Wollte ich so weiterleben?

Das Subtrahieren leuchtete mir ein

Es gab Menschen, die nichts schrieben, nicht einen Liebesbrief im Leben. Beim Aufsetzen der Geburts-, Heirats- und Todesanzeigen half ihnen jemand von der Zeitung. Der Herr der Anzeigen griff zum Musterbuch, und meist wurde ein Beispiel gewählt und mit den eigenen Daten gefüllt. Die wenigsten formulierten ihre Todesanzeigen selbst, obwohl sie ein Leben daran gedacht haben mögen, wie mir mein Kronzeuge, ein altehrwürdiger Bestattungsunternehmer, versichert hat.

Es gab Menschen, deren einzige Texte waren Kontaktanzeigen. Zu diesen Menschen gehörte auch ich. Außer meiner Doktorarbeit (und später den Aufzeichnungen, das Fiebermessen und mein durch Adrians Auftauchen ausgelöstes Elend betreffend) habe ich eigentlich nur Kontaktanzeigen geschrieben. Um ganz ehrlich zu sein: seit dem dritten Ehejahr habe ich immer wieder, ganz für mich, solche Anzeigen formuliert; ausgedacht habe ich mir eine solche Anzeige eigentlich schon in der Hochzeitsnacht. Ich habe dann immer wieder solche Anzeigen aufgesetzt und heimlich niedergeschrieben, aus Enttäuschung, daß dies alles war, und aus Hoffnung, im Prinzip: auf alles. Nach mehreren Anläufen schaffte ich es, eine Anzeige an ein entsprechendes Publikationsorgan zu schicken. Es meldeten sich bald Frauen bei mir, die dasselbe wollten wie ich, und außerdem hofften, daß ich mich so bald wie möglich von Gabi scheiden ließe, ein Versprechen, das ich niemals gab, im Gegensatz zu anderen Männern und Chefärzten, die mit diesem Versprechen oft jahrelang Frauen hinhalten, die einem solchen Menschen, der ihnen sagt, daß er sich von seiner Frau trennen wolle, sobald die von ihrem ‚Alkoholproblem‘ losgekommen sei, glauben; Männern, die auf diese Weise ein Vermögen an Bordell- und Call-girl-Kosten sparen.

Gewiß habe ich mein Leben lang auch daran gedacht, ein Buch zu schreiben; aus Schmerz, mein Buch, und meinen Schmerz zu veröffentlichen, ein Privileg, das Schriftstellern zustand. Doch über die wohl gar nicht so seltene Idee, die sich bald nach dem Ja-Wort einstellte, bin ich nie hinausgekommen. Das einzige, was also zu meinen Lebzeiten von mir veröffentlicht wurde, waren die unter der Rubrik ,Verschiedenes' veröffentlichten Partnerschaftsanzeigen in den einschlägigen Organen.

Wahrscheinlich wurden diese Texte intensiver und mehr gelesen, als wenn ich mein Buch geschrieben hätte. Nein, ich bin mir sicher, daß dies das einzige Mal war, daß meine Botschaft die Menschen erreichte: freilich, eine relativ kurze Botschaft, eben nur das Wichtigste. Immer habe ich Alter, Gewicht und Größe (oben und auch unten) gewissenhaft angegeben. Mein Zauberwort bei allen, die nur Liebe, aber nicht Ehe wollten, hatte ich herausgefunden, war ,bi'. Von Liebe war die Rede, auch Sex kam vor. Mit dieser ausgewogenen Mischung, wozu auch noch die Hobbies kamen, hatte ich im (bundes- plus CH-weiten) Verbreitungsgebiet des Magazins Erregung ausgelöst und auch Hoffnung, daß es endlich wahr werden könnte. So spielte ich, ohne daß ich dies beabsichtigt gehabt hätte, Schicksal. Ein Mann aus Flensburg hat fünfhundert Kilometer Fahrt auf sich genommen, um mich zu sehen. Ein Ganzkörperfoto, das ich ihm zugeschickt hatte, genügte als Auslöser. Gewiß habe ich die Männer und Frauen, die gelegentlich auch auf mein Stichwort ,Sandwich' hin gemeinsam anreisten, niemals zu Hause empfangen. Ich kannte ein kleines Hotel in der Südstadt, wohin ich die Fahrzeuge dirigierte. Mir selbst wäre es niemals eingefallen, meinetwegen bis nach Flensburg zu fahren. Doch meine Formulierungen müssen etwas gehabt und etwas ausgelöst haben. Oftmals sind mir die Menschen hinterhergefahren, vor denen ich geflüchtet war. Es handelte sich also um eine Literatur, die wahrgenommen wurde. Der Flensburger kam mit einer Frau, die er seinerseits über eine Kontaktanzeige erst vor kurzem kennengelernt hatte, bei mir angefahren. In einem zitronengelben Opel Kadett-Coupé, fast schon Oldtimer. Nun gilt meine Verachtung nicht von vorneherein Opel oder Opel Kadett, und doch: das Zitronengelb schreckte mich. Auch die beiden hatte ich mir etwas glanzvoller vorgestellt. Ich hatte in meiner Anzeige vorschnell versprochen, daß ich das Leben mit ein, zwei lieben Menschen teilen wolle. Die beiden Flensburger hielten sich wohl für diese Menschen. Vor allem er hatte sich von seiner Fahrt zu mir eine Wende seines Lebens versprochen, wie er mir sagte. Diese Anzeige, ich weiß, es gab Menschen, Männer und Frauen, die haben auf diese Anzeigen hin gewichst, die saßen zu Hause, lasen meinen Selbstbeschreibungsversuch und befriedigten sich dabei. Auf dem Nebensitz liegende Wichsvorlagen und überholende, beim Wichsen zuschauende Lastwagenfahrer waren angeblich die heimliche Unfallursache Nr. 1 auf deutschen Autobahnen.

Über diese Anzeigen gelang es mir auch, nach jahrelanger Isolierung bei den Kölnern, die an sich am liebsten unter sich blieben, einen kleinen Freundeskreis aufzubauen. Ich staunte, wie viele, die sich für das ‚bi‘ interessierten, es allein in Köln gab. Ich mußte von Anfang an sortieren. Freilich fanden sich alle Klassen und Altersgruppen. So achtete ich darauf, daß wir, ob nun Damen oder Herren, in etwa zusammenpaßten. Eines ist jedoch gewiß: in keinem anderen Bereich des Lebens kommen die Menschen aus derart unterschiedlichen Schichten und Richtungen zusammen.

Dies der Vollständigkeit halber. Und auch zum Beweis, daß ich in der Lage war, all dieses und jenes zu überstehen. So grob war ich.

Das Schöne verschwimmt an den Rändern

Ich war kein eindeutiges Phänomen. Dieselbe Frau, die meinetwegen auf den Anrufbeantworter geweint hatte, lachte mir nun ins Gesicht. Als sie mich noch liebte, hat sie mich den Tag über immer wieder von der Praxis aus angerufen, nicht nur, um mich zu kontrollieren, sondern auch, um meine Stimme zu hören. Schon die Ansage meines Anrufbeantworters genügte ihr. Da hat sie aufgetankt und aufgelegt. Aber nun lachte sie mir ins Gesicht, als ich beim Monopoly die Schönheitswettbewerbkarte zog. Sie hatte nun mit Adrian ihr Imperium aufgebaut, erst die kleineren Objekte, zuletzt die komplette Schloßallee und – über das Spiel hinaus – das Schloß selbst. Am Ende hatten sie sich im Spiel und darüber hinaus zusammengetan, ihren Besitz und ihr Leben arrondiert, wie ich sehen mußte.

Ich habe dieses Phänomen nie in den Griff bekommen: es gab Frauen und Menschen, die mir davonfuhren, und Frauen und Menschen, vor denen ich floh. Frauen wie meine Frau, die mit mir das Leben teilen wollte, wie sie gesagt, ja, versprochen hatte; und was sich ergab, war, daß nun zwei nebeneinander auf demselben Rolf-Benz-Möbel in einem Raum saßen, der ein Leerraum war. Gerne hätte ich mich einmal, auch als Historiker, in ein System gebracht.

An einem der letzten Tage, als man sich noch nackt an den Baggersee legen konnte (ich verbrachte fast jeden schönen Nachmittag dort, meist allein), Mitte September, nützte ich die Abwesenheit von Adrian. Der war bei der Endausscheidung zum ,Arsch-des-Jahres'-Contest in Berlin, mittlerweile ein Kult-Date, ursprünglich eine Gegenveranstaltung zum ,Gesicht-des-Jahres'-Wettbewerb, durchgeführt von zwei sogenann-

ten Privatsendern. Ich drängte in ihr Schlafzimmer, ein Versuch, der erst am dritten Tag zu einem vielleicht auch nur traurigen Ergebnis führte. Einmal sagte sie: ,Ich habe einen anstrengenden Tag hinter mir', am nächsten Abend sagte sie: ,Ich habe einen anstrengenden Tag vor mir' und wischte mich beiseite. Die Antwort kannte ich schon von früher. Am dritten Tag schaffte ich es aber doch, und die alte Liebe überkam mich. Früher einmal habe ich sie umgedreht, nein, sie hat sich von selbst umgedreht, und ich sagte ihr eine kleine Ferkelei ins Ohr. Es war nicht viel. Aber nun war gar nichts mehr: ach, sie hat mich etwas gekratzt und gerieben, ich hatte währenddessen nichts als ,ja' gesagt, und sie hat sofort aufgehört damit, als ich ,ich komme' gemeldet hatte. Sie hat nach dem Handtuch gerufen und sofort Licht gemacht. Sie selbst ist überhaupt nicht mehr gekommen. Ziemlich unsensibel, wie man so sagt, ist sie auf mir herumgefahren. Dabei hatte ich gerade mehrere schmerzliche Untersuchungen und meine Erfahrungen mit Nillius hinter mir. Es tat weh. Es tat eher weh. Es tat eigentlich weh. Ganz ohne System, wahllos an mir herumgegriffen mit ihren Fingern und Fingernägeln hat sie, irgendein Teil von mir im Dunkeln erwischt. Sie kannte mich schon nicht mehr, ihre Hände waren wohl schon auf Adrians Oberfläche eingespielt. Das sollte die Liebe gewesen sein?
Sie forderte mich auf, das Handtuch mitzunehmen, in die Wäschetrommel zu tun und zu verschwinden. Sie hat mich hinausgeschickt. Ich habe sie ja auch nicht nach ihren Wünschen gefragt. Dann saß ich noch etwas in meinem Lieblingssessel und schaute hinaus, wo es Nacht war. ,Du verstehst mich nicht!' sagte ich zu ihr. ,Du verstehst mich nicht!' sagte sie zu mir.
Zu allem hatten sich auch noch die Stauch-Stotteles bei uns

angesagt. Sie wollten nur auf das Gerücht hin kommen, Adrian sei immer noch da, und daß ich nun zum Zweitmann von Gabi abgestiegen sei (B-Liga). Es zog das Gerücht von einem heimlichen König durch unsere kleine Welt. Ja, er war immer noch da, wir hatten ihn in einem Schnellverfahren sogar adoptieren können, mittlerweile. Da meine Frau den ‚Sinn ihres Lebens‘ (laut Wanzenmikro) vorerst nicht heiraten konnte und da ich trotz allem in ihrer Nähe sein mußte, gab ich mein Ja-Wort. Nun war ich offiziell zum Vater und meine Frau zur Mutter ihres Geliebten aufgestiegen: ein mehr oder weniger klassischer Fall von Inzucht. Wir waren nicht die ersten, die auf diese Weise ein Problem mit der Fremdenpolizei ein für allemal lösten: eine Verlängerung der Aufenthaltsgenehmigung war nicht mehr nötig. Der Standesbeamte wollte mir die Adoption noch ausreden, er hat uns noch gewarnt, denn er hat, als wir zur definitiven Vertragsunterzeichnung aufkreuzten, doch alles durchschaut, glaube ich. Aber wir glaubten, wir könnten ihn nur noch durch eine Adoption an uns binden. Wir haben alle Möglichkeiten durchgespielt. Wenn Gabi und ich uns hätten scheiden lassen und Gabi hätte somit Adrian heiraten können, dann hätte er sich auch wieder scheiden lassen können. Durch eine Adoption kamen wir uns hundertmal näher, dachten wir (ich). Außerdem: das mit dem Ehe/Scheidung/Ehe-Modell kostete viel zu viel Zeit.

Die Stauchs waren davon ausgegangen, Adrian bei uns anzutreffen, deswegen waren sie doch gekommen, ich weiß. Ich möchte nicht noch einmal diese zwei enttäuschten Gesichter sehen, als sie feststellen mußten, daß Adrian, nach dem sie sich gar nicht zu fragen getraut hatten, nicht da war. Als Ad Stauch dann in unserem Eingangsbereich die herrliche Ming-Vase zu

Boden warf und ich Anstalten machte, Ad Stauch zur Rechenschaft zu ziehen, kam meine Frau an und lächelte töricht wie
ihre Mutter und Bill Clinton, und hatte die Hände gefaltet dabei wie etwa Maria Callas bei ihrer letzten Verbeugung vor dem
Hamburger Publikum und sprach ganz mild meinen Namen
aus, als ob sie auf Max, das ältere und im Grunde weisere unserer zwei Hundchen, einwirken wollte. Sie sprach meinen Namen in aller Liebe aus. Das war meine Frau. Es gab aber doch
noch einen kleinen Wortwechsel, bevor sie gingen, denn Ad
dachte bald wieder, Oberwasser zu haben, indem er mit seiner
Versicherung ankam. ‚Ach, gehen Sie mir doch mit Ihrem Ver-
sicherungsglauben!‘ entgegnete ich ihm, immer noch den Un-
glücklichen spielend, wo ich mir aus dieser Vase doch gar nichts
machte. Immerhin habe ich auf diese Weise erreicht, daß die
beiden recht bald nach Stuttgart zurückfuhren.
Meine Frau und ich: das sind zwei Geschichten unter einem
Dach, von denen ich nur die eine kenne.
Wer kann schon ungestraft zwanzig Jahre ‚meine Frau‘ sagen!

Adrian kam vom Wettbewerb in Berlin als Sieger zurück. Wir
waren stolz auf ihn, unser Stolz siegte über unsere Scham. Zwar
haben wir die Sendung nicht verfolgt, doch von Gabi Stauch-
Stottele erfuhren wir, daß Adrian seine Eltern über den Bildschirm grüßen ließ und unsere Namen nannte. Gabi Stauch,
mit ihrer Neigung zu den Spätprogrammen sogenannter Pri-
vatsender, hatte Adrian schon in der ersten Runde entdeckt und
nebenbei auch noch erfahren, daß er so hieß wie wir und daß
wir seine Eltern waren.

Sie nahm das Wort Zärtlichkeit in den Mund

Ich ging nun hinaus in den Park um den Aachener Weiher, die Sonne schien, und es war meine Pflicht als Müßiggänger, täglich einen Spaziergang zu machen. Dabei war doch dieser sogenannte Park nur eine Erinnerung daran, daß ein richtiger Gang übers Land hier eben nicht möglich war. Ich kam vom Land: So setzte ich mich auf eines der ersten Bänkchen. Auf dem Wasser irgendwelche Zierenten, von denen ich gehört hatte, daß sie paarweise schwammen, daß sie ein Leben lang nebeneinanderher schwammen, daß sie sogar zusammen am selben Tag starben. Schon in der Schule hatte ich eine Neigung zum Minusrechnen, das Subtrahieren leuchtete mir ein. Als ich Gabi von Pellworm aus anrief, wollte ich nur wissen, ob mein Baum schon blühte. ‚Welcher Baum?‘ wollte sie wissen. ‚Der vor dem Schlafzimmerfenster.‘ ‚Gut, ich will mal sehen.‘ – Ich sah sie im Morgenmantel zum Fenster gehen und hörte sie den Vorhang beiseite ziehen. Ich sah, wie sie hinausschaute für mich. Sie wollte, wie sie mir gesagt hatte, das Leben mit mir teilen, doch dann haben wir nur nebeneinander hergelebt. Diese Enten blieben zusammen, ohne daß sie dies einander gesagt hätten, und starben sogar am selben Tag. ‚Ja, er blüht‘, meldete sie, so wie man eine Neuigkeit mitteilt. Dann ging sie zurück ins Bett und verdunkelte wieder. Stellen Sie sich vor: sie mußte sich ins Bett legen zum Telefonieren. Sie fragte: ‚Was machst du? – Woran denkst du?‘ – zwei Fragen, die ich niemals beantworten konnte. Das war noch gar nicht lange her. Aber nun fragte sie mich das nicht mehr. Ich hatte sie vielleicht schon verloren.

Im Wasser selbst schwammen wohl Gold- und andere Zierfische, die ich aber nicht sehen konnte, weil das Wasser zu verschlammt war. Vielleicht versteckten sie sich auch vor mir hinter der künstlichen Insel. Ich hatte sie schon nicht mehr. Vielleicht hatte sie schon mit ihrem Anwalt gesprochen, der ihr vorschlug, mir das Haus und die zwei Hunde zu überlassen.

Was hatte ich ihr von unserer Stromableserin erzählt, die am Samstagnachmittag zu uns kam, ihr Fahrrad an die Hauswand stellte, um den Strom abzulesen; oder gar von der Krautmacherin, die mit ihren Hobeln ankam, ach, das Krautfaß! – ich sehe es noch an seinem Platz stehen, was vom Schnitzelpanierer im ‚Goldenen Ochsen‘ und den zwei Hotelschweinen im Verschlag hinter der Küche, die von den Abfällen lebten, vom Fleisch ihrer Vorgänger, das drüben im Hotel nicht ganz aufgegessen worden war und so weiterverfüttert wurde? Die irgendwann und ganz gewiß wiederum geschlachtet und verfüttert wurden an Mensch und Tier? – Was habe ich ihr von den Kartoffelsiedern erzählt? Kurz: *Sie kam von der Stadt. Ich kam vom Land.* – Sie wußte nichts von mir. Sie kannte das Wort Makadam nicht! Mit dem der schöne Hof für immer unter einer Teerdecke verschwand. Ich sagte ihr: ‚Die Leute vom Makadam, die den Hof zuteerten, mit ihren nackten Oberkörpern‘ –, sagte ich noch erinnerungsweise verwirrt, ich weiß es noch genau – es war schon September, das Jahr im Freien ging langsam zu Ende, weiß ich noch – und ein einziges Mal gab es ein großes Manöver. Kreenheinstetten sollte erobert und niedergeschlagen werden. Eine Woche wurde der Ernstfall geübt, dann der unvergeßliche Manöverball, wir verbrüderten uns, und ich sah das ärgerliche Gesicht von Gabi, die bei ihrem Krimi war.
Dabei fiel mir ein, daß ich von ihrer Existenz tagsüber so gut wie gar nichts wußte. Ich kannte sie eigentlich nur vom Augen-

blick gegen 19 Uhr an, wenn die Tür aufging, tumultartig, wie sie mit ihren Sachen hereinkam und ‚war das ein furchtbarer Tag!' aufstöhnte, so, als sollte ich ein für allemal dafür zur Rechenschaft gezogen werden. Ich? – Ego? – Bei guter Laune hatte ich immer wieder, als Scherz getarnt, gesagt, daß Mann und Frau fürs Leben eben nicht zusammenpassen. Ich hatte behauptet, daß ich dies aus der Frühgeschichte wüßte, und verwies auf mein Studium: als der Mann noch den ganzen Tag auf der Jagd war und die Frau derweil das Feuer hütete.

Und wenig später (es galt als Fortschritt/Evolution) war man schon gemeinsam unterwegs, aber in Rudeln, wohl um zu töten, um zu leben. Keineswegs aber zu zweit, sagte ich meiner Frau, Männer und Frauen waren immer im Rudel zusammen, behauptete ich, wohl auch, weil ich davon überzeugt war. Und wenn zum Scherz ein Groll dazukam, habe ich zu einer Sentenz ausgeholt, die ich historisch unterfütterte. Ich sagte: Mann und Frau haben immer schon, von Anfang an, zusammen geschlafen, aber niemals zusammen gelebt! Während wir nebeneinanderherlebten und -schliefen, wenn auch Wand an Wand. – Worauf sich Gabis Mißbehagen an mir noch einmal steigerte, auch deshalb, weil sie mir nur widersprechen, aber nicht entgegnen konnte. Jahrtausende war es so, ich weiß, sagte ich, als wir (ich meinte mit ‚wir' die Menschen!) noch in Sippen und Großfamilien hausten, als Nomaden oder schon seßhaft, in Zusammenrottungen, die sich Stadt nannten, oder ein Leben lang in einer einzigen Oase, im Mittelalter und in der Zeit der Aufklärung und selbst danach, eigentlich bis zum Ersten Weltkrieg: ein Mann hat vielleicht mit einer Frau geschlafen, Gabi, aber niemals haben die beiden zusammen gelebt. (Erst heute stelle sich heraus, sagte ich, wenn ich gut aufgelegt war, daß ein

Mann mit einer Frau schlafen könne und umgekehrt, niemals aber leben.) Zum Beweis meiner gut unterfütterten These verwies ich auf die Scheidungsrate in aller Welt, überall da, wo Mann und Frau ganz auf sich allein gestellt und nicht mehr im schützenden Großfamilienrudel durchs Leben gingen. Zum Beweis verwies ich auch auf Kreenheinstetten und die erste Scheidung überhaupt in den späten Sechzigern. – Doch meist war ich nicht so kampflustig, und ich mußte das allgemeine und das besondere Unglück ganz für mich ertragen. Ich hatte Kreenheinstetten als Beispiel, ja, meine Eltern, die über den fünfzigsten Hochzeitstag hinaus ein glückliches Leben führten, auch, weil sie immer wieder zusammenkamen, und immer wieder auseinandergingen: nicht mal beim Essen waren sie allein, nicht mal zusammen gegessen haben sie, und wenn, dann saßen zehn Personen am Tisch. An einem Abend stand meine Mutter mit Kopftuch hinter dem sogenannten Büffet, am Tag drauf war es der Vater in seinen Manchesterhosen oder sonst einer von uns, niemals aber standen sie zusammen herum. Ich habe sie mein Leben lang kein einziges Mal einen Spaziergang machen sehen, niemals etwas ausschließlich zu zweit, außer schlafen, was ich nicht gesehen habe, doch weiß, das war die große Ausnahme: da waren sie zusammen in einem Bett, ein Leben lang, ohne eine einzige Ausnahme (doch, eine Ausnahme: die Tage meiner/unserer Geburt im heute aufgelösten Krankenhaus von Meßkirch), denn mein Vater war schon aus dem Krieg zurück, als sie heirateten, und Ferien gab es nie. Wir hatten nur einen Ruhetag, mitten in der Woche. Ich habe sie also nie spazierengehen gesehen oder sonst etwas tun ausschließlich zu zweit. Und auch berührt haben sie sich in der Öffentlichkeit nie, sie haben sich nicht einmal die Hand gegeben, wozu auch! – Sie sind ja, auf diese Weise, immer beieinander geblieben. Solange alle zusammen aufs Feld gehen konnten, Männer und Frauen, Alte und Junge, Knechte und Mägde, dazu Saisonarbeiter, Tagelöhner, Erntehelfer (alles, auch -innen) sei alles gut gegangen, sagte ich meiner Frau, einen kurzen Überblick über die Geschichte der Ehe gebend. Die Liebes- oder Ehepaare gingen in der Masse auf. Aber als sich diese Welt auflöste (wie es scheint, für immer, während am ,eigentlich bürgerlichen' Ehemodell festgehalten werde, sagte ich), blieb die Ehe als Zumutung des 19. Jahrhunderts für das 20. zurück, sagte ich, ob Gabi es hören wollte oder nicht. Die alte Welt hat sich aufgelöst, die Knechte gingen in die Stadt oder in die Fabrik, die am Ortsrand gebaut wurde, und tauschten die Steine, die einem Menschen auf dem Heuberg das Leben schwergemacht hatten, mit den Maschinen. Sobald das Haus bis auf Mann und Frau leer war, stellte sich heraus, daß dies zuviel war. Sie waren dieser neuen Lebensweise nicht gewachsen: Mann und Frau, allein, den ganzen Tag zusammen, auf sich gestellt. Sobald sich also das alte (Ernte-)Rudel aufgelöst hatte, vom Land weg in die Stadt (es war noch zu meiner Zeit, mit einer Heuberg-bedingten Verzögerung von etwa fünfzig Jahren), stellte sich heraus, daß es so nicht ging: Bald gab es die erste Scheidung in Kreenheinstetten.

Das erzählte ich als ein auch volkskundlich geschulter Historiker mit einem deutlichen Interesse für soziologische Fragestellungen.

Meiner Frau.

Es war eine Welt, um die es nicht schade ist – und doch hatte ich nun Heimweh. Das Heimweh kam beim Erzählen, während ich mich erinnerte. Ich wollte auf der Stelle nach Kreenheinstetten. Das war am Aachener Weiher. Alles auf einem Bänkchen in dieser recht ungepflegten Anlage, wie Gabi vielleicht gesagt hätte. Auf uns bezogen, faßte ich den Grundgedanken noch einmal zusammen für sie, für mich. Vielleicht gäbe es zu Hause einmal eine glückliche Gelegenheit, über alles zu sprechen. Überall da, wo ein Mann und eine Frau nicht zusammenlebten, nicht zusammengesperrt waren, ging es gut, konnte es gutgehen, da ,funktionierten die Beziehungen', wollte ich ihr sagen, und unsere über zwanzig Jahre als Beispiel, ja, als Beweis heranziehen. Dieselbe Beobachtung galt für Kreenheinstetten, für überall, für die ganze Welt: da, wo sie nicht zusammen waren, ging es am besten. Doch was war mit mir?

Ich konnte nicht einmal reden.

Die Frauen sprachen nach dem Verschwinden des Liebhabers von Sehnsucht, die Philosophen entwarfen nach dem Verschwinden Gottes eine Philosophie. Auch Gabi sprach von Sehnsucht, wenn sie auch nicht sagte, wonach. Immerhin brachte sie dieses Wort über die Lippen. Etwas, was Frauen und Philosophen so verwandt machte: sie konnten zuweilen über Dinge sprechen, die es nicht gab und die mir die Sprache verschlugen. Sie nahm das Wort ,Zärtlichkeit' in den Mund! – Wie ich sie darum beneidete! – Das hatten wir nicht gelernt in Kreenheinstetten. Ich war damals auf die Zärtlichkeit meiner Frau nicht vorbereitet. Aber sie hat mir einiges beigebracht, wenn auch nicht alles. Ich wollte nicht ,schmusen' und schon gar nicht ,kuscheln', schon das Wort empfand ich als abträglich. Auch hatte ich lange einen Ekel vor dem Gestreicheltwerden. Vielleicht war dies nur Teil meiner Krankheit. Ich war doch keine Katze, und auch nicht eines unserer Hundchen,

‚schmusen' war nicht mein Wort – das hatte es vielleicht in Hamburg in den sechziger Jahren gegeben, als Gabriele sprechen lernte, nicht aber in Kreenheinstetten. Wir: vor Berührungen scheuten wir wie vor einem Attentat zurück. Wir konnten nicht einmal mitansehen, wie im Fernsehen die Liebe gespielt wurde, wie sie sich küßten. Wir erröteten, wenn sie sich küßten. Es wurde uns heiß und kalt, wenn wir einen Liebesfilm mitansehen mußten. Daher haben wir bei den Filmen das Licht ausgemacht zu Hause wie bei der Liebe. Wir schämten uns, wenn sie weinten. Wir mußten lachen, wenn geweint wurde. Noch heute bin ich bei den Liebesszenen ganz durcheinander und habe es nicht gelernt, ein richtiger Zuschauer zu sein. Einer, der nicht am Leben teilnimmt. Aber mehr bin ich doch gar nicht, also bin ich gar nichts? Ja, wir waren anders programmiert als der Rest der Welt.

Der Herr von der Tierkörperbeseitigungsanstalt

kam, und Milka rief herüber, der Herr von der Tierkörperbeseitigungsanstalt sei da und wolle Moritz abholen. Gabi flüchtete nach oben. Sie war zu Hause, hatte deswegen, und auch, weil Adrian seit dieser Geschichte (vor zwei Tagen) spurlos verschwunden war, wieder einmal, ihre Praxisvertretung einschalten müssen.

Wir durften ihn nicht im Garten begraben. Es hätte darauf eine Strafe von 10 000 Mark gestanden, ja, man drohte uns mit Gefängnis. Moritz war, wie auch ich, registriert, und mußte abgemeldet werden, wie wir alle. Weil nun einmal die Realität so grausam war, lehnten wir es ab, Moritz auf einem kitschigen Katzenfriedhof zu beerdigen. Das wollten wir ihm nicht antun: er war mehr. Aber die Verwaltung definierte unseren Moritz nun als 2 Kilo Sondermüll, der mit einem Spezialfahrzeug entsorgt werden mußte. Wenn früher ein Großvieh nicht mehr für die Notschlachtung gerettet werden konnte, ist der Wagen von der Tierkörperbeseitigungsanstalt Orsingen gekommen, wir hatten Angst vor ihm, weithin sichtbar rot, und hat die Toten unserer Gegend abgeholt, aber nur das Großvieh. Die anderen landeten auf dem Misthaufen oder auf dem Friedhof. Nun kam dieser Herr wegen eines geliebten kleinen Raubtiers angefahren. Gabi weinte und schrie noch einmal auf, wie ich hörte, als der blaue Plastiksack hinausgetragen wurde und ich ‚Auf Wiedersehen‘ sagte. Als ihre Mutter starb, war sie gefaßter. Sie ist fast gestorben, und auch ich hatte einen Rückfall und habe wieder mit dem Fiebermessen begonnen. Moritz war hinausgetragen, samt vom Leib getrenntem Schwanz, und A. war wieder einmal seit zwei Tagen verschwunden. Da versuchte ich doch, Professor Nillius wegen eines Notfalltermins für Gabi zu erreichen. Ich erklärte ihm kurz die Situation, worauf er mir am Telefon sein Beileid aussprach. Mehr nicht. Auch ich vermißte Moritz und den anderen (nun schon wieder). Auch mein Verhältnis zu Moritz war in letzter Zeit gespannt gewesen, besonders, seit er sich vor kurzem an einer meiner namenlosen Amseln vergangen hatte, meine Amseln, die mir über manches Frühjahr hinweggeholfen hatten. Es war Moritz geglückt, einen meiner Sänger flugunfähig zu machen. Nun hatte er ein Spielzeug, das er langsam totbeißen konnte – eine Trophäe, mit der er bei mir auftrumpfen wollte. Für diesen zerfetzten Sänger und Gottesbeweis wollte Moritz wohl auch noch gelobt sein wie ein infantiler Killer von der Russenmafia, der mit einem abgeschnittenen Ohr bei seinem Chef ankommt. Moritz hatte es zu verantworten (oder nicht), daß ich mit einer geliebten Stimme weniger leben mußte.

Es war nun auch eine Strafe, von wem verhängt, weiß ich nicht, daß Moritz tot war. Ich mußte diesen Gedanken, der sich in meine Trauer und den Schmerz am eigenen Leibe mischte, unterdrücken.

Es war vor zwei Tagen gewesen. Seitdem waren zwei besonders trostlose Tage vergangen. Vorgestern abend war die Tür kurz vor sieben aufgegangen wie immer. Ich hörte, wie sie ihre Tasche vor der Garderobe zu Boden fallen ließ. Ich hörte den Akkord unserer chromverzinkten Kleiderbügel und kurz darauf diesen Aufschrei, als sie Moritz mit abgetrenntem Schwanz und tot auf der schönen Brücke liegen sah, die ich, zusammen mit Moritz (ich schaffte es nicht, ihn in die Hand zu nehmen und ihn hinauszubringen), vor den nach zwei Seiten hin offenen Kamin, der unsere Wohnlandschaft vom Speisezimmer trennte, gezogen hatte.

Sie hat aufgeschrien; und es klang so, als ob sich ihr Schrei gegen mich richtete. Dieses Aufschreien und Sich-Empören war auch ein Angriff auf mich. Wäre sie allein gewesen, hätte sie überhaupt nicht geschrien. Sie hätte vielleicht nur kurz aufgeschrien vor Schreck, wie wenn man auf eine Leiche stößt, eine Schrecksekunde lang. Dieser Schrei sagte alles, es war ein perfekter Schrei (als Schrei war er perfekt). Erst ging sie auf mich los und hat mich der Untat bezichtigt, hat, ohne mich anzusehen, ihren Schuh genommen und auf mich einschlagen wollen wie Elsa, als sie nach fünfundzwanzigjähriger Ehe das Geheimfach ihres Mannes mit den Pornoheften entdeckte. Sie unterstellte mir dieses Verbrechen, weil ich Moritz einen Mörder genannt hatte. Dann hat sie aber doch meinen Erste-Hilfe-Verband gesehen und die beiden Phänomene kombiniert, aber nicht richtig. Unwillig und mit drohendem Piranha-Gesichtsausdruck hat sie meinen Verband zur Kenntnis nehmen müssen, wodurch ihre Wut und vielleicht auch ihr Schmerz noch einmal gesteigert wurden. Kopflos rannte sie zum Mausekäfig in den Keller hinunter, der in unserem brachliegenden Hobbyraum neben der meist brachliegenden Sauna, der meist brachliegenden Tischtennisplatte, dem so gut wie immer brachliegenden Gesundheitsfahrrad und dem nun für immer brachliegenden Club- und Partyraum mit der von Gabi Stauch-Stottele eingerichteten italienischen Bar stand; d. h., etwas separat und für keinen Menschen einsehbar, so wie die Tierkäfige des Humangenetischen Instituts für die Versuche, wo Gabi in Studienzeiten gearbeitet und ihre ersten chirurgischen OP-Scheine bekam und derart allmählich ihren OP-Katalog füllte. Eben etwas kopflos, wie sie hinunterrannte: sie vergaß, daß Moritz ja tot war und keine Maus mehr brauchte zum Leben. Sie schrie hinaus, sie wolle Moritz zur Belohnung eine Maus geben, so wie sie das früher getan hat. Oftmals hatte er ,zur Belohnung' eine Maus bekommen. Und dann pflegte sie zum Mausekäfig zu schreiten und hat eine Maus, unklar ob Vater oder Mutter, Sohn oder Tochter, am Schwanz herausgefischt und Moritz dann im hermetisch abgeriegelten Wohnzimmer spielen lassen.

Als sich Gabis Schluchzen allmählich verflüchtigte, ihrem Weinen ihre Sprachlosigkeit gefolgt war und sie aufsah, wollte sie nun doch wissen, was mit mir los war. ,Du siehst ja schlimm aus! – Was hast denn du gemacht?' wollte sie wissen.

Ich konnte – oder mußte – ihr sagen, daß A. mit einem Kerl (wohl einem Verwandten) angekommen sei und nach ziemlich viel Geld gefragt habe, was ich ihm nach einer gewissen Zeit (die ich eingesperrt in der Sauna in meiner legeren Freizeitkleidung und mit den Handschellen aus Panama, ein Mitbringsel von einst, verbracht hatte) auch gegeben hätte, Bantle aber, der bei dieser Gelegenheit auf das gefährdete Zahlungsziel verwies, ablehnte. Wenig später hatten mich beide zusammen überwältigt und mich in Handschellen in die Sauna gesperrt und dazu, was ich als das Allerschlimmste an diesem Aufenthalt, an diesem Saunagang erinnere, die Stimme von Phil Collins aufgelegt. Jetzt rächte es sich, daß wir die Sauna hatten mit einer Musikanlage ausstatten lassen (was angeblich das Meditieren, die Entspannung förderte), und auch, daß ich A. gegenüber mich über die Phil-Collins-Liebe meiner Frau lustig gemacht hatte, um sie so als Ignorantin, was Musik angeht, bei ihm zu denunzieren. Bald hörte ich die brüchig scheppernde Un-Stimme von Phil Collins. Das verheimlichte ich Gabi nun. Aber ich sagte ihr, daß ab und zu die Tür aufging und einer von ihnen nach dem Geld fragte oder zum Fensterchen hereinschaute, ob ich noch lebte. In die hauseigene Sauna gesperrt, fiel mir dann wieder ein, was der Graphologe gesagt hat, Gabi. Noch später hat Adrian die Tür aufgemacht und sehr höflich gefragt, wie es mir gehe.

Das war vielleicht eine halbe Stunde meines Lebens gewesen, ich aber dachte: nun ist es aus, nun wird es ernst. Meine tödliche Enttäuschung war in Todesangst umgeschlagen, ich hörte mein Herz im Hals schlagen, vielleicht zum letzten Mal. Und ich dachte gar nicht mehr an das Geld und die Liebe, und auch nicht an Bantle, sondern an den Tod, der hier wohl schon im Raum stand und einen Antrittsbesuch machte. Das alles sagte ich Gabi nicht, keine der Gefühlsregungen und der Schmerzen teilte ich meiner Frau mit, wie sonst auch, wie hätte sie etwas von mir wissen können! ‚Vielleicht hatte ich etwas Angst‘, sagte ich, kurz darauf hat einer von den beiden die Tür geöffnet und etwas wie einen Schwanz hereingeworfen: es war der Schwanz von Moritz. Das ist die letzte Warnung! hörte ich auf englisch von draußen. Aber ich hatte das Geld nicht, als die Tür aufging und der Verwandte von Adrian, vielleicht der Cousin, mich nach oben holte, auf das Rolf-Benz-Sofa stieß und vor meinen Augen Moritz tötete, ich erspare dir die Details, Gabi! – sagte ich, dem von da an noch ein weiteres Schädel-Hirn-Trauma geblieben ist. Und dann hat er mir noch etwas den Hals aufgeritzt, nicht schlimm, wie du am Verband erkennst, und den kleinen Finger gebrochen, den ich ohnehin nicht brauchte, wie du an der Schiene siehst. – Das war alles. Das konnte ich ihr am Abend desselben Tages erzählen, als sie endlich fragte: Wie siehst denn du aus? – und was ich denn angestellt hätte.

Sie wollte wissen, warum ich nicht zu ihr gekommen sei; und sie machte mir auch die größten Vorwürfe, weil ich sie mit Moritz so erschreckt und sie nicht gleich habe alles wissen lassen.

Zum Glück sei ich nicht kopflos zur Polizei gerannt, sagte sie, denn man könne schließlich mit A. alles vernünftig besprechen. Aber nun waren zwei Tage ohne Zeichen vergangen.

Die Ambulanz hatte mich dann (nach Stunden) notversorgt, ein Kollege von Gabi, den ich kannte (er aber nicht mich) hat mich am Hals genäht und gesagt, es sei ,aber' nicht schlimm, ich hätte Glück gehabt (die Wahrheit in eine Lüge umbiegend, habe ich der Ambulanz erzählt, ich sei auf der Straße überfallen worden) und die Wunde würde schön verheilen, auch der kleine Finger. Ich mußte mich mit einem Gel einreiben und habe die entsprechenden Schmerzmittel bekommen, die aber nicht hielten, was sie versprachen. Den anderen, die mich (wohl aus Neugier) fragten, was mir denn passiert sei, sagte ich, daß ich unglücklich gestürzt sei: die Wahrheit. Das alles klingt nun sehr dramatisch, war aber über mehrere Jahre verteilt, ja, über mein Leben, vom Tag an, als A. an unserer Tür stand und nach einem Auto zum Ausschlachten fragte.

Gabi war dreimal in die Sauna gesperrt worden, was sie nur deswegen verriet, weil sie so aufgewühlt war. Sie hat ihm immer wieder das Geld gegeben und liebt ihn wohl immer noch, falls er sie mittlerweile nicht getötet hat …

A. kam auch damit an und drohte, Gabi in ihrem Pelzmantel, der das ganze Jahr über in unserem Eingangsbereich hing, zu ersticken, sobald sie zur Tür hereinkäme. Vielleicht hat A. mit diesem Gedanken sogar gespielt, ist aber dann zum Ergebnis gekommen, daß sich dies doch nicht lohnte. Er hat wohl eine Güterabwägung durchgespielt. Als er aber sah, daß diese Drohung auch nicht viel bewirkte, als er aus meinem Gesicht vielleicht sogar eine Vorfreude (und eine endlich sich einstellende Hoffnung auf Zukunft, die aufgegeben schien) herauslas, hat er umgestellt und kalkuliert, daß er davon gar nicht so viel hätte wie vielleicht andere. Oft hätte ich meine Frau umbringen können oder umbringen wollen: eine Möglichkeit, die einem Menschen und Feigling wie mir tatsächlich nie zustand. Nun, da ich so nahe am Ziel war, habe ich mir durch eine Regung von Glück dies alles verdorben.

Das geschieht dir recht, du Idiot!

Wenn es auch Menschen gab, die ich ebenfalls haßte, so haßte ich doch am meisten mich selbst.

Zur Erinnerung an diesen Besuch hat er mir den kleinen Moritz töten und meinen kleinen Finger brechen lassen, den ich ohnehin nicht brauchte, wie er mir sagte. Dazu kam die Wunde am Hals, die längst verheilt ist, wenn auch nicht ganz. Schon nachdem sie das erste Mal über ihren Schmerz, daß Moritz nun für immer fehlte und Adrian verschwunden war, geschlafen hatte, haßte sie mich nun auch noch für diese Wunde. Vielleicht hat sie mich um diese Wunde fürs Leben auch nur beneidet. Gewiß war sie eifersüchtig auf sie (die Wunde).

Und ich? – Es war das einzige Mal, daß ich so nah mit ihm zusammenkam. Als er mich würgte und sich (auf dem schönen Rolf-Benz-Sofa) auf mich setzte mit seinem ganzen Gewicht und mit seiner ganzen Erscheinung. (Auch das war einst ein Kinderspiel an verregneten Sonntagnachmittagen, als wir nicht hinaus konnten.) Als er mir eine schöne kleine Wunde in der Halsgegend vermachte, die nie ganz verheilt ist, die man noch sehen kann, da, wo sonst auf der Welt die Knutschflecken und andere Zeichen der Liebe waren und sind.

Derart auf die Schmerzseite des Lebens gestellt, sagte ich mir: du bist gestürzt. Ich bin gestürzt, sagte ich und hatte eine wunderbare Erklärung für alles. ,Ein Glück, daß nicht mehr passiert ist!' So der Standardkommentar. Es hätte noch viel schlimmer ausgehen können.

II. Da fährt ein Mann durchs Hinterland, ein promovierter Träumer

Es gab Menschen, die lebten nur noch von Todesanzeigen, zu denen ich noch nicht gehörte. Ich zuckte zusammen, als ich bei meinem Gang zum Briefkasten auf ein solch schwarzumrandetes Schreiben stieß. Es fehlte auch noch der Absender. Da ich höchst selten eine Todesanzeige zugeschickt bekam (dabei fiel mir ein, daß ich mich überhaupt nicht erinnern konnte, jemals ein solches Schreiben bekommen zu haben), wußte ich nicht, daß dies so gemacht wurde: Todesanzeigen wurden laut alphabetisiertem Knigge, wo ich nachschaute, ohne Absenderangabe verschickt, nur der Adressat war nötig, da der Absender tot war und keine Antwort mehr erwarten durfte, so Knigge. Also ging ich ohne Rücksicht auf die Nachbarin, die mich jeden Morgen beim Postholen mit dem Fernglas beobachtete und versuchte, den Absender herauszubekommen, zurück ins Haus, mit der Todesanzeige in der Hand. Ich hätte den Brief am liebsten gar nicht mit ins Haus genommen, um es nicht mit dem Tod zu verunreinigen.

Ich hatte alle möglichen Namen überlegt, die in diesem Brief stehen könnten, hatte vermutet, es könnte mein nichtsnutziger Bruder oder dessen ebenso nichtsnutzige Frau sein, oder beide, verunglückt oder aus Langeweile in der Gegend von Alicante aus dem Leben gestürzt, nicht ganz freiwillig. Doch dann las ich IMELDA SCHWICHTENBERG, die ‚nach langer und mit großer Geduld ertragener Krankheit plötzlich‘ gestorben war. Die arme Frau Schwichtenberg! Ich hatte sie nicht mehr gesehen seit den Tagen der Maul- und Klauenseuche, und ein letztes Mal noch, wie sie aus dem Röntgen-Reihen-Untersuchungs-Mobil, das im Hof des Kreenheinstetter Rathauses stand, herauskam. Sie konnte damals schon kaum noch gehen, aber die amtsärztliche Untersuchung mußte sein, es war bei Androhung von Beugehaft verboten, fernzubleiben, ihr Mann hat sie mit dem Goggomobil bis vor die Fahrzeugtreppe gefahren und wohl hinaufgehievt. Ich sah sie nur herauskommen, als ich, per Zufall, mit dem Fahrrad vorbeifuhr. Und habe, ganz woandershin unterwegs, hinübergewinkt, und gerufen, daß ich bald einmal vorbeischauen wolle, das war vor gut fünfundzwanzig Jahren. Danach sah ich sie nicht wieder, und wenn ich ehrlich bin, hatte ich sie in diesen Jahren, in denen das Leben über mich hinwegging, fast vergessen: fast. Denn sie war für mich, so wie sie in ihrer Küche saß, von mir (einem Kind) für unsterblich gehalten worden. So wie sie auf ihrem Stuhl saß, und so, wie sie schaute, das war der Beweis, ja, das Beweisstück, daß es etwas gab, was blieb, auch wenn dasselbe verloren war: die Heimat.

... fast vergessen: so wie ich meine Kindheit fast vergessen hatte: fast.

Über zwanzig Jahre war ich nun mit Gabi verheiratet, und fast so lange war ich nicht zu Hause gewesen, die Vergangenheit war derart von mir für abgeschlossen erklärt, das Ich von Kreenheinstetten begraben; das Kind, das ich gewesen war, lebte schon lange nicht mehr, ich hatte ein anderes Leben fortgesetzt, und doch: mit Frau Schwichtenberg habe ich immer fest gerechnet, auch wenn ich sie aus dem Sinn verloren hatte, so doch nicht aus den Augen. Ich sah sie eigentlich die ganzen Jahre in der Küche ihres Häuschens vis-à-vis der Molkerei sitzen, ihres Häuschens, das so klein war, und nur gemietet war, alle anderen hatten ein eigenes Dach über dem Kopf. Eine Vertriebene war für mich ein letzter Beweis, daß es Heimat gab.

Woher hatte Rosemarie (nun Saummüller) meine Adresse? Wahrscheinlich hat sie im Telefonbuchverzeichnis auf der Post von Meßkirch nachgeschaut und mich da gefunden. Die Beerdigung war schon für den folgenden Nachmittag angesetzt. Ich beschloß auf der Stelle, zu dieser Beerdigung nach Kreenheinstetten zu fahren, mit meiner Gipsschiene und mit all den Verletzungen der vergangenen Jahre, von denen einige noch sichtbar waren.

Ich habe Gabi natürlich kein Wort davon gesagt, daß ich mich trennen wolle von ihr, daß ich mir auf der Fahrt nach Kreenheinstetten über die A 3, das Kinzigtal, Triberg, Donaueschingen mir einen Abschiedsbrief ausdenken würde, den sie übermorgen schon lesen könnte. Ich hätte ihr diesen Brief auch so geben können, oder auf das Nachttischchen legen. Aber sagen hätte ich es nicht können: das hatte sich in den vergangenen zwanzig Jahren herausgestellt.

Das ist der Balkon mit seitlichem Meerblick, von dem ich nicht gesprungen bin
(Für einen Abschiedsbrief)

Ich fuhr wegen einer Beerdigung auf der Autobahn, aber im Grunde war es, weil ich Sehnsucht nach einer oberschwäbischen Seele hatte.

Ich ging bei Offenburg von der Autobahn und fuhr das schöne Kinzigtal hinauf Richtung Triberg. Dann über St. Georgen nach Donaueschingen. Von dort immer die Donau entlang, an der Donauversickerung bei Immendingen vorbei bis nach Beuron im romantischen oberen Donautal, wie es offiziell heißt. Und dann hinauf nach Kreenheinstetten, die letzten kurvigen zehn Kilometer. Unterwegs hatte ich mir den Brief ausgedacht, den ich dann noch hinter der ARAL-Tankstelle in Tuttlingen niederschrieb, aber *derzeit Inzigkofen* als Absender angab, weil mich meine Frau in Inzigkofen vermutete, vermutete ich. Dorthin bin ich überhaupt nicht gefahren. Ich stellte lediglich einen kleinen, frei erfundenen Bericht für die Stiftung Warentest zusammen, dessen ersten Entwurf ich dann aber hätte derart überarbeiten müssen, daß ich es ließ. Es reichte gerade für eine längere Tagebucheintragung. Ich hatte nämlich seit den ersten aufregenden Tagen, seitdem Adrian im Haus war, das Tagebuchschreiben wieder aufgenommen, wohl deshalb, damit wenigstens ein Mensch auf der Welt von diesen Dingen erführe, ich selbst. Ja, mein Leben war mittlerweile so verfahren, daß ich mich sogar auf einen Poetry Workshop in Inzigkofen angemeldet hätte.

Trotzdem schmerzte alles auch noch.

Der kleine Finger erstaunlicherweise am wenigsten. Mehr noch die längst verheilte Wunde vom April, als er zum ersten Mal über mich hergefallen war, mich auf das Rolf-Benz-Sofa warf und Geld wollte, wobei auch ein Messer im Spiel war; mein hinreissender Schrotthändler.

Ich wußte, daß sie jetzt das ganze Haus für sich hatten, für alles, und daß Gabi ihm längst alles verziehen hatte, ja, ich war mir sogar sicher, ich wußte, daß sie auch hinter diesen Anschlägen und Erpressungen steckte: so weit ging meine Vorstellung und meine, sagen wir: Eifersucht. Ich habe mir sogar noch vorgestellt, daß die Tränen um Moritz gespielt waren: daß auch dies auf eine Idee von ihr zurückging. Und schon wieder war ich geneigt, Adrian in Schutz zu nehmen. Trotz allem. Auch sie. Mein erster Satz war: Liebe Gabi, das ist das Flugzeug, mit dem ich nicht weggeflogen bin. Dazu, dachte ich, wollte ich eine Reihe von Fotos legen, mit einer entsprechenden Bildlegende, eine schöne Idee, aus Liebe. Fotos, die festhielten, daß es uns nicht gab, schon lange nicht mehr gab, die zeigten, daß wir uns aus den Augen verloren hatten, zum Beispiel das Foto mit dem Flugzeug. ‚Das ist das Flugzeug, mit dem du nicht weggeflogen bist.‘ Unter die anderen Fotos wollte ich schreiben: ‚Das ist der Koffer, der zu Hause blieb‘, ‚Das ist der Vogel, den wir nicht gehört haben‘, ‚Das ist das Meer, das Du nicht gesehen hast‘. ‚Das ist das Wasser, in das du nicht gegangen bist‘ ‚Das ist die Frau, die ich geliebt hätte‘, wollte ich unter ein Foto von ihr aus unserer Anfangszeit, das ich unter die Bilder geschmuggelt hätte, schreiben. Und dann noch die Fotos vom Meer: ‚Die Strandliege, die leer blieb neben mir‘, ‚Das Doppelbett, in dem ich allein lag‘, ‚Das ist der Balkon mit seitlichem Meerblick, von dem ich nicht gesprungen bin‘.

Als Schreibunterlage ein Reisekatalog, ein Traumstrandmotiv mit entsprechenden Strandliegen und Menschen. Ich hatte mich so sehr vergessen, daß ich den Sand vom Tisch wischen wollte und die Schuhe, die neben glücklichen Menschen im Sand standen, für meine eigenen hielt, ja, die Füße, die unter meiner Schreibunterlage hervorschauten, für meine eigenen hielt. Dabei saß ich im Auto.

Ich schrieb ihr in diesem Brief alles, mein Leben, und dabei waren es nur die Augenblicke von unterwegs, ohne daß ich dies wohl bemerkt habe, das Clair-obscur dieses Tages auf der Autobahn, der changierende Himmel, die mit dem Licht abwechselnde Düsternis.

Es war am Ende doch nicht so viel, wie ich vermutet hatte. Da rächte sich, daß ich nichts aufgeschrieben hatte, nicht Buch geführt habe, zu spät begann mit dem Tagebuchschreiben, eigentlich erst, als das Leben schon vorbei war, ach, ich wollte über alles immer ein Buch schreiben, was nie geschehen ist. Jetzt brachte ich für das Leben mit Gabriele nicht einmal zehn Seiten zusammen, und der Brief wog nicht einmal hundert Gramm, weniger als eine Tafel Suchard Milka. Das sollte alles sein? Am Ende waren es fünf Briefbögen und zehn Seiten, und es wog das Ganze soviel, wie fünf Briefbögen, ein Umschlag, eine Briefmarke und die Tinte wiegen, und kostete zwei Mark zwanzig.

Ich weiß nun: mein Leben wog 52 Gramm, die Briefwaage im Postamt zu Meßkirch, wohin ich den Brief gebracht habe, nachdem ich ihn auf das in Tuttlingen gekaufte Papier hingeworfen hatte, sagte mir, daß mein Leben/also ich 52 Gramm schwer waren. Mein Leben wog also unter hundert Gramm, und mein Mercedes glänzte. Denn ich war in Tuttlingen, so kurz vor meinem *Fluchtziel*, auch noch in der Autowaschanlage gewesen, sie sollten zu Hause sehen, daß etwas aus mir geworden war. Auch hatte ich einen richtigen Hunger auf Brezeln, die es in Köln immer noch nicht gab. In der einen Hand die Brezel, die vielleicht doch nicht das gehalten hat, was ich mir versprochen, ja erträumt hatte, in der anderen Hand das Schreibzeug. Ich war, auf dem Tankstellenparkplatz von ARAL an der Ortsausfahrt Richtung Neuhausen, und in Fahrt. Morgen schon würde sie alles lesen können. Aber so viel war es auch wieder nicht: das, was ich zu sagen hatte, wog unter hundert Gramm, wie die treue Briefwaage vom Postamt in Meßkirch bewies. Gewiß konnte sie ihn wegschmeißen, ich sah sie schon, während ich noch schrieb, wie sie zu Adrian sagte: ‚Schmeißen wir ihn weg!‘ Wie sie den Hals von mir abwandte, ihren hinfälligen Hals, der schon verblüht war – damit fängt doch das Verblühen an.

Wenn ich die vergangenen Jahre zum Briefkasten ging, kam ich meist leer zurück. Ich war schon über eine Rechnung von der Telecom oder über eine Werbesendung froh, denn es gab Menschen, die beobachteten mich, ob mir jemand schrieb, ob jemand etwas von mir wollte. So war ich schon beglückt über ein Schreiben von der Telecom, auch wenn es nur Geld war, was man wollte von mir. Vom Haus aus hat mich Milka beobachtet und auch meine Frau, die mir in letzter Zeit am liebsten wieder die Zunge herausgestreckt hätte, wenn ich an ihr mit leeren Händen vorbeimußte, soweit war es inzwischen gekommen. Und dann gab es diese Nachbarin, deren einzige Verbindung mit mir ein Beobachtungsterror war. Sie saß jeden Morgen zwischen elf und halb zwölf mit dem Fernglas am Fenster und versuchte wohl, auch noch den Absender herauszubekommen. Ich konnte nichts dagegen tun (sie ist arbeitslos und einsam, ich verzeihe ihr). Die Menschen schreiben keine Briefe mehr. Trotzdem ging ich immer wieder zum Briefkasten, wohl in der insgeheimen Hoffnung, der Brief des Lebens könnte dabeisein. Die erste richtige Beschämung immer schon am Morgen: keine Post. Gewiß hatte ich (wegen dieser Nachbarin, am Samstag aber auch wegen meiner Frau) immer etwas bei mir, wenn ich (noch in den Hausschuhen, die ich die Woche über kaum einmal auszog) hinausging, den Tagesmüll und die alte Zeitung (von gestern) und andere Dinge, mit denen ich eine Existenz vortäuschte. Damit es nicht so aussah, als wartete ich immer noch auf den Brief meines Lebens. Sie sollten alle nicht glauben, ich ginge zum Briefkasten; und auch mir selbst gegenüber hätte ich mein Verhalten so erklärt: ich sollte ja nicht glauben, daß ich immer noch auf Post warte. Dies zu meiner psychischen Stabilisierung, ein Zuspruch an das eigene Leben, ein Eigentrost. Wir, sie und ich, bekamen dieselben Werbesendungen und hätten uns eigentlich nichts vormachen können, aber wir waren unbelehrbar und haben uns trotzdem immer etwas vorgemacht, selbst auch noch die Nachbarin und ich. Ich sah: ‚Sie hat nichts bekommen!' dachte ich, die Arme, nur Werbematerial, Prospekte, Angebote vom Supermarkt, die kostenlose Stadtzeitung, die jeder bekommt. Trotzdem verschwand sie in ihrem Haus, als hätte man sie nicht vergessen. Und kurz darauf beobachtete ich sie, wie sie mich beobachtete, ob ich sie beobachtete. O ja! – Ich sehe Sie! – Wir hätten uns eigentlich nichts vormachen können. Aber dann: ganz schnell im Haus verschwinden … Schnell weg von diesem Briefkasten, von keiner Instanz rehabilitiert als einer, der Post bekommt, als jener, den man nicht vergessen hat, als der, auf den es ankommt, derjenige, der gemeint ist. In Hausschuhen schlurfe ich zurück, von Jahr zu Jahr zotteliger, dabei war der Anfang so vielversprechend: ja, ich habe Liebesbriefe bekommen, auch ich, damals schrieb man noch, damals hat man sich das noch geschrieben. Und heute? Kam nicht einmal mehr ein Abschiedsbrief. Man machte einfach Schluß. Oder? Ich habe noch als Abschiedsbriefe getarnte Liebeserklärungen bekommen. Selbst ein Abschiedsbrief war damals noch eine letzte Liebeserklärung, so erinnere ich. Aber nun konnte ich mich nicht einmal mit einer Werbesendung brüsten. Wir bekamen die gleiche Post, und konnten uns nichts vormachen. Ich konnte (praktisch jeden Tag) von ihren Lippen den Halbsatz ‚wieder nichts‘ ablesen, mit dem sie ins Haus zurück mußte. Und sie konnte von meinen Lippen ‚wieder nichts‘ ablesen.

So geht es Menschen, die auf den Brief des Lebens warten.

Ich führte an sich keine Selbstgespräche.

Nicht einmal Selbstgespräche! – das sagte meine Frau, um ihrem Psychologen gegenüber meine Lage zu skizzieren. Ich hatte, so mißtrauisch war ich geworden, ihr heimlich ein Miniaufnahmegerät in ihre Brille montieren lassen. Das hat ein Detektivbüro für mich gemacht. Dann ging sie zu dem mir in allem verhaßten Professor Nillius und hat ihm einmal in der Woche alles erzählt. Es war nicht viel. Sie war in den vergangenen Wochen von ‚er führt nun schon Selbstgespräche‘ zu ‚er führt nicht einmal mehr Selbstgespräche‘ gekommen. Aber im Grunde war ich bald enttäuscht, daß von mir fast nie die Rede war. Ich kam bei ihr nicht vor. Da hatte ich mich aber getäuscht! Das war *noch* ein Grund, von ihr wegzufahren. Einst hatte sie mir gesagt, daß ich ihr Leben sei. Man vergißt vieles. Und auch in ihrem Tagebuch stand nichts über mich zu lesen.

Nur, wenn wir essen waren, hat sie notiert, was ich bestellte. Sonst wäre ich überhaupt nicht vorgekommen. Wenn ich nicht hätte lesen können, daß ich ein Cordon bleu bestellte und mit großem Appetit verschlang, hätte ich – in ihren Tagebüchern lesend – gar nicht gewußt, daß es mich gibt. ‚Ziemlich ungehobelt. Hat nie gelernt, richtig mit Messer und Gabel zu essen.‘ – ‚Ißt viel zu schnell.‘ – ‚Schlingt alles nur hinunter.‘ Schreiben: Als ich auf den Brief von Adrian wartete, hätte ich sogar über einen Erpresserbrief gejubelt. Eine Entführungsandrohung hätte mich glücklich gemacht. Sogar eine Morddrohung gegen mich hätte ich zu meinen Gunsten ausgelegt. Wäre das nicht Liebe gewesen?

Aber lange schon gab ich mich gern als unglücklich aus im Leben. Ich wurde angeblich immer schwermütiger. Doch zwischendurch ertappte selbst ich mich dabei, wie ich das Leben genoß, das durfte aber nicht bekannt werden, vor allem meine Frau durfte nichts davon wissen, wie ich – freilich nur zwischendurch – das Leben genoß, früher beim Sex, ein Leben lang beim Wein, in jüngster Zeit fast nur noch beim Essen, wie ich mir eingestehen mußte, wie ich wollte, daß es immer so weiterginge. Es war die alte Lust, auch wenn ich kurz darauf wieder zusammenkippte, vor allem bei der Liebe. Hatte ich mich währenddessen dabei ertappt, wie ich ‚ja‘ sagte, dieses seltsame Glück mit meinem ‚ja! – ja! – ja!‘ bestätigte und noch steigern wollte, wie ich das Leben genoß, ertappte ich mich kaum drei Sekunden danach, wie schwermütig ich war. Was für eine aufmerksame Nachbarin ich hatte! So hätte ich mir meine Frau gewünscht.

Sie sah, ob ich etwas herausnahm oder nicht.

Sie sah, ob ich etwas in den Händen hatte oder nicht.

So beobachteten wir einander in unserem Unglück.

,Mein Herz schwimmt im Blut'

Ich fuhr auf meine Geburtsstadt zu, wie man auf den Schnee von gestern zufährt. Man hatte schon, als ich im Kindergarten war, von einer Totalsanierung des Schlosses (meiner Schule) gesprochen. Nötig gewesen wäre diese Sanierung vielleicht immer schon. Das Material war der brüchige, poröse, berüchtigte, heimatliche Heuberger Kalksandstein, ein Material, mit dem wir alle vielleicht am nächsten verwandt waren, das heute nur noch als Füllmaterial dient. Die Wände waren voll von Ferkeleien wie in alten Zeiten. Schon zu meinen Zeiten hatten die Frechsten versucht, Schwänze an die Schloßmauern, die unsere Schulmauern waren, zu malen. Es waren stilisierte Schwänze, um so deutlichere Zeichen von uns allen. Ich hatte noch Zeit und ging in die Kirche hinüber: ein Raum, der mir größer schien als ganz Meßkirch, das war paradox. Ein herrlicher Raum. Aber dann, als ich zum Weihwasserkessel griff, sah ich, daß dieser ganz verrostet war. Und auch verschmutzt. Weihwasser gab es, aber ich hatte Angst vor einer Infektion, denn das Becken war schon vermoost. Ich fürchte, ich hätte eine unheilbare Krankheit davon bekommen, Entschuldigung, es war mehr eine Brühe. Ich war zu Hause angekommen.

Ich ging aber doch noch zum Dreikönigsbild unseres Meisters von Meßkirch; und anschließend setzte ich mich noch auf jenes Bänkchen im Hofgarten, von dem aus das zum Pflegeheim umgemodelte Krankenhaus zu sehen war, in dem auch ich geboren wurde. Ich sah, daß der ehemalige Kreißsaal, jetzt Intensivstation des Pflegeheims, vergittert war, ein Raum, mit womöglich bis zu acht renitenten Insassen, die einfach nicht sterben wollten, die einfach nur hinauswollten.

Die scharlachroten Plakate verkündeten eine Sexmesse in der Stadthalle Sigmaringen.

Jedesmal wenn ich hierher zurückkam, hat es mir den Magen umgedreht, wie man sagt, spätestens wenn ich beim Kreisverkehr landete, wo es zunächst: ‚In alle Richtungen‘, und dann: ‚Stadtmitte‘ hieß. Das Krankenhaus, an dem ich vorbeifahren mußte, ist längst aufgelöst, während es diesen Friedhof (Heimatfriedhof) nach wie vor gibt. Er arbeitet noch, während das Krankenhaus als solches geschlossen ist. In jenem Saal, in dem die halbe Stadt das ‚Licht der Welt‘ erblickte, soll also nun die Intensivstation des Pflegeheims untergebracht sein. Meine halbe Schulklasse hat in diesem Raum zugleich auch das sogenannte Licht der Welt erblickt, doch wir sahen nichts; das erste, was wir außer unserem eigenen Geschrei hörten (bei dem wir erschraken und ein erstes Mal Todesangst bekamen), war der grobschlächtige Tonfall der hauseigenen Hebamme, die nach der Schere rief.

Meine Frau kannte dies alles nicht, nur vom Vorbeifahren, wußte nichts von diesen Wolken, und hat, glaube ich, den ‚Buchheimer Hans‘ nie gesehen, jenen Turm vom Anfang meines Lebens. Sie wußte nichts von unserem Kirchenchor, und wie wir alle zusammen ‚Fürchte dich nicht!‘ sangen. Unsere Sprache fand sie grauenhaft. Ich spreche meine Muttersprache noch ziemlich akzentfrei, wie sie mir schon in Meßkirch bestätigt haben, ja, besser als sie, spreche ich wie vor fünfzig Jahren. Das sind also zwanzig Jahre, sagte ich mir.

Den Kaugummiautomaten vor dem Kaufladen, aus dem meine ersten Kostbarkeiten stammten, die spurlos verschwunden sind, gab es noch! Welch ein Glück! Aber sonst? – Damals konnte ich noch sämtliche Bewohner jedes Hauses der Reihe nach aufsagen, und auch, in welcher Kammer sie schliefen. Wir hatten alle denselben Grundriß. All das wußte ich. Nun aber wußte ich nicht einmal mehr, wer noch lebte und wer schon tot war. Und es gab neue Häuser, die keine Geschichte haben und haben werden, die in mein Bild und meine Geschichte hineingebaut wurden: das Neubaugebiet stand mitten in den Feldern meiner Erinnerung. Das schlimmste aber war, daß da Menschen wohnten, die ich nicht kannte, die sich nicht zeigten und die nichts von mir und meiner Geschichte wußten, die ich nicht hätte der Reihe nach aufsagen können, von denen ich gar nichts wußte, am allerschlimmsten: nicht einmal, wo sie schliefen und wo im Haus die Schlafkammern waren.

,Zuletzt kam ich in Kreenheinstetten an. Ungeachtet dessen, daß dieser Ort sehr schön auf einem Felsplateau über der Donau unweit ihres Ursprungs liegt, ist der Ort einer der kältesten, selbst in Deutschland. Beim Anblick der trutzigen Kirche, und gewahr, daß keiner von den Meinen mehr am Leben war, kehrte ich auf der Stelle um und fuhr zurück. Nach einer Reise von 27 Tagen war ich wieder in Wien!'
(Aus den ungeschriebenen Memoiren des Abraham a Sancta Clara, ins späte Neuhochdeutsch übertragen)

Bei der Einfahrt ins Dorf, von Lengenfeld her, wo unsere letzte Küchenmagd Lina Kreutzpaintner herstammte, die noch bei meiner Urgroßmutter Antonia Pia Nesensohn, einer erst im Alter von zwanzig Jahren getauften und vom Urgroßvater praktisch nach Kreenheinstetten entführten Viehhändlertochter aus Randegg an der Schweizer Grenze, am Sterbebett gesessen hatte, sah ich, daß die Häuser, in denen sie alle (meine Menschen) gelebt hatten, noch standen, renoviert zwar, aber immer noch erkennbar. Doch das Dorf war ausgestorben, ich sah keinen Menschen, der mich in meinem schönen Gefährt gesehen hätte. Sie waren wohl in der Stadt zum Arbeiten, es war eines frühen Nachmittags im September. Kreenheinstetten muß ein Schlafdorf geworden sein und war kein Dorf mehr. Niemand habe ich auf den Feldern stehen sehen, nicht einmal einen Traktor oder sonst ein Lebenszeichen. Damals war es ein einziges Hin- und Herfahren. Sogar noch Pferdefuhrwerke habe ich mit eigenen Augen gesehen, das schwöre ich bei meiner Kindheit. Große weißblaue Wolken gab es am Himmel, und darüber und dahinter manchmal ein Flugzeug, meine Heiligen und meine Toten, auch mein Schutzengel, der ständig unterwegs war zwischen dem Himmel und mir.

Ich hatte auf dem Friedhofsparkplatz (der auch neu war) meinen Platz gefunden, rechtzeitig, als einer der ersten, um von Anfang an dabeizusein; und auch, weil ich es schwerer hatte als die anderen, außer der Trauerfamilie vielleicht. Denn ich brauchte Zeit zum Wiedererkennen, wenn sie nach und nach auf dem Friedhof erschienen. Ich hatte längst die Übersicht verloren, wollte so viele von ihnen wie möglich wiedererkennen, vor allem meine Hauptpersonen, falls sie noch am Leben waren. Der Friedhof füllte sich allmählich, es waren nun drei Reihen mehr, unser Friedhof war schon fast voll, bald mußte von der ersten Reihe her abgeräumt werden. Der Friedhof füllte sich allmählich: alle kamen, auch für Frau Schwichtenberg, die nur als Flüchtling hierhergekommen war – und dazu evangelisch. Ich war wegen Frau Schwichtenberg hier, aber auch wegen einer Heimwehbrezel und einer Heimwehseele (jener oberschwäbischen Köstlichkeit in der Form eines eregierten

Geschlechtsteils, das hier alle so gerne aßen), und auch wegen Rosemarie, der einsachtzig großen und blonden Tochter von Frau Schwichtenberg, wegen der blonden Rosemarie, die noch etwas blonder war als ich, königsblond, wie – außer der Erinnerung – die Schwarzweißfotos beweisen. Rosemaries und meine Zeit war noch schwarzweiß, die Farbfotos kamen erst, als es uns schon nicht mehr gab. Schon unser erstes Foto (letzter Tag im Kindergarten, mit Schwester Radigundis im Schleier – auch blond darunter? –) zeigt uns, blond wie wir waren. Und auch das nächste Foto (noch einmal schwarzweiß) das kurz darauf entstand, beweist dies: wir (und unsere anderen) stehen am ersten Schultag vor der kleinen Schule mit unserem einzigen Lehrer und sind blond. Es folgten vier Jahre mit diesem einzigen Lehrer, der uns allen (ich glaube, wir waren vierzig Schüler auf acht Klassen in einem Raum verteilt) Lesen und Schreiben, Dazuzählen und Abziehen, das kleine Einmaleins sowie etwas Heimatkunde und Religion, auch Turnen und Blockflöte, Xylophon und Metallophon beibrachte. Ich weiß nicht, ob es dieses letztgenannte Musikinstrument überhaupt noch gibt. Es ist mir nie wieder begegnet, vielleicht gab es das nur in Kreenheinstetten. Ich wollte nur sagen, daß wir blond waren und daß es dafür Beweise gibt, vom ersten Schwarzweißfoto an, das mich unter dem Christbaum liegend zeigt, kurz vor meinem ersten Geburtstag, der gefeiert wurde. Ich ging auf den betonierten Platz vor der Leichenhalle zu (wo der Sarg stand) und sah schon eine Frauengruppe, Frauen, wohl in meinem Alter, die ich eigentlich hätte erkennen müssen, die noch schneller gewesen waren als ich, fünf schwarze Frauen, die sich für die Beerdigung zurechtgemacht hatten und noch etwas an sich herumzupften. Sie hatten mich heranfahren gesehen; das erste, was ich von ihnen gesehen hatte, waren die Köpfe, Köpfe, die sich drehten, als ich mit meinem Mercedes vorschriftsmäßig einbog und mit dem Auspuff von der Mauer weg gleich auf dem ersten freien Platz neben dem Behindertenzeichen und neben dem Zeichen ‚Für die Geistlichkeit‘ parkte. Ja, ich kam mit einem Mercedes der E-Klasse angefahren, da drehten sich ihre Köpfe. Ein schmerzstillender Mercedes! – Mein schmerzstillender Mercedes.

Vornehme schwarze Hüte, breitkrempig, es handelte sich um schwäbische Sombreros und um die dazu passenden Stiefelchen: so standen sie und versuchten herauszubekommen, um wen es sich bei mir handelte. Das hätte ich auch gerne einmal gewußt. ‚Sie will mir den Hund ausreden!‘ und ähnliche Sätze sagte ich sogleich vor mich hin, derlei Sätze hatte ich mir für brenzlige Situationen in der Öffentlichkeit aufgespart, um ein Weinen oder ein Erröten oder auch nur eine Erektion oder ein unpassendes Gelächter an mir selbst zu verhindern. Früher hatte auch Kopfrechnen geholfen. Das war in jungen Jahren das beste Mittel, ja, das einzige, das wirklich half von allen Mitteln, die ich kannte, gegen jede unpassende Erektion und alle schmutzigen Gedanken, die allem zugrunde lagen. Kopfrechnen half, wenn ich plötzlich aufgerufen wurde, wenn ich an die Tafel mußte. Aber die Angst war geblieben, sie war die alte, wenigstens nachts. Da habe ich noch auf Jahre hinaus von Aufgaben geträumt, die ich nicht lösen konnte. Nun war ich ein Mercedesfahrer im besten Alter, während die Sombrerogruppe (die Hüte hätten auch als Schirme dienen können) wahrscheinlich mit jenem Wagen älterer Bauart und einheimischer Nummer angefahren war. Dieses Quintett war von hier – ich habe mich dieses Kennzeichens immer geschämt. Ich wäre nicht hiergeblieben mit dieser Nummer, ja, es war vor allem die Nummer, die mich von hier vertrieb, außer der Kälte und den Erinnerungen. Meine großstädtische Nummer, dazu noch eine der feinsten, ein einfaches ‚K‘, dazu der Wagen: diese Kombination besagte, daß ich saniert war. Die Wagengröße hielt sich dazu knapp unter der Übertreibungsgrenze, es war eine anständige Größe, ach, ich versuchte nur, mich in diese Menschen hineinzuversetzen, und dachte an ihrer Stelle über mich nach. So mußte ich an ihnen vorbei, und der Satz half.

Daß ich keine Erektion bekam, erkläre ich mir mit der besonderen Situation; das Nicht-Erröten, das Nicht-Lachen-Müssen und genauso das Nicht-Weinen-Müssen führe ich aber auf den mitgebrachten Satz zurück. Doch wie sie nun in einer Reihe standen, als müßten sie meinetwegen ein Spalier bilden, wie sie sich intuitiv, gewiß nicht absichtlich der Größe nach aufgestellt hatten, fiel mir wieder der Turnsaal ein. Da haben wir uns auch so aufgestellt, der Größe nach, ja, wir haben uns so aufstellen müssen. Nicht auszudenken, was gewesen wäre, wenn ich der kleinste von allen gewesen wäre. Das hätte ich nicht überlebt.

Ich hatte Nillius berichtet, daß ich bis zum heutigen Tage daran litte, und manches Mal sogar noch davon träumte, ‚wie ich den richtigen Platz suche, wie ich von meinen Mitschülern von zwei Seiten bedrängt werde, wie ich vom Turnlehrer mit Metermaß und Wasserwaage überprüft werde, ob ich zu Recht an meinem Platz stehe oder ob ich mich hinaufgeschwindelt habe und wie ich vom Turnlehrer mit seinem Metermaß zurechtgeschubst werde‘, sagte ich. Immer noch träume ich davon, besonders im Sommer, daß ich aufgerufen werde und daß ich an die Tafel muß, und daß ich mit einer Erektion und einer aus ihr folgenden Errötung an der Tafel stehe, in meiner kurzen Lederhose dastehe, die anderen samt dem Lehrer lachen. Es sind schwarzweiße Erinnerungen an graue Tage: noch einmal den Abituraufsatz schreiben ‚Hat das Wort Humanismus noch einen Sinn? – Und wenn ja, welchen?' Noch einmal auf den Fünfmeterturm und oben stehen? Jenes Freibad war, wie ich wußte, zum Glück längst geschlossen (meine Geschichte wiederholte sich also höchstens anderswo), wegen notorisch erhöhten Kolibakterien-Anteils, der, wie der zuständige Verwaltungsbeamte in Verbindung mit dem überforderten kleinen Städtischen Gesundheitsamt sich ausdrückte: ‚nicht heruntergefahren werden konnte'. Allein in meiner Erinnerung steht dieser Fünfmeterturm an jener Stelle des überdies moorigen und auch schon fast verschlammten Freibades: alles an derselben Stelle, und ich werde auf diesen Turm hinaufkomplimentiert, hinaufgenötigt und -gejagt. Unten steht mein Vater, sage ich Nillius, und wartet, wie ich ihm mit einem eleganten Kopfsprung beweise, daß es sich gelohnt hat mit mir, daß es richtig war, mich in die Welt gesetzt zu haben. Und wie ich schon viel zu lange da oben stehe, und wie er schon wegen meines Zögerns beschämt ist, und wie ich nicht springe, nicht einmal den sogenannten Weibersprung, und wie ich rückwärts eine Stufe nach der anderen alles zurückgehe, ja, zurücknehme, Doktor Nillius, während die Beine bis in meinen Kopf hinauf zittern, mein Vater mich aber irgendwann in dieser Zeit aufgegeben haben muß, wie ich die Leiter rückwärts herunterkam. Da hat er mich aufgegeben und gedacht, daß *ich* ein Fehler war.

Nun aber fuhr ich längst mit einem Mercedes der E-Klasse und einem begehrten Autokennzeichen durch die Welt, und spätestens seit meinem 35. Lebensjahr war ich saniert. Ich hatte gehört, daß sich selbst der Landrat dieses Kreises seiner eigenen Nummer schämte und seinen Privatwagen deswegen in einem angeseheneren Nachbarkreis angemeldet habe.

Frau Schwichtenberg wurde katholisch beerdigt, das wunderte mich. Sie war doch evangelisch? Später erfuhr ich von Rosemarie, daß dies ihr Wunsch gewesen war. An sich hatte die katholische Kirche auf diesem Friedhof eine Art Monopol, es ruhten nur katholische Tote (bis auf den rumänisch-orthodoxen Vater Erikas) hier, bis zu Frau Schwichtenberg. Der Pfarrer hat die Beerdigung, die soweit ohne Zwischenfälle verlief, übernommen und eine ökumenische Beerdigung daraus gemacht. Er kam in einem Mittelklassewagen (ich glaube, ein VW-Passat) angefahren, schon im Ornat, und ging so mit zwei Ministranten schnurstracks auf den Sarg zu. Unmittelbar daneben standen die Angehörigen meiner Toten und lebten. Eine von ihnen mußte Rosemarie sein. Ihren Namen hatte ich in Gegenwart meiner Frau lange nicht nennen dürfen. Gesehen hatten die beiden einander nie. Ich war der einzige auf der Welt, der beide kannte oder gesehen hatte und somit etwas Einmaliges und Einsames war auf der Welt. Etwas zerzaust schienen sie mir, diese Angehörigen, ich erkannte keinen einzigen von ihnen, nicht einmal Rosemarie und Hugo, der nun schon lange ihr Mann war, ebenfalls blond gewesen war, aber nun waren alle, falls sie es überhaupt waren, schwarz oder grau. Außer den Jungen von heute, die damals noch gar nicht da waren. Nachher würde ich nach Rosemarie fragen müssen, und auch nach Hugo, und die beiden an der Friedhofsmauer abfangen und Rosemarie mein Beileid wünschen. Und die Trauergäste würden sich zerstreuen; und einige von ihnen würden in die ‚Traube‘ gehen, wo es ein Tellerschnitzel geben würde. Was du alles

weißt! rief meine Frau immer wieder aus, mit einem Neben-
klang von Desinteresse und Unglauben. Du kannst dich ja an
fast alles erinnern! behauptete sie wenigstens.

Gut, ich gab ihr das Weihwasser, hatte auf dem Weg zum
Weihwasserkessel gedrängelt, um einer der ersten zu sein, mich
schon während der kleinen Ansprache langsam nach vorne ans
offene Grab gedrängelt und schaffte es tatsächlich, einer der
ersten zu sein, die den Weihwasserwedel in der Hand hatten
und dabei irgendwie mit wohl nachdenklicher Miene auf den
Sarg hinabschauten, der nun unten lag, bzw. stand. Dann gab
ich den katholischen Weihwasserwedel an den nächsten weiter.
Es war gewiß ein Mann, denn damals standen auf einer katholischen Beerdigung die Menschen in Geschlechtergruppen,
und beim Weihwassergeben waren die Männer als erste an der
Reihe, ja, so war es. Ich zielte Richtung schmiedeeiserne Fried-
hofstür, kam auf dem Weg dahin noch an unserem Grab vorbei
und gab den Meinen auch noch das Weihwasser, drängte dann
aber hinaus, um eine Zigarette zu rauchen und Rosemarie und
die anderen abzufangen. Kaum stand ich – nicht einmal Zeit
hatte ich zu staunen, wie schnell im Grunde alles vorüber gewesen war –, da waren zwei Männer –, auf mich zugekommen
und hatten sich zu mir gestellt mit der Frage, ob ich auch da sei.
‚Bist du auch da?‘, es war eine Frage, die ich fast schon vergessen
hatte, unsere Frage, im Grunde gar keine Frage, sondern
eine, vielleicht traurige, Feststellung. ‚Bischd au do?‘ – Das
sahen sie doch! – Ich hatte vergessen, daß dies unsere Frage war,
die Bestätigung in unserer Muttersprache, daß wir da waren.
Daß wir noch da waren. Gefragt haben sie, ob ich auch da sei,
und wie es mir so gehe. Da erkannte ich sie: Es war der schöne
Hugo, dem schon früh die Frauen hinterherliefen, denen er

immer wieder davonlief. Und der andere war Manni, auf immer einen Monat älter als ich, den ich an seiner kleinen, aber nicht uninteressanten Zahnlücke erkannte und den immer noch schönen Augen, die immer schon sein Kapital waren, vielleicht schon bei der Schwester im Kindergarten. Der schöne Hugo, nun, wie ich hörte, Silberfuchs genannt, rauchte Zigarillos, und der andere, kahlköpfig geworden und dick und stiernackig, rauchte einen Villiger Stumpen, und so warteten sie auf ihre Frauen, die sie, in unserer Sprache, Weiber nannten: beide waren Schwiegersöhne von Frau Schwichtenberg, so wußte ich also, daß Rosemarie da war, daß ich sie nicht wiedererkennen würde, da ich sie nicht wiedererkannt hatte, und daß sie in ein paar Minuten, oder in einem Augenblick, auf mich zukommen würde. So standen wir neben Hugos Geländewagen mit der Werbung für seine Fitneßprogramme, und ich sprach mit ihnen, als ob wir uns nicht zwanzig Jahre nicht gesehen hätten, sondern heute morgen auf dem Misthaufen beim Vorbeifahren mit dem Traktor. Und dann kam Erika Futterknecht und mit ihr eine Erscheinung, nun bis zu den Haaren hinauf schwarz, eine Erscheinung, die im Jahr 15 000 filterlose Zigaretten verrauchte, auch im Freien, und stellte sich neben Hugo: meine Rosemarie. Sie erkannte mich nicht. Der etwas überholte Name Rosemarie – nun wurde sie Romy genannt – nicht von mir. ‚Bist du auch da? Hat die Adresse also gestimmt?‘ sagte auch sie mit der Stimme von einst, als wir uns bis morgen in der Schule verabschiedeten. Freute sie sich, mich zu sehen? ‚Früher warst du blond‘, sagte ich, nun schon halb im Scherz, und sie antwortete, indem sie denselben Satz variierte: ‚Du auch!‘ Es stimmte ja: ihr Haar war nun schwarz-rot, mit einem Pagenschnitt à la française, während ich als Herr im besten Alter galt, mit kräftigem Haarwuchs, gut geschnittene Erscheinung, tadellos und graumeliert. Ihre Mutter war ja tot, ‚tut mir leid‘, sagte ich (wie in einer Szene in einem amerikanischen Vorabendfilm). Aber wie geht es deinem Vater? worauf sie mir, was ich befürchtet hatte, sagen mußte, daß er schon lange tot sei. ‚Ach‘, sagte ich, er auch? – ‚Wer noch?‘ wollte sie wissen. Ich meine nur, sagte ich. ‚Wir leben ja noch!‘ ‚Jetzt ist aber Schluß!‘ meinte Hugo. Ich war vielleicht mehr berührt von diesem ständigen Ableben als er und sie alle. Rosemarie selbst schien vollkommen ‚gefaßt‘. Sie dachte wohl, das sei alles ‚natürlich‘, mit diesem Wort halfen sie sich über das Schlimmste hinweg. ‚Früher oder später sind wir alle dran‘, hörte ich. Oder ich hörte: ‚... trifft es uns alle‘? – ‚Jetzt ist Schluß!‘ – Irgendeiner aus dieser Kleingruppe an der Friedhofsmauer meinte nun, ob ich mit ihm in den Rosengarten nach Rast fahren würde. Es war der Ort, wo ich trinken gelernt hatte. Da klingelte in Rosemaries Handtasche das Handy. Ich wußte nun auch, daß es Rosemaries Handy war, das während der kurzen Friedhofszeremonie in unmittelbarer Nähe des Grabes mehrfach geklingelt hatte. Ich hörte und sah, wie sie ganz professionell ‚Immo Schwichtenberg‘ sagte. Dabei hatte ich geglaubt, Rosemarie leite ein Eheanbahnungsinstitut.

‚Ach was, das mache ich nur noch nebenher, das lohnt sich doch heute gar nicht mehr. – Wer sucht denn heute noch einen Mann oder eine Frau!‘ – Sie war, wie sie mir erklärte, ‚rechtzeitig von Eheanbahnung auf Immobilien umgesattelt‘. Und ein kleines Detektivbüro habe sie auch erst vor kurzem eröffnet. Dazu sei nur ein Gewerbeschein nötig.

Ich solle doch ‚mit ins Essen‘ kommen, sie müßten nun gehen. Man warte schon in der ‚Traube‘ auf sie. ‚Los, komm, gehen wir!' sagte nun auch Hugo, und wir gingen: wir fuhren im Geländewagen-Konvoi zur ,Traube', ich war der einzige, der noch einen gewöhnlichen Mercedes fuhr.

Rosemarie, die am Grab hatte warten müssen, bis der letzte mit dem Weihwassergeben am Grab und den Hinterbliebenen vorbeigezogen war, die während der ganzen Zeit dastehen mußte, kam zu uns an die Friedhofsmauer nach draußen und sagte, daß sie nun erst einmal eine Zigarette rauchen müsse. Und sagte, vielleicht auch aus Verlegenheit, ausgerechnet hier auf mich gestoßen zu sein, ich solle doch ,ins Essen kommen'. Ihre Mutter wurde nun von demselben Minibagger zugebaggert wie die anderen auch. Man konnte es hören, solange der Boden auf Holz stieß, nachher wurde es ruhiger, und überhaupt: es war eine Angelegenheit von fünf Minuten. Kürzer als eine schön gerauchte Zigarette. Was mich, zuvor, getröstet hatte, war der Umstand, daß die wie üblich zahlreich, ja vollständig erschienenen Trauergäste die Verstorbene behandelten wie jeden anderen Verstorbenen auch, der katholisch war. Auch Frau Schwichtenberg hat von jedem einzelnen der Reihe nach das Weihwasser bekommen, das in der katholischen Kirche am Weihwassertag geweihte Weihwasser. Da wurde auf den evangelischen Taufschein keine Rücksicht genommen. Das war aber nicht wegen der Ökumene, sondern wegen Kreenheinstetten. Selbst Rosemarie hat als eine der letzten den Weihwasserwedel in die Hand genommen und ihn in den vom Mesner aus der katholischen Kirche geliehenen und angeschleppten Weihwasserwanderkessel getunkt, und: das katholische Kreuzzeichen gemacht.
Meine einzige Gelegenheit, Rosemarie näherzukommen, da-

mals, war, daß sie evangelisch war. Meine Vorstellung, daß sie nicht nur einen anderen, fremdartigen Glauben hatte, sondern auch eine andere ‚Sexualität‘, kurz: daß sie diese Dinge, von denen ich geträumt hatte, anders machte, kurz: daß sie es machte, daß sie es mir zeigte, kurz: daß auch hier die Verbote des katholischen Gottes und seines Stellvertreters in Rom und seines Stellvertreters in Kreenheinstetten nicht galten. Kurz: daß sie alles durfte, was mir verboten war, und daß sie dies auch machte, dachte ich. Sie hatte so gut wie keine Verpflichtungen, mußte nicht zur Messe am Sonntag, durfte aber alles, auch das eine. Seltsam war, daß sie trotzdem im Religionsunterricht dabeisaß und sich alles anhörte, und immer wieder sagte, das alles gelte für sie nicht. Ja, sie hat ihren Glauben und ihr Verhalten aus dem Gegenteil von dem bezogen, was der Pfarrer sagte. Sie schloß daraus falsch, daß das Gegenteil von dem, was unser Pfarrer sagte, die Wahrheit, ihre Wahrheit war, und daß jedes Verbot, das er aussprach, für sie ein Gebot war: daß Jungen und Mädchen nicht zusammen spielen sollten, zum Beispiel. Also kam sie zu mir. Kurz: ich träumte. Und es war ein Glück, einen Menschen wie Rosemarie und ihren derartigen Privatglauben in meiner Nähe zu wissen.

Rosemaries Einladung aufs Leichenessen kostete mich Überwindung, denn es sollte ja in der ‚Traube‘ sein. Die ‚Traube‘ war immerhin mein Elternhaus, das ich, seitdem es mein nichtsnutziger Bruder an Fritz und Elsa verkauft und sich mit dem Geld in die Gegend von Alicante abgesetzt hatte, nicht mehr betreten hatte. Ich hatte mir damals, als mein Bruder aus purer Unlust, vielleicht angestachelt durch die Unlust seiner nichtsnutzigen Frau, deren Unlust an der ‚Traube‘ und Kreenheinstetten gewaltig gewesen sein muß, denn vom Tag des Einzugs

an dachte sie an nichts anderes als ans Ausziehen, – nein: ich
hatte mir nicht einmal vornehmen müssen, dieses Haus nie
wieder zu betreten, obwohl Fritz und Elsa, die neuen Wirte,
jener mit uns entfernt blutsverwandte Viehhändler und seine
Frau aus dem Hotzenwald, mich haben wissen lassen, ich solle
doch heimkommen; dieses Wort, das sie meinem Bruder nicht
gesagt haben, von dem haben sie nur gekauft. Mein Bruder
hatte nie viel Ansehen in Kreenheinstetten, seit dem Verkauf
der ‚Traube‘ überhaupt keines mehr. Mein Schmerz aber, den
die anderen aus meinem Fernbleiben, aus meinem Nicht-mehr-
Heimkommen schlossen, dieser Schmerz hat mein Ansehen in
Kreenheinstetten noch einmal gesteigert. ‚De Bruadr ischd scho
reaadt‘, hieß es über mich. Das Ansehen, das meine Schwägerin genoß, war noch verheerender als das meines Bruders. Die
Kreenheinstetter waren überzeugt, daß *die* den Bruder nur
wegen der ‚Traube‘ geheiratet habe; und daß sie eigentlich die
‚Traube‘ geheiratet habe, um sie zu verkaufen, um das Kapital
für ihren Lebenstraum zu haben: das war ein Platz an der Sonne, was ich unter anderen Umständen verstanden hätte. Sie
hatte von der Strickwarenfabrik aus ihre Blicke geworfen und es
schon in Mopedzeiten geschafft, sich meines Bruders zu
bemächtigen, indem sie ihm kleine Gefälligkeiten anbot, jene
kleinen Aufmerksamkeiten, die zum Leben führen, jene List
der Natur, die uns am Leben hält. Also saß mein Bruder bald
bei ihr auf dem Sofa oder noch näher und dachte, das sei die
Welt und das Leben, in ihrem Schoß. Er hat sich seinen Traum
verwirklicht, er hat Sonja (die weit unter Stand war) bekommen, und Sonja hat sich ihren Traum verwirklicht: sie hat die
‚Traube‘ bekommen, und mit dem Geld die Finca irgendwo bei
Alicante gekauft. So deute ich die Geschichte. Ach, ich sah, daß

die Fassade gestrichen war und mit Blumen- und Girlanden-
mustern um die Fenster herum bemalt, irgendwie bayerisch:
das tat weh. Rosemarie aber hätte mich warnen können, mich
auf diesen Anblick vorbereiten auf dem kurzen Weg vom Friedhof zur Wirtschaft. Sie hat mich aber nicht gewarnt, sondern
gesagt, daß jetzt alles, nachdem mein Bruder überhaupt nichts
am Haus gemacht habe, sehr schön geworden sei.

Mit diesen Bildern gestärkt, ging ich hinein. Fritz, der Wirt,
zuckte auch etwas zusammen, glaube ich, als er von hinter dem
Büffet aus mich hereinkommen und mit Rosemarie und den
anderen auf meinen Platz zugehen sah. Dann kam er aber doch
an den Tisch und sagte: ‚Bischd au do?' – er mußte schließlich
etwas sagen und fragen, was wir bestellen wollten, denn jeder
konnte bestellen, was er wollte, das hatte Rosemarie allen gesagt. Später kam auch Klärle (die schon damals ‚ausschenkte',
wie unser Wort hieß, unser Schibboleth-Wort, als ich noch
spielend unter ihren Rock flüchten konnte, und auch in der
Kirchenchorzeit) vorbei und hat ebenfalls ‚bischd au do?'
gesagt. Ohne Ausnahme haben alle, die mich wiedererkannten,
alle meine Menschen von einst, die noch lebten und hier waren,
mich mit demselben Satz begrüßt, der eine Frage war: ob ich
auch da sei.

Mein Bruder hatte mir Hausverbot erteilt und gerichtlich
erwirkt, daß ich dieses Haus nicht mehr betreten konnte. Aber
dann hätte ich schon wieder kommen können. Zweifellos saß
ich nun hier, weil mich Rosemarie zum Leichenessen gebeten
hatte. Und dann mußte ich bestellen, ich glaube, ich war deswegen hierher zurückgekommen: weil ich, Sie werden lachen,
Sehnsucht hatte nach einer richtigen oberschwäbischen Seele,
die es in Köln nicht gab und nirgendwo. ‚Du wirst doch nicht

nur eine Seele bestellen! – Iß was Richtiges, komm! – Das kannst du meiner Mutter doch nicht antun!' Aber so wie einer, der das Vermißteste will, brauchte ich nun eine Seele, mit geröstetem Speck dazwischen, sie mußte so wie immer sein, ‚ja nicht mit irgendwas garnieren, ja kein Dressing, ohne Essiggurken und sonstigen Schnickschnack, ganz ohne Beilagen, einfach so, so wie immer!' verlangte ich ganz entschieden, so daß Rosemarie, der Wirt und alle, selbst Hugo, zusammenfuhren. Mich hatten die rosaroten Tischdecken, die rosaroten Stoffservietten etc. erschlagen, auch die Geweihe, all das gab es damals nicht, und ich fragte, ob man nicht die Tischdecke und die Servietten wegnehmen könne, auch wollte ich die Seele auf einem Speckbrettchen essen, und nicht auf einem neumodischen Gourmetteller. – Ich sei aber komisch geworden, sagte Rosemarie zu mir, der immer schon als komisch gegolten hatte. Nun gut, die Seele kam, ich aß sie. Einst hatte ich mir geschworen, mein Leben nur in einer Gegend zu verbringen, wo es gute Seelen gab, oder wenigstens eine gute Brezel. Aber in Köln gab es so etwas nicht, daher bin ich in Köln, wo es mir zwar gefiel, nie heimisch geworden. Die zaghaft aufgebaute Brezelkultur am Hauptbahnhof war für mich von Anfang an nichts als eine Erinnerung daran, daß ich nicht zu Hause war. Schon eine Brezel löste eine Heimwehreaktion aus, und erst eine Seele.

Vom Rauchen war die Rede, vom Rauchen, wer aufgehört, wer wieder angefangen hatte damit. Wer eine Pflastertherapie gemacht und wem es geholfen habe. Erich rauche wieder, Manni habe es geschafft, er sei nun schon die 43. Woche ohne. Es gab Raucher und Nichtraucher, so auch Erika, die sich demonstrativ wegsetzte von uns und drohte, gehen zu müssen, von ein paar wirren Handbewegungen durch die Luft begleitet, wohl um den Rauch zu vertreiben, der doch ein schöneres Bild gab als sie. Wir erzählten uns, wer es wie lange schon ohne Rauchen aushielt und wie er es geschafft hatte, so wie man davon spricht, welches das sicherste Mittel gegen die Pfunde ist, ein Hauptthema am Ende dieses Jahrtausends, selbst auf dem Land, gerade bei Menschen, die alles haben, bei Menschen, denen sonst nichts fehlt. Die Pfunde! – von Menschen mit dynamischen Lebensversicherungen wollten die Gesellschaften nämlich das Lebendgewicht wissen, danach bemaß sich nun die Höhe des Versicherungsbeitrags. Überhaupt die richtigen Versicherungen, die richtigen Versicherungspakete, von der Hausratversicherung bis zur richtigen Sterbegeldversicherung, ja, zum Sterbeversicherungspaket. ‚Hast du die Haushaftpflicht?‘ fragte Erika, wohl um herauszubekommen, ob ich Hausbesitzer war, ob es sich bei mir um einen sogenannten Hausbesitzer handelte, ob ich also mit 45 saniert war – oder nicht. Dieselbe Erika fragte sogleich, ob ich ein Single sei, was ich über einen Scherz abwehren konnte: Wir sind doch alle Single heutzutage. Ich hatte bemerkt, wie Erika meine Hand musterte und den Ring vermißte: das hat mir meine Frau immer als größten Verstoß gegen unsere Gemeinschaft angekreidet, daß ich gerne den Ring vergaß, der Ring störte mich einfach, selbst schuld, hätte sie sich für einen einfachen Ehering entschieden, hätte ich ihn vielleicht auch getragen, aber so! Dieser Ehering war einfach zu schwer, außerdem kratzte er, denn an der Unterseite war ein Diamant eingelassen, den niemand sonst sah, das war unser Geheimnis. Also: kein Ehering. Erika hat mich wohl immer für einen Menschen gehalten, der nicht vollständig war und sein konnte. Das hätte sie mir doch sagen können.

Dann sprachen wir noch, wiederholt bei leeren Tulpengläsern angekommen, über Gebrauchtwagen, Geländefahrzeuge und den brachliegenden Immobiliensektor, das Zwei-Zimmer-Segment abgezogen. ‚Hast du mir kein schönes Dachstudio?‘ fragte ich Rosemarie, die vom Verwandtentisch nach dem Schnitzel mit Kartoffelsalat (Leichenessen) zu uns herübergekommen war, schon leicht alkoholisiert, halb im Scherz, und sie antwortete: ‚Jederzeit‘ in perfektem Hochdeutsch. Damals galt sie als Beste im Fach Deutsch, weil sie nicht so sprach wie wir, außerdem galten wir als Legastheniker, und einige von uns neigten auch noch zu einer Diskalkulie, ein Wort, das es damals noch nicht gab: sie brachten die Zahlen durcheinander, konnten einfach nicht rechnen. Erika aber wollte immer noch wissen, ob ich allein lebe, d. h. sie wollte wissen, mit wem ich zusammenlebe, und stellte sich einfach ganz dumm an, so daß ich nicht daran dachte, ihr eine Antwort zu geben. Kein einziger Single saß hier am Tisch, nur sogenannte bessere Hälften, die den Bund fürs Leben geschlossen hatten, die nach und nach die Silberhochzeit feierten und so immer einen Grund zum Feiern hatten. ‚In Bangkok ist es jetzt schon halb neun!‘ sagte Manni, der gerade aus Bangkok zurückgekommen war, noch im Jetlag, und – nebenbei – vielleicht erstmals dieses Wort in dieser Gegend einführte. ‚Aber nicht als Sextourist!‘, ein Wort, das allgemein eingeführt war, obwohl er auf diese und jene kleine Angeberei in diese Richtung nicht verzichten wollte. ‚Es war ein Nichtraucherflug.‘ Ich frage: was hätte sich Goethe unter diesem Wort vorgestellt? Wir hatten uns, wie Großraumjets, weit entfernt von Goethe. ‚Handys‘ sind jetzt auch schon verboten, wußte Rosemarie, die ihren schönen Mädchennamen behalten wollte und keineswegs bereit war, Hugos Namen (Saummüller) zu übernehmen. Renate war übrigens wegen einer Allergie auch nicht mit in die Wirtschaft gekommen, wegen mehrerer Allergien, die Hausstaubmilbe war noch das wenigste, schlimm waren die mehrfach kombinierbaren Lebensmittelallergien und andere Allergien, und Wörter, die Goethe auch nicht verstanden hätte. Sie soll sich doch endlich desensibilisieren lassen! hieß es allgemein. Und wieder einmal schien mir, daß das Heil einzig in der Hand entsprechender guter Behandlung lag. Da klingelte das Handy in der Handtasche von Rosemarie, und abermals meldete sie sich gekonnt mit ,Immobilien Schwichtenberg', sagte sogleich: ,Kann ich Sie zurückrufen?' und notierte die entsprechende Nummer in ihrem Notebook.

Freilich lebten wir nun schon im siebten oder achten Jahr nach der Entdeckung des Ozonlochs, und die Allergien würden noch zunehmen, die Angst war nun eine Totalallergie, wie vor einer unheilbaren und tödlichen Infektion, wie Aids, nur schlimmer. In uns hatte sich hineingeschlichen: der Gedanke, daß wir nicht mehr lebten, sondern überlebten, als immer wieder Überlebende weiterlebten, selbst Rosemarie, die ihre Immobilien anbot, die doch jede Woche ein Haus verkaufte, wie sie mir sagte, glaubte nicht mehr an die Zukunft, und schon lange nicht mehr an das Bleiben. Hätte sie gewußt, wohin, sie wäre gegangen. Ein Haus in den Bergen der Karibischen Insel Hispaniola (Dominikanische Republik) hatte sie schon. Dorthin war ich nun auch eingeladen. Das Wort ,ausgebombt' hatte sich nun allmählich aus unserer Sprache verloren, so wie die ausgebombte Tante Rosemaries. Draußen habe es wie nie geblüht, sie seien aber ausgebombt gewesen, da habe sie das Frühjahr zu hassen begonnen und die ganze schöne Natur, sagte *Frau Schwichtenberg*. Ich sehe sie noch zwischen ihren Porzellanmöpsen sitzen, im Zimmer mit Aquarium, es waren die ersten Zierfische meines Lebens, es mußte wunderschön sein, in einem solchen Behältnis herumzuschwimmen, dachte ich damals, und so farbig zu sein. Frau Schwichtenberg, sagte mir Rosemarie nebenbei, habe am Ende ihres Lebens nur noch auf dieses Aquarium geschaut und ab und zu die Muschel genommen, in der das Meer rauschte, die sogenannte Heimwehmuschel, das einzige, was ihr von den ersten vierzig Jahren geblieben war, und Rosemarie von ihrer Mutter, wenn ich die Bilder abziehe. Sie sei zuletzt überhaupt nicht mehr aus dem Haus gegangen, obwohl sie noch hätte gehen können, und im letzten Sommer habe sie sich nicht einmal mehr vor das Haus gesetzt und dem Leben zugeschaut, was sie ein Leben lang getan hat, trotz allem. So hat mir Rosemarie noch etwas von ihrer Mutter erzählt, die ich, nachdem Rosemarie und ich im Kohlenkeller der Schwichtenbergs mit dem Doktorspielen aufgehört hatten, kaum noch sah. Ihre Mutter habe sich das Leben durch ihre ständige Todesangst verdorben. Und jetzt sei sie doch tot. Und ganz leicht gestorben. Sie habe umsonst Todesangst gehabt, sagte Rosemarie.

Die Lavantsche Trauer

Da wir auf einem Leichenessen saßen, mußte ich eine Anstandsfrist verstreichen lassen, bis ich fragen konnte, was mich auch noch anging, was machen meine Meßkircher?

Was machen eigentlich die Meßkircher? fragte ich Rosemarie Schwichtenberg, die mir als einzige auf der Welt vielleicht noch sagen konnte, was denn mit den Meßkirchern los war. Meine Frage enthielt auch die Sorge, ob es sie wirklich noch gibt. Ich hatte nämlich beim Vorbeifahren keinen einzigen von ihnen gesehen. Am hellichten Tag war das sogenannte Geschäftszentrum völlig menschenleer. Außer einer vollkommen verschleierten Gestalt hatte ich niemanden gesehen. Da wir außerhalb der närrischen Zeit waren, konnte es sich hier kaum um einen Angehörigen einer Unterbruderschaft der heimischen Katzenzunft handeln; und auch eine Nonne kam nicht in Frage, denn ich wußte noch etwa, wie eine Nonne aussah, ich kannte deren Uniformen noch.

High noon. – Ich wollte noch etwas essen, eine Seele vielleicht, aber es gab keine Bäckerei mehr, nur noch Verkaufsecken und Filialen, sagte ich Rosemarie, aber in ganz Meßkirch gab es nichts, außer einem Imbißstand und dieser Leere inmitten. Und Parkplätze: ich hatte freie Auswahl. Auf der Litfaßsäule neben dem Döner-Imbiß las ich vom ‚Meeting‘ der Meßkircher Sexaholics, die es nun auch schon gab, einer Selbsthilfegruppe, die in den USA gegründet worden war, in Anlehnung an die Anonymen Alkoholiker, die sich gegenseitig halfen, von ihrer Sucht ‚loszukommen‘, wie es hieß. Also mußte es irgendwo doch noch Meßkircher geben. Mir wäre lieber gewesen, sie hätten sich anders organisiert, und ich hatte schon wieder Mit-

leid mit ihnen. Rosemarie bestätigte mir auch, daß es in Meßkirch sei wie überall, wo sich die Anonymen Sexaholics trafen:
erst hat man etwas über sein Problem gesprochen, dann aber so
lange über das Problem gesprochen, bis sie etwa nach zwei
Stunden in die alte, keinen Aufschub duldende Gier zurückge-
fallen seien. So sei der Clubraum, der sich in einem besonders
sanierungsbedürftigen Bezirk (zwischen Videothek und Mo-
schee) befand, schon in Verruf geraten. Zwar galt Meßkirch,
wenn überhaupt, spätestens seit dem frühen Heidegger als
Geniewinkel und laszives Nest; überall, wo ich hingekommen
bin auf der Welt, hat man mich deswegen bewundert oder auch
von der Seite betrachtet, weil in meinem Paß als Geburtsort
‚Meßkirch‘ stand/steht. Niemand wußte, niemand konnte mir
sagen, wo Meßkirch war oder lag, man wußte nur, wenn überhaupt, daß es im Geniewinkel lag. In Zukunft wird es ohnehin
keine Meßkircher mehr geben: Mein Geburtszimmer ist nun
nichts als ein Sterbe- und Totenzimmer, das ist wahr. ‚Vielleicht
ziehe ich mich einmal hierher zurück.‘ Das sollte ich lieber
nicht tun, hieß es dann in Kreenheinstetten. Wie auch immer:
ich bin einer der letzten. Mit das Schönste an Köln ist immer
gewesen: dort mußte ich mich nicht dafür rechtfertigen, aus
Meßkirch zu kommen, kein Mensch kannte Meßkirch. Dabei
gibt es so viel Gemeinsames: zum Beispiel die selige fünfte Jahreszeit, die in Meßkirch wie in Köln jeweils mit dem katastro-
phalen Aschermittwoch zu Ende war. Zwar sagten wir nicht
Karneval, und schon gar nicht Fasching, es war die Fasnet.
Aber genau wie in Köln hatten auch wir in Meßkirch unsere
Hauptpersonen, in Köln war es das Dreigestirn, inklusive der
von einem schwammigen Mittvierziger dargestellten Jungfrau;
in Meßkirch hatten wir den Narrenvater und die Narrenmut-

ter, in denen jeder Umzug und jeder sogenannte Kappenabend gipfelte. Die Narrenmutter ist doch immer noch der alte Herr Eiermann? fragte ich. Man konnte mich beruhigen: so war es immer noch. Der wegen seiner Verdienste als Narrenmutter zusammen mit Heidegger zum Ehrenbürger der Stadt gewordene Herr Eiermann lebte noch.

Gabi hat nie etwas von Geschichte wissen wollen, auch von ihrer eigenen nicht. Ob mein Schwiegervater bei der SS war, habe ich nie herausgefunden. Ich kann mir aber gar nichts anderes vorstellen, bei diesem Menschen. Eine der Mengele-Landmaschinen, mit denen ich herumfahren mußte, hat *der* wohl nie gesehen. Meine Frau schon gar nicht. Sie mußte ja nie mit einer Maschine, die einen derartigen Namen trug, herumfahren. Sie ist also nie auf derartige Namen gestoßen. Wir in Kreenheinstetten waren keine Nazis, vielleicht auch nur, weil man uns übersehen hat. So bin ich, weil ich doch ein heimatgeschichtliches Thema wollte, auf das 17. Jahrhundert ausgewichen, auch weil, hätte es etwas gegeben bei uns, ich nichts herausgebracht hätte, so sehr hat man bei uns geschwiegen. Meine Frau interessierte sich also überhaupt nicht für eine der möglichen oder tatsächlichen Geschichten. Sie hat nicht einmal meine Doktorarbeit gelesen, die ihr doch gewidmet war: *‚Die Lavantsche Trauer. Über Ursprung und Bedeutung des Wurstschnappens am Schmutzigen Donnerstag in der Stadt Meßkirch‘.* Ich konnte nachweisen, daß sich das Wurstschnappen am Schmutzigen Donnerstag (wobei ‚schmutzig‘ von Schmotz kommt, unserem Wort für ‚Fett‘) bis ins kleinste Detail aus den Trauerfeierlichkeiten um den aus Meßkirch stammenden Grafen Gottfried, der als ärmster Bischof des Reiches im Lavanttal endete, entwickelt hat, als Bischof des ärmsten, aber auch liederlichsten Bistums überhaupt. Trotzdem hatte er testamentarisch verfügt, daß die aufwendigste Trauerzeremonie, die Meßkirch je gesehen hat, abgehalten würde; die Lavantsche Trauer, die auch das opulenteste Fest war, das in Oberschwaben je stattgefunden hat. Dies allein des Herzens wegen, das in eine Seitenkapelle der großartigen Martinskirche überführt wurde, während der restliche Körper im Lavanttal zurückblieb und aus der Geschichte verschwunden ist. Das Herz aber kann in einem in Augsburg geschaffenen Silberschrein immer noch besichtigt werden. Ich konnte nachweisen, daß bis zu meinem Großonkel Fritz hin, der klein und böse, finster und entschlossen noch mit 89 Jahren als Elferrat in seiner Abteilung beim Rosenmontagsumzug der Rohrdorfer Nachteulen vorangeschritten ist (der einzige in ,der Partei‘, was der von ihm verehrte Führer nie erfahren haben dürfte, nicht einmal der verehrte Gauleiter), sich jeder Schritt auf den Umzug des in den Quellen ,Lavantsche Trauer‘ genannten Ereignisses zurückführen läßt. Von dieser Trauerfeier hat sich das schöne Meßkirch nie mehr richtig erholt. Auch das konnte ich nachweisen. Im ersten Teil untersuchte ich zunächst die ,Lavantsche Trauer‘ selbst. Ich fasse mich kurz: Die Heiducker, die getreßt-livriert den Trauerzug den Schloßberg hinauf anführten, blieben vor dem prächtigen Katafalk stehen; und dann ist die ganze Stadt dreimal um diesen Katafalk gezogen und danach dreimal um die Stadt. Meßkirch war klein, es war bei Strafe verboten, nicht dabeizusein. Mit finster entschlossenem Gesicht sind die Heiducker vorangeschritten, es folgten die tausend Meßkircher. Die Auswärtigen überwogen natürlich, aber sie durften nicht mitmarschieren. So viele Gäste waren gekommen, wie zur Schlacht um Meßkirch nicht. Das imponierte. Alle kamen, doch Meßkirch hat sich damals ruiniert. Von dieser Trauerfeier, die doch nur die Umsetzung des Testaments eines größenwahnsinnigen Bischofs darstellte, hat sich Meßkirch nie wieder erholt. Das war Hauptthese wie Ergebnis meiner Forschungen. Dem zweiten Hauptteil (Der Ursprung des Großen Wurstschnappens) hatte ich ein Motto von Brecht vorangestellt: ‚Ihr Hauptleut’! – Eure Leut’ marschieren euch ohne Wurst nicht in den Tod!‘ aus der ‚Mutter Courage‘. Und so war es auch. Auch in Meßkirch. In der Nacht war es nämlich weitergegangen. Es war eigens ein fahrbares Bordell bestellt worden. Ausgewählte schöne Frauen aus der Schweiz, das offiziell noch zum Reich gehörte, saßen dienstbereit vom Einbruch der Dunkelheit an in ihrem Wagen; auf Melkschemeln saßen sie und konnten von außen gesehen werden: der Verschlag war offen. Die Meßkircher zogen verstohlen vorbei, es war Freinacht, aber so etwas konnten sie sich nicht leisten. Sonst war ja die Nacht und das Leben über Ausgangssperre. Das Leben war hart; gerade in Meßkirch hat es sich aber erstaunlich lange fortgesetzt. Trotzdem ging es weiter. Darüber habe ich immer am meisten gestaunt, daß gerade da, wo das Leben so hart war, dieses um so weiter führte, geführt wurde. Nur die frechsten Prälaten ließen sich vom Diener eine Schweizerin in ihren Wagen holen, so wie man einen Schinken holen läßt, und hatten Appetit wie an einem schönen Tag. Die Geschäfte liefen glänzend, aber Meßkirch hatte sich verspekuliert mit dieser Trauerfeier: dieser Bordellwagen war ja nicht von hier. So gut wie nichts wurde von einheimischen Geschäftsleuten gestellt, wie ich nachlesen konnte. Allerdings konnte ich über Existenz und Umfang eines einheimischen Geschäftslebens ebenfalls so gut wie nichts herausbringen. Die Quellen schweigen hierzu, wie der ratlose Historiker sagt.

Außer der Zuckerwatte und dem Bier wurde alles von auswärts geliefert. Doch die Wiener und die Franken haben selbst das Bier mitgebracht, weil Meßkirch das Deutsche Reinheitsgebot von 1311 nicht anerkannte bzw. den Vertrag immer noch nicht unterzeichnet hatte oder auch nur vergessen worden war wie Liechtenstein beim Wiener Kongreß.

Was den Meßkirchern von der Lavantschen Trauer blieb, war das Aufräumen. Die Aufräumarbeiten zogen sich, las ich in den Quellen, zwei Jahre lang hin. Ich habe den Verdacht, den zu äußern in meiner Doktorarbeit indes kein Anlaß bestand, daß bis zum heutigen Tag nicht recht aufgeräumt ist, bei diesem Bürgermeister! (Ich wußte von ihm über BILD.) Sie haben es nie geschafft. Für immer ist ein Stück Unordnung von damals übrig geblieben, und auch Verzweiflung darüber: die Meßkircher Apathie. Das dachte ich, als ich bei meinem Stop-over durch die Fuchsgasse ging und Richtung Bizerba schaute. So kann es doch nicht allein vom Zweiten Weltkrieg her aussehen, man kann doch nicht alles auf die eine Bombe zurückführen. Jedoch: zwanzig Jahre war ich nicht hier gewesen; aber immer noch erklärte man mir das ganze Elend vom Zweiten Weltkrieg her, oder versuchte es wenigstens. Trotz allem: meine alte Anhänglichkeit entschuldigte alles.

Die Lavantsche Trauer war, das geht aus den Quellen hervor, für die mitreisenden Bordellwagen, die Händler aus Wien, Budapest und Prag das Geschäft des Jahres, nur für Meßkirch blieb nichts. Die Heiducker, die tagsüber noch wegen ihres streng-entschlossenen Auftretens, nicht nur wegen ihres düsterprächtigen Erscheinungsbildes, bewundert und vielleicht auch bestaunt worden waren, konnte man nun sehen, wie sie am Bordellwagen vorbeischlichen, ganz ohne Charisma und

Glanz. Ihr Auftreten – im Wortsinn – hatte noch Eindruck gemacht. Es war ein Zwischending zwischen empörtem (wegen des Skandals des Todes) Aufstampfen auf diese Erde, die schließlich doch nur den Tod bereithielt, und entschlossenem Vorangehen in diese Richtung. Hatte man sie beim Umzug noch für Experten, die über dem Tod standen, die alles wußten und dennoch voranschritten, gehalten und bewundert, war es mit der Bewunderung spätestens beim nächtlichen Herumschleichen um den Bordellwagen zu Ende. Es gibt noch eine Doktorarbeit, die einen Zusammenhang von diesem entschlossenen Auftreten der Heiducker und Heideggers ‚Sein zum Tode‘ herstellt: damit muß sich der Historiker nicht befassen. Ganz ohne Glanz und Charisma schlichen die Meßkircher am Bordellwagen vorbei; die Prälaten konnten dies durch ihre Fensterchen sehen und wunderten sich nicht. Ja, sie hatten Mitleid mit diesen Menschen und warfen Münzen und Batzenwürste durchs Fensterchen, so die Quellen: dies ist der Ursprung des Meßkircher Wurstschnappens. Das konnte ich beweisen. Sie warfen also ein paar Groschen durch das Fensterchen, dazu die Essensreste, und machten weiter. – Ich muß mir doch irgendwie das Elend erklären! – Unsere Vormenschen haben die Batzenwürste und die kleinen Münzen aus dem Dreck gefischt, sie aufgelesen und an ihrem Wams abgewischt: und waren für einen Augenblick glücklich.

Beim berühmten Meßkircher Wurstschnappen, das nun seither an jedem Schmutzigen Donnerstag stattfindet, ist es genauso. Der unvergessene Herr Eiermann! – Später hat er das Bundesverdienstkreuz bekommen, wegen seines Einsatzes beim Wurstschnappen: Ehrenbürger der Stadt war er, wie schon gesagt, zusammen mit Heidegger und dem Bürgermeister von 1933–1945 geworden, mit dem er auch im Geniewinkel des Narren-Zunfthauses hängt. Damals, als ich beim Wurstschnappen eine Batzenwurst, die vom Rathausbalkon herabgeworfen worden war, aus dem Dreck fischte und etwas mit der Hand darüberfuhr und dann hineinbiß und auf der Stelle glücklich war – das war beim kleinen Wurstschnappen. Beim Großen Wurstschnappen baumelte jener riesige Wurstring an einer Spezialangel vom Ratbausbalkon herunter. Von schadenfrohen Stadt- und Narrenräten, darunter auch der nunmehr selige Herr Eiermann, wurde diese Angel immer wieder unmittelbar von den Mäulern der Menge weggezogen. Das Glück von Meßkirch war es aber, wenn sich einer festbeißen konnte und festgebissen hatte. Wenn sich einer hineingebissen hatte und von der Angel hin- und hergezogen wurde, die Angel aber nichts mehr ausrichtete. Wenn unter Geschrei und Getöse sich abzuzeichnen begann, daß der Wurstmeister des Jahres nun gefunden sei. Der Kampf ging unter dem rituellen, sich steigernden Lustgeschrei der Meute, in der ich verschwand, langsam zu Ende: ‚Hoorig, hoorig, hoorig ischd die Katz‘ und abwechselnd ‚borschdig, borschdig, borschdig isch die Sou!‘ – hieß die dreigliedrige Formel, Meßkirch war nun in Trance, ich weiß, während der Wurstmeister in spe schon bis zur Gefahr der Kiefersperre sich festgebissen hatte. Borschdig isch die Sou! – so die von oben angefeuerte und enthemmte Meute: einmal im Jahr. Aber dann? Er hatte ausgehalten, er durfte auf den Rathausbalkon, und dort wurde ihm von Herrn Eiermann der Wurstring um den Hals gelegt. Das war alles. Es war das Vorrecht des Wurstringmeisters, den ganzen Tag so in Meßkirch herumzulaufen und am Abend am Ehrentisch der Katzenzunft zu sitzen, den Katzenmarsch anzuführen und bei den Kommandos des Zunftmeisters sitzen bleiben zu dürfen. Die Aufnahmeformel für die Katzenzunft lautete: *Wollt Ihr die Katzen ehren und den Relle (= Kater) begehren?* bis zum heutigen Tag. Erst wenn der Zunftmeister das Signal zum Anbeißen des Wurstrings gegeben hatte, kehrte der Sieger wieder in den Kreis der Sterblichen von Meßkirch zurück. So war es von altersher, von der Lavantschen Trauer her, geregelt, aber erst meine Doktorarbeit hat dies alles wieder ans Licht gebracht. Jedes Vorrecht war bis ins kleinste durch die Fürstliche Zunftordnung geregelt, und es wurde strengstens darauf geachtet, daß alles wie vorgeschrieben eingehalten wurde. Früher stand beim geringsten Verstoß die Todesstrafe – oder vielleicht doch nicht? – Es war das Vorrecht der Frau des Zunftmeisters, an irgendeiner Stelle, die sie sich aussuchen durfte, den Wurstring, der bis zu diesem Zeitpunkt kein einziges Mal abgenommen werden durfte, anzubeißen. Das war das altehrwürdige ‚Anbeißen‘. Dann hat sich der ganze Festsaal hinter der Frau des Zunftmeisters aufgestellt, in einer Reihen- und Rangfolge, die jedem bekannt war, und hat von der Wurst heruntergebissen, wie es vorgeschrieben war, und dann sind sie nach Hause gegangen, und wenn die Wurst schon zu Ende war, bevor der letzte an der Reihe gewesen, galt dies als böses Zeichen für das kommende Jahr; und ebenso, wenn nicht richtig abgebissen wurde und ein Teil der Wurst herunterfiel. – Ich hatte immer Mitleid und gönnte ihnen ihr Fest. Was hatte Meßkirch schon: im Frühjahr das Große Meßkircher Wurstschnappen, und im Herbst die Tagung der Internationalen Heidegger-Gesellschaft.

Damals hat Millius von Augsburg aus alles dirigiert. Er war der Hofzeremonienmeister.

Zwischen Millius und Gott war als sichtbare Größe nur noch

der Fürst. Und der gab nicht viel her. Er war auch der letzte. Nur Prinzessinnen waren es, was er hinterließ, sonst nichts, so die Chronik. Ein letztes bitteres Wort des Haus-Chronisten von Meßkirch.

Rosemarie wußte auch nichts Rechtes zu sagen auf meine Frage.

Unser Name steht auf dem Triumphbogen

Als Kind hat es mich immer wieder zu Frau Schwichtenbergs Muschel, in der ich, wie mir gesagt wurde und was ich fest glaubte, das Meer rauschen hörte, und zu diesen ersten Goldfischen meines Lebens getrieben. Da wurde mir auch immer wieder ein Schmalzbrot angeboten. Ich wußte, daß auch Rosemarie Schmalzbrote aß und behauptete, bei ihnen gebe es Froschschenkel und Löwenzahnsalat. Ich empörte mich über dieses Volk von der Frischen Nehrung-ich-weiß-nicht-wo, das fettes Schweineschmalz aufs Brot tat und möglicherweise Froschschenkel verschlang. Es waren aber nur die Eßgewohnheiten, die mich störten, und die Sprache gewiß auch, diese fremde Sprache, ja, Fremdsprache, sowie ihr evangelischer Unglaube, aber sonst liebte ich sie doch. Wenn ich auch ihre Einladungen auf ein Schmalzbrot mit einem ‚Pfui!‘ ablehnte, saß ich doch gern in der Küche der Schwichtenbergs und erinnere den Kohlen- und Kartoffel- und unseren geliebten Mehrzweckkeller, die reinste Sehnsucht. Doch nun hatte Rosemarie längst ihren Hugo geheiratet, der einen *Geländewagenhandel* betrieb. Seine Firma, das beschlossen wir nun, sollte auch noch besichtigt werden. Rosemarie glaubte vollkommen fälschlicherweise, sich bei mir wegen ihres Hugo entschuldigen zu müssen, dafür, daß sie einen Geländewagenhändler und nicht mich genommen hat. Von wegen! Sie ließ auch noch ganz freimütig einfließen, daß er aber gut gebaut sei. Als ob ich das nicht gewußt hätte! Ich kenne Hugo (der gerade zur Toilette gegangen war) doch, Rosemarie. Diese Angeberei Rosemaries und aller Frauen, die sich für ihre Männer bei ihren Männern von einst zu entschuldigen glauben müssen! War etwas zwischen euch?

fragte sie noch. Nein, nichts mehr dazwischen. Auch mir hat sie, wenn ich mich recht erinnere, damals im Mehrzweckkeller ein Kompliment in diese Richtung gemacht. Sie sagte, wenn ich mich recht erinnere: ‚auch nicht von schlechten Eltern!‘, einen der schlimmsten Sätze überhaupt. Oder nicht? Rosemarie hatte sich mittlerweile etwas die Stirn aufgekratzt, eine alte Angewohnheit oder Untugend, und sich mit dem Blut ein kleines Bild auf den Bierdeckel gemalt. Es reichte gerade für ein Strichmännchen.

Hugo war anerkanntermaßen in unserer Gegend für die Liebe, die Nacht und das Nachtleben zuständig. Er war der begabteste von uns allen, ein Liebesgenie, und doch: das Nachtleben habe in letzter Zeit stark nachgelassen, so Rosemarie nach der Beerdigung in der ‚Traube‘, während Hugo immer noch draußen war. Nachdem also das sogenannte Nachtleben nachgelassen hatte, müsse sie ihm ein Bier mehr hinstellen. Den ‚Erste-Hilfe-Kurs‘ beim Deutschen Roten Kreuz haben aber noch Rosemarie und ich zusammen gemacht. Da waren wir uns, wenn ich den Kartoffelkeller abziehe, ganz nahe, unten auf der Liege, im Rotkreuzheim. Sie hatte mich als Rettungsopfer ausgewählt und ich sie. Wir durften Erste Hilfe spielen aneinander und uns von Mund zu Mund beatmen. Rosemarie, weißt du noch?

Hugo, der doch noch am Grab, beim sogenannten ‚Weihwassergeben‘, eine gute Figur gemacht hatte, saß nun mit einem rotfleckigen, landesüblichen Hohen-Blutdruck-Gesicht am Tisch. Schon nach zwei Tulpen Fürstenberger war ihm das Gesicht *verreckt*, wie Johannes Kuhn von seinem Beobachterposten aus genau bemerkt hatte. Die Frauen hatten sich angestrengt, um ihr Gesicht zu retten, hatten immer wieder nach dem Spiegelchen gegriffen und die problematischen Stellen nachgezogen, umsonst: auch ihnen war nach zwei Bier das Gesicht *verreckt*. Hugo war also Autohändler geworden, er war schon als Erstkläßler gerne um Autos herumgestanden und drängte beim Spielen ins Unterdorf, zur VW-Garage von Willi Futterknecht, und stellte sich neben die ölverschmierten, aber schönen KFZ-Mechaniker und schaute mit ihnen ins Innenleben der (längst ausgeschlachteten) VW-Käfer, ein Mysterium, das mir verschlossen blieb. Hugo versuchte schon damals, unter die Fahrzeuge zu kriechen, und sprach auch bald die KFZ-Mechanikersprache, sprach von Unterbodenschutz und Keilriemen, von Bremsbelägen und Kolbenfresser. Es war eine Sprache, die mir ebenfalls zeitlebens verschlossen blieb; und auch das Öffnen der Kühlerhaube und das gemeinsame Hineinschauen in die Maschine war etwas, das mir verschlossen blieb, ein Mysterium. Ich sah, wenn ich mit Hugo und den anderen um die geöffnete Kühlerhaube herumstand, einfach nichts, während die anderen möglicherweise etwas sahen, vielleicht sogar alles. Es war wie bei Erika. Folglich wurde ich auch nicht Automechaniker, sondern Hugo und die anderen. So sehr sind wir nebeneinander aufgewachsen. Allerdings ergaben sich, wie Rosemarie es, an der Sprache ihrer Zeit geschult, ausdrückte, *im Automobilsektor Strukturprobleme*, so daß Hugo (wie auch seine Frau Rosemarie) längst auf mehreren Beinen stehen. Er hat nach der Lehre nicht lange gewartet, wollte sein Leben nicht als schlechtbezahlter Automechaniker bei Futterknecht oder in einem der Meßkircher Betriebe fristen, sondern hat schon mit fünfzehn den Hühnerstall zu einer eigenen Werkstatt umgemodelt und hat schon bald schwarz repariert, was Futterknecht niemals erfahren hat. Gleich nach dem Gesellenbrief hat er sich selbständig gemacht, die Scheune dazugenommen, Rosemarie geheiratet, sie zur Geschäftsführerin gemacht, den Stall und die Scheune (aus dem 18. Jahrhundert, Fachwerk, abgebildet in der Jubiläums-Festschrift ‚1000 Jahre Kreenheinstetten‘) abgerissen und eine Halle hingebaut, die größer als unsere dem heiligen Michael geweihte Kirche war. Zurück zu den Strukturproblemen und Standbeinen. Nachdem sich herausgestellt hatte, daß es sich für Rosemarie nicht lohnte, als AVON-Beraterin die Nachbardörfer zu bereisen, hat sie eines Tages ein Eheanbahnungsinstitut eröffnet, das war kühn. Ihr Büro als Geschäftsführerin der ehelichen Autosalon GmbH hatte sie schon, das Hauptgeschäft lief ohnehin über den SÜDKURIER. Doch den ganzen Samstag und auch Sonntag riefen Menschen an, die auf den Mann oder die Frau ihres Lebens warteten. Meine Rosemarie! Welche Bewunderung, aber auch welche Enttäuschung, nachdem ich hörte, was sie alles gemacht hat ohne mich. Nach mir. Nun war Rosemarie von Eheanbahnung, wie schon gesagt (ein Geschäft, das in letzter Zeit ebenfalls nachgelassen hatte), auf Immobilien umgesattelt. Das INSTITUT ROSEMARIE betrieb sie freilich weiterhin, nebenher, von ihrer Bürozentrale im Autohaus aus. ‚Alles, was du brauchst, ist ein Gewerbeschein!‘ sagte sie mir. Denn ich mußte nun doch einmal mein Staunen, in ein paar anerkennende Floskeln gehüllt, darüber zum Ausdruck bringen, daß Rosemarie neben der Eheanbahnung, ihrer Position als Geschäftsführerin und ihrer Existenz als Immobilien-Maklerin auch noch ein Fitneß-Studio betrieb und dabei war, einen Detektivdienst aufzubauen, zusammen mit Hugo. Das Fitneß-Studio war in einem aufgegebenen Reifenlager untergebracht, den Reifenhandel haben wir aufgegeben, sagte sie,

Hugo bestätigte das durch ein Nicken. Mittlerweile hatte Hugo sein Anwesen unten an der Straße komplett abgerissen, auch das Wohnhaus, das ich als schön erinnere, und alles viel größer aufgebaut, im Flachdachstil. Die Tankstelle war weithin sichtbar, vor allem nachts, ein Designer hatte dafür gesorgt, daß alles einladend leuchtete. Es sah alles aus wie die letzte Tankstelle vor Amerika. Hugo war stolz auf all dieses, saß aber nun mit fünfundvierzig mit einem bedenklich rotgefärbten, ja, ins Blaurote spielenden Gesicht vor mir und schaute so in die Trauben-Welt, als ob er nach wie vor von mir bewundert sein wollte, und von den anderen auch. Freilich habe ich damals Hugo bewundert, aber dieses Gesicht gefiel mir überhaupt nicht mehr. Die Einheimischen, das wußte ich von früher, hielten diese Gesichtsfarbe törichterweise für die gesündeste überhaupt, verwechselten diesen Rot-Ton mit dem Leben, und es fehlte nicht viel, da hätte er auch noch von der wesentlich älteren Elsa, unserer aus dem Hotzenwald eingeheirateten Wirtin, deren Vater, wie ich hörte, die gleiche Gesichtsfarbe hatte und gerade einem Herzleiden erlegen war, Komplimente bekommen, als Mann, das Aussehen und die Gesundheit betreffend. ‚Hast du mal ein EKG machen lassen?‘ fragte ich nun, nebenbei, gespielt, gleichgültig, da mir Hugos Schicksal trotz allem nicht ganz egal war. Er war nun schon fast eingeschnappt und sagte ‚I brouch kuin Dogter‘ und behauptete, täglich an die Geräte zu gehen, was ich ihm glauben mußte, und daß er auch Free climbing an dem einzigen freigegebenen Felsen im nahen Donautal mache, eine Nachricht, die mich entsetzte. Also, Hugo war nun Autohändler, hat aber die MERCEDES-Vertretung nicht bekommen und auch sonst keine deutsche Marke, mußte sich also mit MITSUBISHI zufriedengeben, obwohl er die kleinwüchsigen Asiaten geringschätzte, wie er selbst gesagt hat. Vielleicht schien Hugo die Vorstellung vom Menschen überhaupt anhand des Automodells zu entwickeln. Er sprach vom kleinen Japaner und meinte das Fahrzeug, den Mitsubishi, dessen andere Vorzüge Hugo jedoch notgedrungen preisen mußte. Anhand des neuesten Automodells, das nun das Maß aller Dinge in Kreenheinstetten war, wurde auch der Mensch beurteilt, auch er wurde immer stärker und leistungsfähiger und jünger, kurz, auch er hatte immer mehr Power. Hugos Lieblingstermin, sagte er mir, war die sogenannte Große Leistungsschau, immer am ersten Wochenende im Juni. Da standen seine Fahrzeuge der Größe und Preisklasse nach auf der abgemähten Wiese. Sein Lieblingswort war ‚Leistungsvergleich‘. Doch da hätte es bei ihm selbst mittlerweile ziemlich *mau* ausgesehen. Ja, ich hatte Angst um Hugo, der jederzeit tot umfallen konnte, wie jeder andere auch. Ich wußte, daß er seinen Vater um ein Haupt überragte, und mittlerweile wußte ich nun auch, daß er einen 200-PS-Wagen fuhr, wo sein Vater noch in einem 26-PS-Käfer mit lächerlich kleiner und auch noch geteilter Heckscheibe herumgefahren war; und dies auch nur bis Schaffhausen, wobei sich der Vater kaum über die Grenze traute…, während er, wie er sich noch vor der dritten Tulpe gebrüstet hatte, zum Frühstück gelegentlich nach Paris fuhr. Doch Mensch wie Auto: die sogenannte neueste Generation stand im sogenannten Leistungsvergleich jeweils am besten da: Hugos Söhne überragten denselben um einen halben Kopf, wie ich dem Foto, das mir Rosemarie aus der Handtasche heraus gezeigt hatte, entnehmen konnte. Die neueste Generation, Mike und Tom, sagte Rosemarie, trank kein Bier, sondern Energy drinks.

Jetzt wollte ich aber auch wissen, wie ich mir die vielen Landrover vor der ,Traube', aber auch auf den Straßen, je näher ich
Kreenheinstetten gekommen war, erklären konnte. Warum
fahren denn hier eigentlich alle mit einem Geländewagen herum? Es ist das Gelände doch nicht so abwegig, auch wenn es
mir früher immer so vorkam, als ich noch nichts anderes kannte? Und auch nicht so abschüssig, warum dieser Vierradantrieb? Warum diese Angst vor dem Steckenbleiben? fragte ich
ganz allgemein. Da ich so schnell keine Antwort bekam, gab
ich mir selbst eine Antwort, die ich als Frage formulierte. Es
wird doch nicht deswegen sein, weil Hugo nun die Mitsubishi-
Vertretung für den ganzen Heuberg hat, daß ihr nun alle im
Geländewagen herumfahrt? Es wird doch nicht die alte Angst
vor dem Steckenbleiben sein? – Daß es diese Angst gab, wußte
ich von Nillius. Da wir nun, nachdem wir auch von den Toten
und vergangenen Zeiten gesprochen hatten, ganz in der Gegenwart und noch genauer, fast schon in der Zukunft, der neuesten
Generation von Geländewagen, waren, schlug Rosemarie vor,
wir könnten doch alle geschwind hinüberfahren, das haben wir
auch getan: im Konvoi fuhren wir die dreihundert Meter zu
Hugos Geländewagenschau, um anschließend wieder zurück-
zufahren, ,um etwas die Füße zu vertreten', so Rosemarie. Und
dann standen wir auch schon vor der neuesten Generation der
sogenannten Landrover und sonstigen Geländewagen und
Safarifahrzeuge, die in Kreenheinstetten so beliebt waren, vielleicht, weil gar keine Safaris möglich waren auf dem Heuberg.
Weil ich diese Geländewagenparade immer noch nicht begrif-
fen hatte, sagte ich: ,Trotzdem, kann mir jemand sagen, wozu
hier oben ein Vierradantrieb nötig sein soll? Wir sind doch
nicht in der Savanne, und auch nicht in Sibirien, wo das Gelän-

de bis in den Juni hinein auftaut und kaum einmal befahrbar ist?' – Gut, auch bei uns ist es kalt. Wahrscheinlich war es das Fernweh. Ich war der einzige, der mit einem Stadtfahrzeug unterwegs war, die anderen fuhren in ihren Geländewagen herum, das war für sie, die hier bleiben mußten oder auch von den Seychellen hierher zurück mußten, wohl ihre Form von Fernweh und Sehnsucht. Mit denselben Fahrzeugen, mit denen man auf dem Heuberg herumfuhr, kam man auf den Seychellen bis an den Strand. So gaben sie mir zu verstehen, daß sie Sehnsucht hatten, auch wenn sie es nicht sagen konnten. Ach, wie ich ihnen nun ihre Geländewagen gönnte! Zwanzig Jahre war ich nicht hiergewesen; nun stand ich neben Hugo, dessen Gesicht sich wieder etwas erholt hatte, so daß eine Erinnerung schon wieder möglich war. Ich ging etwas lustlos, da vom vielen Schauen schon gesättigt, nebenher. Bei jedem zweiten Fahrzeug sagte Erika ,nicht von schlechten Eltern!', das war zugleich von ihr als Gesamtkompliment gedacht, die Errungenschaften von Hugo und Rosemarie betreffend. Unter dem Eindruck all dieser schönen Geländewagen der neuesten Generation kamen die anderen mir wie Gebrauchtfahrzeuge vor; und auch ich selbst kam mir als ein Gebrauchtfahrzeug vor, sagte ich nun Rosemarie Schwichtenberg. Und auch die wunderschöne, *supermoderne* (Hugo) 24-Stunden-Tankstellenanlage imponierte uns, das einzige, was von uns und unserem Heuberg vom Mond aus erkennbar gewesen sein dürfte. Es wird ja nicht mehr richtig dunkel, sagte nun Hugo, der Pragmatiker, der daran zweifelte, ob man sein Unternehmen tatsächlich vom Mond aus sehen könne. Er neigte immer schon zum Unglauben, war versehen mit der Gnade des Unglaubens und einer imponierenden Geländewagenschau, die sich fast bis zur Donautalkante erstreckte, und der mit fünfunddreißig offensichtlich schon saniert war und seither expandierte, wohl auch im Äußeren. Krankheiten gab es nicht, allerdings hatte Rosemarie ganz vage von einem Bandscheibenvorfall Hugos gesprochen, und so war auch dieses Wort eingeführt auf dem Heuberg. Er selbst bestritt aber selbst noch auf dem Friedhof die Möglichkeit von Krankheiten und noch Schlimmerem. Das erste, was ich von ihm gesehen hatte, war sein Name auf dem Wagen, den er geschickt geparkt hatte, daß man ihn vom frisch ausgehobenen Grab aus durch das schmiedeeiserne Friedhofsgitter gut lesen konnte. Ein kleiner Werbetrick: ich hatte durch das Friedhofs- gitter hindurch die Breitseite mit Hugos Namen und dem neu- esten Fitneßprogramm lesen können: BAUCH BEINE PO. Jeder, der den Friedhof verließ, stieß zwangsläufig auf die Einladung in Hugos Fitneß-Studio mit angeschlossenem Jacuzzi, Spa, etc. – Was heißt eigentlich dieses Spa? fragte ich Hugo, der mir das nicht erklären konnte, sowenig wie Rosemarie Schwichtenberg, Rosemarie, die dasaß, als sei es das Normalste von der Welt, daß ihre Mutter nun fehlte.

Zu Hause konnte ich dann herausbringen, daß dieses Spa wohl ‚sanus per aquam‘ heißt. Rosemarie zog noch einen Hochglanz- prospekt aus der Handtasche, den sie mir zur Entschuldigung überreichte, ich las: ‚bodyshaping, Waschbrettbauch, Bauch spezial Programm, Fitneßkalender, washboard, powerstep‘ – was ist denn das? und ‚richtig Gehen‘. Zurück in der ‚Traube‘ erfuhr ich, daß alle, die um mich herumsaßen, nun zu Special conditions Mitglieder in Hugos Fitneß-Studio waren, ich solle auch Mitglied werden. ‚Wie denkt ihr euch das, Kinder?‘

Ach, Rosemaries Gesicht war nun schon zum zweiten Mal längst wieder verreckt, schon nach dem geringsten Viertel

Badischen Rotweins, und Hugos Gesicht war auch schon wieder verlorengegangen. Erika bezeichnete ihren Mann nun tatsächlich als vorzeigbar, ‚immer noch vorzeigbar‘, ein Wort, das sie wohl der Kontaktanzeigensprache entnommen hatte, das ich von da erst kannte. Und Erich, dem diese Komplimente galten, wuchsen schon Haare aus den Ohren, und auch aus den Nasenflügeln, nicht viele, aber doch zu sehen im Gegenlicht. Erika, du mußt etwas für dich tun! sagte ich nun. Was, konnte ich ihr auch nicht sagen. ‚Sie schmutzt!‘ hatte mir Johannes Kuhn schon früher zugeflüstert, als ob er sich für ihre Hände mit den zehn schwarzen Fingernägeln bei mir entschuldigen müßte. Wohin fliegt ihr zur Silberhochzeit? All diese Fragen und Komplimente erinnerten mich daran, wie ich einst Gabriele vor dem Presseball fragte: ‚Was willst du anziehen?‘ und wie sie sagte: ‚Mit dir bin ich doch immer gut angezogen!‘ – Das sagte sie, als sie mich noch geliebt haben muß.

Die Heimat wird immer weniger

In den alten Häusern, die noch standen, in denen aber meine Eingeborenen nicht mehr leben wollten, waren *Ausländer* eingezogen. Zum Beispiel wohnte in Erikas Elternhäuschen, selbst Flüchtlinge, nun eine Flüchtlingsfamilie aus Bosnien mit sieben Kindern, und die Zahl sei noch nicht endgültig, wie ich hörte. Erika schüttelte sich bei der Vorstellung, in diesem Haus, in dem sie selbst fast alles gelernt hatte, selbst einmal die Tage und Nächte verbracht zu haben. Es sei nicht auszudenken, wenn einmal einer von ihnen sterbe. Dann müsse man wohl einen Platz auf unserem Friedhof bereitstellen; und dann komme der erste Grabstein mit einem Halbmond drauf auf unseren Friedhof. Zu meinen Zeiten wohnte da Erika, deren Eltern aus den Karpaten zu uns geflüchtet waren, in der Flüchtlingshierarchie ganz unten angesiedelt. Ihren Vater, den Schneider, gab es längst nicht mehr. Er hat noch eine Zeitlang die NECKERMANN-Niederlassung im Dorf geführt, hat Bestellungen aufgenommen und starb dann. Das wußten alle, auch seine geliebte Tochter Erika, und keiner empörte sich. Er lag irgendwo unter seinem rumänisch-orthodoxen Kreuz. Wir lassen ja nun die Kreuze auf unseren Grabsteinen weg, sagte Rosemarie, sie habe ihrer Mutter schon einen modernen Grabstein bestellt. Ja, wir werden immer neutraler, hörte ich nun von Johannes Kuhn, dem Intellektuellen unserer Runde auf Stammtischgröße. ‚Aber es wird ein Problem geben, wie damals, als dein Vater gestorben ist, der der erste nichtkatholische Leichnam war, der hier lag, wenn auch nicht nach katholischem Ritus beigesetzt‘, erinnerte ich. Die Heimat wird immer weniger, hörte ich den Tauchlehrer sagen, der lange Jahre als Brunnenbauer in den Emiraten gelebt und dort, wie es hieß, ein Schweinegeld verdient hatte. Zurückgekehrt, fuhr er nun mit einem Geländewagen von Hugo herum und gab zum Spaß noch etwas Tauchunterricht, wie er sagte. Die Heimat werde immer kleiner und dabei unübersichtlicher. Es werde ein Problem geben, sagte er, sobald der erste von ihnen gestorben sei und einen Platz für sich beanspruche, mit einem Grabstein drauf und einer arabisch-unlesbaren Schrift in Grün. Ich fragte den Brunnenbauer, ob er mir ein wenig von seiner Zeit in der Wüste erzählen könne. Das einzige, was er mir sagen konnte, war, daß es keinen Alkohol gab. Das hatte ich mir schon gedacht.

Ich fragte danach, wie sie es dort machen. Doch der Brunnenbauer hatte nie einen mohammedanischen Grabstein gesehen. Eigentlich nicht zu fassen, für mich wenigstens, denn das erste, was ich in einem fremden Land aufsuche, sind die Friedhöfe. In Kreenheinstetten hatte ich sehen müssen, daß die Engel, die von den Kreuzen verdrängt worden waren (um 1914), nun verschwunden waren, kein einziger Engel mehr. Die neueren Kreuz-Grabsteine waren aber ganz verwischt und verschämtstilisiert, gar keine eindeutigen Kreuze mehr, was mir aber egal war. Immerhin konnte ich daran erkennen, daß es mit dieser Form zu Ende ging. Ob eine Gesellschaft am Leben war, das konnte man am besten auf deren Friedhöfen erkennen. Das hatte ich gewiß irgendwo gelesen, aber wo? Weniger bei einem Soziologen, gewiß nicht in der Psychologie, wahrscheinlich handelte es sich um eine alte theologische Weisheit. Ich hatte gesehen, daß die Grabsteinkreuze jüngeren Datums als Kreuze fast nicht mehr zu erkennen waren, dafür glänzte es um so mehr. Was für ein Grabsteindesign! Von Friedhofskultur ganz zu schweigen! – Ich erinnerte Grabsteine, die nun abgeräumt waren, monströse Kreuze, unter denen eine zehnköpfige Familie begraben war und die eine Minibusbesatzung hätten erschlagen können, und als ob es nicht genügt hätte, stand auch noch IN DIESEM ZEICHEN WIRST DU SIEGEN in der aufrechten, staatstragenden lateinischen Schrift darauf. Ja, die Schlacht an der Milvischen Brücke 312, der ein Traum Konstantins vorausging: IN HOC SIGNO VINCES, was auch geschah: Konstantin und die Seinen haben sich mit ihren Riesenkreuzen an der Milvischen Brücke aufgestellt (wie Don Quichotte vor den Windmühlen, nur erfolgreicher) und die andere Seite in den Tiber geworfen, wo sie wahrscheinlich alle ersoffen sind. Am Anfang unseres Teils der Geschichte steht also ein Sieg mit vielen Kreuzen, dachte ich, wußte ich – als Historiker –, und nun war es wieder genauso, nur daß es diesmal das Ende war. Dieses Mal sollten die Kreuze nicht mehr zu erkennen sein, nicht einmal als Grabkreuze, eigentlich unerkennbar, aus Angst, aus der Furcht heraus, mißverstanden zu werden? Denn als Sieg wurde selbst in Kreenheinstetten ein Platz auf dem Friedhof nicht mehr angesehen. Die letzte Hoffnung wurde preisgegeben, vielleicht auch aus Angst, irgendeinen Menschen zu verletzen, der keine Hoffnung mehr hat oder eine andere Hoffnung? fragte ich.

Auch deswegen fände ich es schön, wenn dann irgendwann einmal eine kleine islamische Ecke eingerichtet würde mit grünbemalten Steinen, die nach Mekka zeigen. Ich konnte mit dem Kompaß nicht umgehen, wollte aber immer schon wissen, hinter welchem Wäldchen ich mir, von Kreenheinstetten aus, Mekka denken muß. Hugo sagte nun, daß alle seine Geländefahrzeuge, wenigstens der neuesten Generation, schon in der

Standardausführung mit einem Kompaß ausgestattet seien, ich solle auf MITSUBISHI umsteigen, und zwar gleich auf die Luxusklasse, da ich doch nun auch längst saniert sei, ‚da hast du außerdem einen Weltempfänger drin‘, sagte er. Weltempfänger? – ‚Plus Satellitentelefon!‘ –

Er lud mich zu einer Probefahrt ein.

Es geht auch ohne Kreuz, hörte ich, wir sterben doch auch so! Da dachte ich an meine eigene Geschichte, und wie sie bisher verlaufen war.

Und dann wurde auch noch gesungen. Wir haben eigentlich jeden Toten, der im richtigen Alter gestorben war, besungen und begossen. Oftmals war dafür ein sogenannter fester Betrag im Testament des Verstorbenen vorgesehen. Auch Frau Schwichtenberg hatte eine komplette Jahresrente dafür vorgesehen und hat noch bis zuletzt für das Leichenessen gespart.

Neu war, daß man sich nun, wie ich hörte, im Gewand der Kreenheinstetter Narrenzunft mit der dazugehörigen Eulenmaske in den Sarg legen durfte, wenn man nur in der Zunft war, eine Novität, die den *Meßkircher Katzen* abgeschaut wurde.

Wo ist Sonja? fragte ich, worauf Erika sagte, sie hause mit einem Türken im Bahnhof ohne ein einziges Kind, da sie wegen der vielen Abtreibungen in ihren Jugendjahren kein Kind mehr bekommen könne. Sie sagte, der Türke habe einen mordsmäßigen Arsch, der, wenn er zum Bus wackle, im 90-Grad-Winkel nach hinten zeige, worauf Erika aufstand und vormachte, was für ein Arsch es war und wie er zum Bus wackelte. Rosemarie schritt nun gegen ihre Schwägerin ein, sie solle ihr ausländerfeindliches Maul halten, sie sei doch auch nicht aus Kreenheinstetten, und bestätigte allerdings, daß dieser Arsch monströs war. ‚Das ist ja alles sehr interessant! – Wir müssen noch darauf zurückkommen!' unterbrach ich, an meinem Schwiegervater geschult, der mit diesem Satz ein für allemal ein unerfreuliches Thema beendete.

Nicht erzählt habe ich, daß ich gerade auf der Fahrt nach Kreenheinstetten, auf der Höhe von Mannheim, auf einem Autobahnrastplatz, als ich von einem kleinen Mittagschlaf in meinem Liegesitz erwachte, aus dem Schlaf heraus auf eine Gruppe von drei Ärschen stieß, die unmittelbar gegen mich gerichtet waren. Ich begriff, das waren Muslims, die ihren Gebetsteppich ausgerollt hatten, ihre Badematten Richtung Mekka hin, eine Zeugenschaft, die mir an sich immer imponierte. Jetzt aber: ihre gewiß wunderschönen Hinterteile waren gegen mich gerichtet, was ich ungeheuerlich fand. Und ich staunte auch, daß sie von mir weg Richtung Mekka schauten. Da hinten hatte ich eine Vorstadt von Ludwigshafen am Rhein vermutet, Oggersheim vielleicht, und nicht Mekka. Ich, der ohne Kompaß lebe, staunte, daß diese drei viel wußten und sich in den Himmelsrichtungen auskannten. Aber ihre Hinterteile waren trotz allem gegen mich gerichtet, was ich an diesem Tag als eine zusätzliche Infragestellung meiner Person empfand, als eine Totalverweigerung, die Welt wollte einfach wieder einmal nichts von mir wissen und verneinte mich dergestalt.

Ich wußte nun, daß ich nicht mit Mekka verwechselt werden konnte.

Unsere Vermißten:
Wir haben sie nie für tot erklären lassen

Ich versuchte *nun, (m)eine erste Erinnerung* unterzubringen, die sich auf diese Friedhofsgeschichte hin wieder eingestellt hatte, diese Erinnerung oder was ich dafür hielt: ‚Einmal sind wir in die Rotkreuzzentrale nach Singen am Hohentwiel gefahren und haben nach den vermißten Brüdern meines Vaters geforscht. Die noch lebenden Eltern der Vermißten warteten auf ein Zeichen, lebend oder tot. Es hätte ein Schuh sein können, ja, der richtige Schnürsenkel. Für mich war es ein Ausflug. Ich mußte mit meiner Schwester im Auto vor jener Holzbaracke, in der die Daten gespeichert waren oder nicht, warten. Wahrscheinlich haben wir uns gestritten und gelangweilt, denn der Großvater kam mit seinem einzigen verbliebenen Sohn lange nicht heraus, ich weiß noch. Wahrscheinlich haben sie auch nur die meiste Zeit auf einer Holzbank gewartet. Sie haben nichts gesagt, als sie herauskamen, außer, daß sie nun wieder da seien, und so sind wir zurückgefahren. Wenigstens sie kamen zurück. Ich war höchstens drei Jahre alt. Das ist meine erste Erinnerung.‘ – Die Stelle blieb von der Runde unkommentiert. Unsere Vermißten waren unsere Vermißtesten. Von ihnen sprachen wir niemals. Aber es gab sie doch. Sie hatten doch unter demselben Dach gelebt und geschlafen, an ganz eindeutigen Orten, bis zum Tag, da sie verschwanden.

Wir haben sie nie für tot erklären lassen, bis zum heutigen Tag nicht.

Erika kam nun darauf, ich weiß nicht, warum, daß wir uns nun *den ersten Kuß* erzählen sollten. Ich sollte meinen ersten Kuß erzählen. Gut, ich habe ihnen natürlich nicht die ganze Geschichte erzählt, sondern nur jene hinter dem Vorhang desselben Raumes, in dem wir nun saßen, meiner zu einem Landgasthof in Altrosa umfunktionierten ‚Traube‘ mit den vergoldeten Geweihen zwischen den Fenstern. Ich zeigte auf die Stelle zwischen den Geweihen hin, wo ich eines sogenannten Schmutzigen Donnerstags in den späten Sechzigern, mitten im Vietnamkrieg, in jener geräumigen Nische zwischen zwei Fenstern, jenem zwei Meter dicken Mauerdurchbruch, zwischen zwei Meter dicken Mauern, die es immer noch gab, die nicht geschmälert und also eleganter gemacht werden konnten, Sylvia geküßt habe – oder sie mich? Habe erzählt, wie ich sie – oder sie mich – hinter den Vorhang zog, und wie wir lange nicht herauskamen, während draußen weiter getanzt und gegrölt wurde, u. a. unsere Erkennungshymne ALLE BÖCKE BOCKEN. Was wir eigentlich gemacht haben? Wenn ich das noch wüßte! Wie auch immer: es ist aus dieser Geschichte nichts geworden, und aus der Geschichte von Michael und Emma auch nichts, und aus der Geschichte von Achim und Zita auch nichts, und aus der Geschichte von Peter und Marianne auch nichts, und aus allen anderen Geschichten auch nichts: *das* ist aus allen diesen (unseren) Geschichten geworden. Wie auch immer: Es ist aus diesen Küssen, die ich von Sonja bekam oder ihr gab, nichts geworden. Und es blieb uns allen nichts anderes übrig, als darüber zu lachen. Ja, vielleicht haben wir uns alle eben gleich dumm angestellt dabei; und Sonja und ich vielleicht noch etwas dümmer als die anderen. Aber es war doch eine Art Andacht, als wir uns dabei nun auch unsere erste Liebe, die mit unseren ersten Küssen nicht zusammenfiel, erzählten, doch das ist unbeschreiblich. Meine erste Kußpartnerin, die mir damals in jener Fensternische das Entree in die Welt der Liebe verschaffen sollte, ist lesbisch geworden, hörte ich. Das sagte mir Rosemarie, nachdem ich mit meiner Geschichte zu Ende war. Ja, sie soll mittlerweile ein recht erfolgreiches Domina-Studio in Konstanz führen und im SÜDKURIER inserieren. Und schon meldete sich mein Gewissen, und ich hoffte inständig, daß dieser Schmutzige-Donnerstag-Abend nichts mit Sonjas weiterem Lebensweg zu tun hatte. Ihre Geschichte wird doch nicht so verlaufen sein, weil ich es war? Ich erinnerte mich nun, daß ich Sonja damals geradezu gebissen hatte, weil ich das für leidenschaftlich hielt. Sie schrie auf, wollte aber dennoch weitermachen. Vielleicht glaubte sie, das gehöre zur Liebe. Möglicherweise dachte sie, daß ich einen Versuch wert sei, das ehrt mich, und auch sie. Aber dann hat sie feststellen müssen, daß nichts war, und sie ist lesbisch geworden. Ja, wir haben unglücklicherweise sogleich einen Zungenkuß versucht, der der König aller Küsse ist. Aber es war und blieb nichts, außer Speichel, den ich heimlich, in aller Dunkelheit, am Vorhang wegwischte. Das war kein guter Anfang! Wahrscheinlich hat sie mich auch heimlich weggewischt. Möglicherweise ist es ein Unglück, daß ich der Mann war, der sie nicht richtig küßte.

Die Stelle ist sehr schön verheilt

Ich wollte auf Jahre hinaus überhaupt nichts mehr vom Küssen wissen. Doch dem waren die alten Zeiten vorangegangen, als die Dinge schön waren und Sinn und Zukunft hatten: Ich war schon Doktor im Kartoffelkeller. ‚Bitte machen Sie sich jetzt ganz frei!‘ – ‚Ich muß diese Stelle etwas genauer anschauen!‘ wie ich es gehört hatte. Es war vielleicht das erste Mal, daß ich zitterte. Jahrelang habe ich mit Rosemarie Doktor gespielt, und das Spiel weitertreibend, spielten wir ‚Vater und Mutter‘, das Bettspiel, das auf eine Idee Rosemaries zurückging, die ihre Eltern dabei immer wieder beobachtet hat, klein, wie ihr Häuschen war, und schon ziemlich groß und frühreif. Sie hat mir einiges beigebracht. Wir legten uns dazu ins Bett. ‚Jetzt schaust du wie auf dem Foto von der ersten Heiligen Kommunion!‘ sagte Hugo, unterbrach Hugo meine Träumerei. Mit ihm hatte ich auch Doktor gespielt und auch die Erste Heilige Kommunion empfangen. Ja, vom Weißen Sonntag gab es Fotos, davon nicht: Rosemarie erklärte mir das Spiel, und an welcher Stelle ich ‚ich liebe dich‘ sagen mußte zu ihr. Und wie sie darauf antworten, und was sie darauf tun würde. ‚Die Stelle ist aber sehr schön verheilt!‘ hatte ich beim Doktorspielen fachkundig gesagt, nachdem ich ein viel zu großes Stück Heftpflaster, das ich auf einen von Rosemaries zahlreichen Pickeln an einer der mir am interessantesten scheinenden Stellen ihres schön gewesenen Körpers geklebt hatte, ganz schnell wegriß, worauf sie aufschrie. ‚Das gehört dazu! – Heilen tut weh! – Es muß sein!‘ – So meine altklugen Worte. Aber Rosemarie drehte sich nun um und gab mir einen Haken. Ich forderte sie mit meiner ganzen ärztlichen Autorität auf, sich wieder hinzulegen und den

Schmerz, der notwendig war, zu ertragen. ‚Und jetzt muß ich Sie noch einreiben!' sagte ich auf Hochdeutsch. Dann griff ich zur Penatencreme und verschmierte damit weite Teile dieser Oberfläche. Rosemaries Höschen stammte wohl noch aus dem Fluchtgepäck, so wie es ausgesehen hat, durchlöchert, mit zahllosen lichten Stellen, die ich am meisten liebte. Aber ich wüßte gern, wie die Geschichte weitergegangen ist. Habe ich tatsächlich mein Leben mit Doktorspielen und Träumen vertan? Es waren die Löcher in diesem Höschen, einem ganz abgetragenen, ganz unbedeutenden Stück von Schiesser, das Rosemarie trug oder austrug. Frau Schwichtenberg hatte es vielleicht im dortigen Kurzwarengeschäft gekauft, und bevor sie sich für dieses Stück entschied, hat sie hineingefaßt und es geprüft, ja, es hat gehalten, was Schiesser versprochen hat. Es war ein treues Höschen, das einmal weiß gewesen sein muß, von den Schwichtenbergs getragen, bis Rosemarie an der Reihe war. Schon ganz ausgewaschen und voller Löcher, bis es zu mir kam. Ganze Felder hatten sich gelichtet wie bei einem wertvollen Teppich, und meine Augen glänzten, was ich nie gesehen habe. Da klingelte es in der Handtasche von Rosemarie. Und bei mir? Die alte *Waschküche* an der Zigarre, was nicht weiter störte.

Die Summe aller Laster und Träume bleibt stets dieselbe, hat mir ein weiser Grundschullehrer einmal gesagt, der den Menschen von Anfang an beobachtete. Das hätte auch die Kindergartenschwester gesagt, wenn sie nicht ihr Glaube daran gehindert hätte. Und was Kreenheinstetten angeht, und darüber hinaus dieses Land, bis hinauf nach Berlin, sagte ich, hat die Love-Parade nun die Fronleichnamsprozession ersetzt. Und ich sagte nicht, was ich dachte: daß Nillius meinen Beichtvater in den Tod getrieben hat, das war nur eine kleine Übertreibung. Das wollte ich nach der erfolglos abgebrochenen Sitzung an ihn schreiben, was ich nie getan habe.

Erika, die militante Nichtraucherin, deren Leidensmiene abrufbar und deren Schmerz gespeichert war und schon beim Anblick eines Aschenbechers aktiviert werden konnte, versuchte, den Rauch von sich wegzufuchteln. Auch war sie im Kampf gegen die Pfunde aktiv. Auch über ihre Hausstaubmilbenallergie hatte sie gesiegt, wie gegen den Elektrosmog und das Schweinefleisch. Ich solle mich auch desensibilisieren lassen. Wenn ich noch einmal baue, dann wird es ein Lehmhaus sein, wie ich es in Bittelschieß bei Maja Striger gesehen habe, meinte Rosemarie. Frau Schwichtenberg, ihre Mutter, sei so früh gestorben, weil sie in einem derart feuchten Loch gewohnt habe. Zwar war die Tote noch desensibilisiert worden und hatte sich gegen die Wintergrippe impfen lassen (das letzte Geburtstagsgeschenk von Rosemarie) und hatte den Winter überlebt (auch mit einer Ozontherapie), aber dann ist sie doch gestorben, plötzlich und unerwartet, mitten in den Spätsommer hinein, an einer langen und mit großer Geduld ertragenen Krankheit.
Es war eine konsumierende Krankheit, diese Verschleierungsvokabel, die ich von meiner Frau aufgeschnappt hatte, einer Krankheit, die zum Tode führt, und nachher hat der Bagger alles zugeschaufelt.
Auch ich müsse mich endlich desensibilisieren lassen, falls ich noch etwas vom Leben haben wolle. Dabei hatte ich ganz sparsam meine Allergien und Ängste erwähnt. Das war im siebten oder achten Jahr, von der Entdeckung des Ozonlochs an gerechnet.

Du mußt etwas für dich tun! sagte Rosemarie aus heiterem Himmel oder nicht, was mich verstörte. Was ich für mich tun sollte, sagte sie nicht.

Habt ihr die fünf CDs mit allen Aufnahmen von LA PALOMA auch schon? Sie hatten wenigstens davon gehört, daß es das nun gibt. Da kam Horst Ferrari zu unserer Wirtschaft ohne Schwingtür herein, Nachfahre der Eisenbahnarbeiter von der Mitte des 19. Jahrhunderts, die mit den Bisellis, Beginis, Rigonis und Raviolis zu uns gekommen waren. Sie waren gekommen, um uns mit der Welt zu verbinden, waren dann aber hängengeblieben. Nun konnte Horst nicht einmal seinen Namen richtig aussprechen. Er sah auch nicht schlechter aus als wir. Auch er fuhr einen Geländewagen von Hugo. Kurz darauf hat der ihn zu Schrott gefahren. Nichts bleibt. Der Abend ging langsam zu Ende.

Und ich träumte noch ein wenig,
bis ich einschlief

Da zog Rosemarie ihre Polaroidkamera aus ihrer Handtasche, die sonst, ich weiß nicht, kein Geheimnis hatte. Vermutlich aus Prestigegründen gab es bei uns zu Hause keinen Kaninchenbraten am Sonntag, im Gegensatz zu den Schwichtenbergs, die von den Kaninchen lebten. Für die Kinder waren die Hasenställe mit den Kaninchen darin das einzige Spielzeug. Vater Horst schlug sie tot und zog ihnen das Fell ab und machte für den Winter schöne kleine Hasenpelzmützen. Die wenigen Fotos, die es noch gibt von Rosemarie und mir, zeigen Rosemarie mit einer solchen Hasenpelzmütze und mich, wie wir eines der Kaninchen streicheln, dem kurz darauf das Fell abgezogen wurde. Und Frau Schwichtenberg machte den besten Hasenbraten überhaupt, der längst gegessen ist. Das Foto stand auf der Vitrine mit den Porzellanmöpsen, eine nur auf den zweiten Blick erkennbare Kostbarkeit, Hauptgewinn von den verschiedenen Volkswanderungen, an denen die jungen Schwichtenbergs, auch ich, so gerne teilnahmen. Die gute Stube der Schwichtenbergs war voll von Hauptgewinnen, die das Kind von einst bewunderte. Ich sah, daß Hugo nun kleine Härchen aus Ohren und Nasenflügeln wuchsen. Das war das Ende. Ich bekam Seitenstechen davon, als Rosemarie nun auch noch alles festhalten wollte. Tatsächlich, so kam nach fünf Minuten heraus, wer wir waren. Wir alle hatten nun Augen wie Chinchilla-Hasen, wir waren zu erkennen mit roten Augen und irgendwie dazu passenden, auf immer zerstörten Gesichtern.
Ich fragte nach Monika Armbruster. Monika Armbruster? Ach, ich weiß nicht, nie wieder etwas von ihr gehört. Lebt Frau

Begini noch? Die unnahbare Frau Begini (wir sagten: Frau Bikini) galt als Künstlerin, weil sie eine mausgraue Kurzhaarfrisur und einen sogenannten Künstlerkittel trug, in dem sie den großen Fronleichnamsblumenteppich vor der Kirche entwarf. Sie zeichnete mit Torfmull vor…, den Guten Hirten und andere heilige Bilder, und es war Kunst, weil ich alles erkannte. Meine Rosemarie faßte diesen Menschen und alles in einem Rosemarie-Satz zusammen: Sie war irgendwo ein Genie. Und was ist mit Karl-Heinz, nach allen Namen fragend, die ich vermißte, ohne, wie auch sonst im Leben, irgendeine Reihenfolge einzuhalten. Karl-Heinz? – schenkte mir eine Uhr aus dem Kaugummiautomaten, um Freund mit mir zu sein. Noch ein Flüchtlingskind, in der Hierarchie der frühen Sechziger auf dem Heuberg ganz unten angesiedelt, nur knapp über den ersten Gastarbeitern mit ihren meerblauen Hosen aus dem tiefsten Süden, nein, noch unter ihnen, denn die kamen in die heilige Messe am Sonntag, während Karl-Heinz doch evangelisch war. – Jetzt steht er mit der Bierflasche am Bahnhof von Tuttlingen, auch im Winter – nicht mehr lange, sagt Rosemarie – ‚ist praktisch nicht mehr ansprechbar‘. So fragte ich meine Menschen ab und erfuhr, was aus ihnen geworden war, nicht geworden war, und daß, vom Kindergarten an gerechnet, schon mehr als die Hälfte unserer Menschen tot war. ‚Eine solche Einsamkeit ist einmalig‘, hörte ich, vielleicht etwas vorschnell, Erika sagen, als Rosemarie mit der Geschichte von Karl-Heinz zu Ende war. Ich will eigentlich noch nach Hause fahren, hatte ich schon vor ein paar Stunden gesagt.

Bist du verrückt! – Du übernachtest bei mir! (Rosemarie) Der Abschied von der Jugend (es war der Tag, an dem mich niemand mehr zu einem Bier am Tresen einlud) war mir dagegen leicht gefallen. Nun rauchte ich schon wieder eine Señorita und hatte auch schon wieder Hunger, Hunger und Sehnsucht nach einer oberschwäbischen Seele (jenem etwa dreißig Zentimeter langen Speck-Salz-Gebäck in der Form eines männlichen Geschlechtsteils, das wir alle so gern aßen).

Es war alles still vor der ‚Traube‘, so daß ich alles hören konnte, Rosemaries Stöckelschuhe auf dem heimatlichen Makadam auf dem Weg zum Geländewagen.

Sie setzte sich ans Steuer, Hugo auf den Nebensitz, ich hinten wie schon als Kind auf dem Weg zu den Großeltern nach Schwackenreute. Es war alles wie früher, nur mit Sicherheitsgurt. Wir hatten uns weiterentwickelt: wir verfügten nun auf dieser Fahrt ans dreihundert Meter entfernte Ortsende über eine Klimaanlage, Airbags (auch Seitenairbags), Außentemperaturmesser, Kompaß, digitalen Weltempfänger, Garagenfernbedienung, automatischen Türöffner, Einbruchschutz, Kindersicherung, eingebaute Fallschirme, automatische Schwimmwesten, und alles war rundumversichert, das Leben selbst und seine Details, in ganzen Versicherungspaketen, dazu kamen Freisprechanlage mit zwei Stationen, und zwar vorne und hinten, getönte Scheiben, Sichtschutz, heizbare Sitze und weitere Beweisstücke, daß alles besser geworden war und immer alles besser würde, wir also auf dem richtigen Weg waren: dreihundert Meter Geländewagen. Der Fortschritt sei unbezweifelbar, sagte Hugo, dessen Gesicht ‚verreckt‘ war. Er hatte gar keine Zeit, den ganzen Fortschritt aufzuzählen, denn bevor er mit dem Aufzählen zu Ende war, war Rosemarie schon abgebogen und hatte die Fernbedienung für das Garagentor ausgelöst. Derselbe Abgrund öffnete sich, die automatische Lichtanlage sprang an: es war wie zu Hause. Frau Schwichtenberg hatte nun auch Ruhe. Und Rosemarie sprach sich, am Ende dieses Tages, noch einen Trostsatz zu: Sie muß nicht mehr leiden. Dann wies sie mir noch das Gästezimmer zu, zeigte auf die Gesundheitsmatratze, die automatischen Rolläden, auf die verschiedenen Fernbedienungen, die Minibar und andere Fremdwörter. Im Hotel hätte es nicht besser sein können. Es war ein schöner Abend. So sind wir heimgegangen und haben noch etwas von der Liebe geträumt wie in alten Zeiten, bis wir eingeschlafen sind.

Rosemarie verabschiedete sich schon, denn am anderen Morgen hatte sie einen wichtigen Immobilientermin. Das Frühstück sei aber vorbereitet, und nicht ohne meine Versicherung, daß ich bald wiederkommen werde, hat sie sich mit einer Umarmung von mir zurückgezogen. Auch das war ein Fortschritt, denn Umarmungen gab es damals auch nicht, außer der einen.

Vom Frühstück in der hochmodernen Wohnküche (alles Marmor, und ich saß auf einem Clubhocker an der Küchenbar) gestärkt, fuhr ich dann Richtung Lengenfeld aus Kreenheinstetten hinaus und konnte mir noch einmal alles durch den Kopf gehen lassen, den ganzen Tag, der hinter mir lag, den ganzen Tag, der vor mir lag.

Und weil mir keiner beim Hinausfahren aus Kreenheinstetten ein Wort mitgab, zitierte ich mich selbst:

Kommen Sie in hundert Jahren wieder vorbei, dann sehen wir weiter!

Das Feuer hat keine Geschichte
Es brennt und gleicht meinem Heimweh

Herr Schwichtenberg, ein Flüchtling, ging in den Wald, den ich
nun schon mit 100 km/h durchfuhr, und hat Tannenzapfen gesammelt. Mein Wagen beschleunigte in Sekunden von null auf
hundert, und so fuhr ich von Kreenheinstetten weg. Rosemarie
verkaufte an diesem Tag schon wieder ihre Immobilien.
Herr Schwichtenberg, ein Flüchtling, ging in den Wald und
hat Tannenzapfen gesammelt, die er Frau Schwichtenberg,
auch Flüchtling, brachte. Frau Schwichtenberg ließ das Feuer
nicht ausgehen, saß tagsüber geradezu auf dem Feuer; und in
den Reisschlag hat sie ihn auch geschickt. Das Feuer hat keine Geschichte, es brennt und gleicht/glich meinem Heimweh.
Und auch die Tannenzapfen, die dürren Äste und was Herr
Schwichtenberg sonst noch fand, zusammengesucht und in
einem alten Kartoffelsack auf Geheiß von Frau Schwichtenberg
neben den Herd gestellt und nach und nach dem ordentlich
den Sommer über gespaltenen Holz beigegeben, hatten keine Geschichte, außer daß es verbrannt wurde. Und immer
und daneben Frau Schwichtenberg und ihr besorgtes Gesicht. Selbst noch wenn sie Schmalzbrote für Rosemarie strich,
selbst noch beim Schmalzbrotessen schaute sie besorgt in die
Welt.
Stichwort Heimweh. Kapitel Heimweh.
Anhand meines Heimwehs, und ich sehe mir zu, wie ich auf
dem Pferdewagen sitze, vorne die Großeltern, heute vor vierzig
Jahren. Das Herausführen aus dem Stall, das Finden des richtigen Platzes links und rechts neben der Deichsel, das Bremsen-
öl, eine Sentimentalität, kurz bevor das robustere unserer bei-

den letzten Pferde vom Pferdemetzger geholt wurde, das eine, das mehr aushalten konnte, dem man mehr zutraute, während das andere auf Gnadenbrot zurückblieb, seinen nun zu einer exzellenten Salami verarbeiteten Kumpan ein Leben lang vermissend, ich weiß. Die Gnadenbrotzeit war auch verhältnismäßig kurz. Das Tier, das im Obstgarten hinter dem Haus lebte, nur im Winter im Stall, lag zusammengebrochen und tot auf der Wiese. Uns blieb nichts anderes übrig, als die heimatliche Tierkörperbeseitigungsanstalt anzurufen und unser letztes Pferd abholen zu lassen, tot wie es war. Und der Pferdehändler, der das andere bekommen hat, dem wir mehr zutrauten, hat meinem Großvater schriftlich geben müssen, daß es zu einem guten Pferdemetzger kam, daß es nicht so lange leiden müsse, und der Pferdehändler hat für eine Beruhigungsspritze zwanzig Mark bekommen, wofür sich mein Großvater hätte auch ein paar Lederschuhe kaufen können, einen solchen Großvater hatte ich. All diese Jahre sollten also dazwischen sein: zwischen der letzten Ausfahrt mit unseren Pferden und der ersten Sexmesse in der Stadthalle von Sigmaringen, für die auch an den Laternen selbst noch die Friedhofsmauer entlang geworben wurde. Meine Lieben waren auch noch stolz darauf. Sie dachten, dadurch wäre der Anschluß an die neue Zeit bewiesen.

Schwarzrote Plakate kündigten die neue Zeit an. Das hatte Frau Schwichtenberg nicht verdient. Nun war sie tot. Zeitlebens war sie ihres guten Gedächtnisses wegen gerühmt worden. Vielleicht kam von da auch das Heimweh. Die anderen Toten hatten diese Plakate auch nicht verdient. In der ‚Traube‘ hatte ich die anderen gefragt, ob es hier denn keinen Pfarrer mehr gebe, der dagegen einschreite? Ich hatte ihnen versichert, daß ich an sich ganz und gar nicht gegen Sexmessen sei, auch nicht gegen diese Plakate, derart hatte ich mich politisch korrekt abgesichert, um dann noch die Wahrheit in einem gereimten Witz zu formulieren: aber dieser aufgeblasene Dildo an der Friedhofsmauer/stört mich und meine Trauer. Das hat deine Mutter nicht verdient, auch wenn sie evangelisch war, sagte ich, wie immer etwas kopflos. ,Nein, das hat Mamma nicht verdient, aber unser Pfarrer wurde gerade wegen Verführung Minderjähriger verhaftet.' Das wußte ich aus der BILD-Zeitung, hatte es aber schon wieder vergessen.

Trotzdem, die Vorstellung, daß in unserem Pfarrhaus Pornofilme gefunden worden waren, gefiel mir nicht. Es gab die Fronleichnamsprozession immer noch, wie ich auf Nachfrage erfuhr. Und sie sagten mir auch, daß die meisten immer noch mitgingen. Es waren dieselben Menschen, die nach wie vor zur Fronleichnamsprozession gingen, sich aber auch zu Beate Uhse trauten und Reizwäsche kauften und sich auf der Sexmesse in Sigmaringen fachkundig umsahen, und sich an den Ständen mit den jeweiligen Fachgebieten sachkundig machten und Angebote einholten. Sie waren nun in der Lage, Expertisen über die Qualität von Dildos abzugeben, und ihre Väter hatten bei den Prozessionen noch den Himmel getragen oder eine der Laternen und taten dies vielleicht immer noch.

Die Nonne ist auf Heimaturlaub und geht Anfang Juni durch die blonden Gerstenfelder und, etwas weiter unten, am verblühenden Ölsamen vorbei, und dann ist sie schon fast wieder zu Hause: ihr Elternhaus steht/stand im Unterdorf. ,Ich darf heim', so sagte sie. Der Pater kommt auch alle fünf Jahre aus Afrika, ,darf alle fünf Jahre heim', wie es heißt/hieß. Auf Heimaturlaub zeigt er seine Lichtbilder am Patrozinium im Pfarrsaal, erzählte mir von Afrika, und ich wußte, daß es Heimweh war, was ihn zu uns heraufführte. ‚Heute gibt es kein Heimweh mehr, und auch keine Briefe‘, sagte die weitgereiste Lucy Braun, deren ständiger Begleiter das Handy war, damals gab es noch Heimweh, aber auch Fernweh, sagte sie. Ich weiß! – Ich traute mich damals nicht, ihn nach seinem Heimweh zu fragen, nie habe ich einem Menschen diese Frage gestellt, bei allen möglichen und unmöglichen Fragen – das nicht. Ich hatte ja auch gar kein Heimweh, sondern ein Fernweh, angestachelt durch die Jukebox in unserer ‚Traube‘. Ich sah mich nach der Jukebox um: sie fehlte. Das war das Heimweh! Horst Ferrari hatte recht (‚Die Heimat wird immer weniger‘). Elsa oder Fritz hatten das sehnsuchtsschwere Gerät ihrem Schrotthändler mitgegeben. Jetzt wollte ich heim. Nur damals wollte ich nach Afrika und überall hin. ‚Nichts wie weg‘ von Kreenheinstetten, nur damals. Es war ein ‚Heimweh in spe‘, der zweite Teil der Geschichte, oder, mit Rosemarie gesprochen, ‚die andere Seite der Medaille‘. Dieses Wort sprach sie aus wie Helmut Kohl. Die Ordensschwester durfte jedes Jahr zwei Wochen heim, sie lebte ja nur in Freiburg. Ich hörte nun ein Martinshorn und sah dann das Blaulicht, konnte aber nicht erkennen, wohin das Notfallfahrzeug fuhr und wen es so schnell getroffen hatte und wer der Notfall war, all das gab es damals noch nicht, damals wäre man einfach gestorben oder nicht. Dies nebenbei. Ich sah die Nonne zum Feldkreuz hinausgehen und dann wieder umdrehen, sie, eine schwarzweiße Erscheinung auf gelbgrünem Grund. Nach einer Viertelstunde fuhr das Notfallfahrzeug wieder vorbei, diesmal in die andere Richtung. Es war also noch nicht zu spät. Sie betete für uns, die wir in den Tag hineinlebten, sie, unser Pinguin, wie wir über sie lachten! Ihre Großnichte ist nun auch in der Lage, Fachgespräche auf der Sexmesse zu führen, geht aber nach wie vor sonntags zur heiligen Messe. Wir begründen uns immer wieder neu.

Adrian ruft nicht an.

Der Pater sagt ungefragt, er habe kein Heimweh.

Das Wort ‚Heimweh‘ nimmt er dazu nicht einmal in den Mund. Er macht einen Scherz: das einzige, was er vermisse, sei unser Bier. Ach, so und nicht anders mußten wir zu Hause über unsere Schmerzen sprechen. Wie habe ich geweint, als ich zu Hause bleiben mußte. Sein ‚Fernweh ex post‘ war mein ‚Heimweh in spe‘.

‚Ich darf heim, einmal im Jahr zwei Wochen‘, sagte Schwester Angelika. So kam sie fünfzig Jahre lang einmal im Jahr zwei Wochen heim, von Freiburg her, wo sie in der Küche des Krankenhauses der barmherzigen Schwestern der heiligen Ulrike von Hegne lebte. In den letzten Jahren wurde es etwas komplizierter. Die andere Zeit und die Großnichten, die nun schon fast erwachsen waren: Und dann mußten wir wieder beten bei Tisch, wie in alten Zeiten, zwei Wochen im Jahr, waren dies aber gar nicht mehr geübt. Es war alles sehr peinlich. Und den Fernseher anstellen konnten wir auch nicht mehr. Zwar hatten wir uns an die laufenden Bettszenen längst gewöhnt, wenn auch nie ganz, aber Adrian hatte immer noch nicht angerufen, und wir wußten immer noch, daß dies unserer Tante nicht gefallen konnte. Wir hatten eine Scham, und ein Gefühl, daß diese Sendungen nicht paßten, aber nur wegen der Tante; wir selbst hatten uns längst daran gewöhnt, wenn auch nie ganz, ja, das alles war längst ein Teil von uns. Aber zwei Wochen im Jahr heuchelten wir die gute alte Zeit, solange die Tante bei uns war, daheim, und beteten das alte Tischgebet und machten, vielleicht etwas ungelenk, das Kreuzzeichen. Ich hatte zwar nicht die Sexmesse in der Stadthalle von Sigmaringen besucht, gleichwertige oder vielleicht sogar noch hochkarätigere Veranstaltungen und Termine kannte ich wohl, sie gehörten zu mir und meinem Leben. Auch die Muttersprache hatte sich, wie ich hörte, der neuen Zeit angepaßt. Wörter hatten sich nun eingeschlichen, die nicht die alten waren. Schon die Kindergartenkinder sprachen von ,ficken'. Das alles gab es damals schon, doch es mußte noch gesagt werden: solange die Tante da ist, bitte nicht diese Wörter. Ficken war aber nun eines der am meisten in Kreenheinstetten gebrauchten Wörter der aktuellen Muttersprache, Adrian hatte aber immer noch nicht angerufen. Und Gabi auch nicht, wie mir mittlerweile aufgefallen war. Das fiel mir im Auto ein. Sie muß den Brief doch gelesen haben mittlerweile! Unsere Furcht war umsonst, was das Wort ,ficken' betrifft. Die Tante hätte dieses Wort gar nicht verstanden, sie sagte noch: ,mich fickt der Schuh', ja, es gab immer noch Menschen, die diese Wörter so nie gehört hatten und so nicht verstanden, Menschen, die ohne Fernsehapparat lebten und das Jahr anhand des Heiligenkalenders verbrachten, heilige Rosa von Lima!, die mit dem Heiligenkalender als rotem Faden durchs Jahr gingen und nicht nur die letzten, nach dem zweiten Vatikanischen Konzil verbliebenen marianischen Hymnen auswendig kannten und mit den Sterbebildchen ihrer lieben Menschen im Gebetbuch lebten, und noch den Sterbetag ihrer Eltern und Großeltern wußten und all ihrer Lieben, und für ihre Lebenden und Toten beteten, ununterscheidbar. Was war dagegen mit mir und uns, mit dem vollen Terminkalender, den Ferienplänen, Ausflügen ins nächstbeste Bordell? Mit unserer Vorfreude auf den ,Arsch-des-Jahres'-Contest, was mit Gabis OP-Plan, meinem Notrufnummern-Verzeichnis, unserem tadellosen Gebiß, Gabis Implantaten und dem Presseball, auf dem wir glänzten, was mit den Hausratsversicherungen, den nie gemeldeten Schäden, dem immer ausgebliebenen Ernstfall, was mit unserem kompletten Versicherungsprogramm von den dynamischen Lebensversicherungen bis hin zur Sterbegeldversicherung? Niemals sind wir ohne ADAC-Schutzbrief und Erste-Hilfe-Köfferchen, XXL-Kondome, Antibiotica und die neuesten Schmerzmittel irgendwohin gefahren oder geflogen. Und zu Hause hatten wir eine Gästetoilette mit automatischem Händetrockner, ein Geschenk unserer Innenarchitektin Frau Stauch-Stottele zum 40. Geburtstag meiner Frau, die mir – ihrerseits – zu meinem 40. Geburtstag ein Pissoir der Firma Villeroy und Boch für unser Bad schenkte, damit ich mich in Zukunft nicht mehr setzen müßte. Wie weit entfernt lebten wir nun von der Barmherzigen-Schwester-Tante, aber auch von Herrn Schwichtenberg, der im übrigen schon tot war. ‚Geil wie Nachbars Lumpi‘, ein Satz, den ich ihm verdanke, hochdeutsch, ein Fremdsatz, wie war er aus der Mode gekommen, und der Name Lumpi auch, was war das noch für ein Hundename!

Wir begründen uns immer wieder neu, und der sogenannte Minirock ist auch nur noch eine sentimentale Erinnerung wert. Ich sagte es noch einmal, ein wenig anders: ‚Rosemarie, die ersten Langhaarigen haben Kreenheinstetten verunsichert‘, ‚Gammler‘ – wir lachten, und ‚deine Jessica geht doch bestimmt nicht ohne Pariser aus dem Haus und wählt in der Condomeria fachkundig den richtigen Geschmack, Himbeer, möglicherweise Vanille. Aber über den Tod konnten wir immer noch nicht sprechen, vielleicht noch über die verschiedenen

Krankheiten bis dahin, vielleicht noch über das Drumherum, den Ultraschall, die Magenspiegelung und das Warten auf den Befund. Und auch ich konnte allen sagen, daß ich zu Nillius gegangen war. ‚Ah, Psychoanalyse‘, vermerkte Rosemarie kenntnisreich. Die nach wie vor vom Papst einem Katholiken verboten war, auch wenn dies hier niemand wußte.

Daß es aber einem Katholiken verboten wäre, die Sexmesse in Sigmaringen zu besuchen, davon wußte ich nichts. ‚Ein sinnenfreudiger Katholik darf das.‘ Denn nun hatte Hugo schon den Katalog von der Sexmesse hervorgezogen und herumgehen lassen. Eigentlich waren wir alle von den Angeboten gelangweilt. Wir kannten das schon und dazu ganz anderes. ‚Es ist immer dasselbe‘, waren wir uns einig. ‚Ich gucke auch deswegen die Lilo Wanders nicht mehr‘, sagte Rosemarie Schwichtenberg. Und doch, als der Katalog bei Gabi Krall landete, wurde sie rot. Gabi Krall wurde immer noch rot – ich war glücklich über dieses Zeichen. Es gab also noch Sehnsucht.

Käme die Schwester heute auf Heimaturlaub, sie sähe, was ich sah, ab und zu einen Landrover vorbeifahren, durch menschenleere Felder, zum Beispiel, und auf dem Nebensitz der Labrador, die Plane über dem Ersatzreifen und über allem Hugos Name. Vollkommen menschenleer die Felder. Gewiß, eine Zwischenzeit, selbst der ausländische, zu meinen Zeiten deutsch gewordene Mais, längst gesät, lange vor der Ernte. Und doch: sie hätte das ganze Jahr auf Heimaturlaub kommen können, und die Felder um Kreenheinstetten wären immer leer gewesen, außer den Maschinen der Agrarindustrie nichts: die machten die Arbeit in ein paar Stunden, wo es vorher ein Leben war. Wenn ich einmal den Tod malen würde, so wäre er diese Leere mit der Agrarmaschine in der Mitte. Und Schwester

Angelika wäre das Heimweh, schwarzweiß hineingemalt von mir.

Die Kreenheinstetter fuhren nun einander davon, wie ich gehört hatte, nicht einmal mehr beim Musikfest saßen alle zusammen im Zelt, immer war irgendeiner von uns auf Bali, in Schanghai, in Rio, auf Hawaii. Am Sonntagmorgen waren alle zusammengekommen, außer den Schwichtenbergs. Im Tennisclub waren wir nun auch. Doch meine Verachtung galt dem Kampfpiloten, dem sogenannten Kampfpiloten, der wieder einmal seinen Einsatz über uns geflogen war, wie immer an klaren Tagen, die erst ausgebombte und dann vertriebene Tote war zeitlebens ihres guten Gedächtnisses wegen gerühmt worden, nun war sie beerdigt.

Er war eine Route über uns geflogen, unser Heimatfriedhof war das Ziel. Die Übung war wohl ein Erfolg, wir galten als abgeschossen. Nach einer Viertelstunde war er wieder vom Donautal her am Himmel erschienen und schoß uns, die wir noch immer an der Friedhofsmauer standen, noch einmal ab. Dann flog er vielleicht noch einen dritten Einsatz und hat noch einmal den Friedhof bombardiert: da waren wir aber schon in der ,Traube', und es traf nur noch unsere Toten.

Ich sollte Rosemarie meine Frau beschreiben.

Adrian hatte noch nicht angerufen. Sie auch nicht.

Mein Handy stand auf Empfang.

Daß ich mein Muttermal, das ich lange genug bei mir hatte, entfernen ließ, hat mir meine Mutter nie verziehen. Sie hat, als sie uns in der Stadt besuchte, immer wieder danach gefragt, wie man nach etwas fragt, das nun für immer fehlt. Hast du auch schon einmal so etwas erlebt, Rosemarie?

In der Mittagspause landete außerdem noch ein rot-weißer,

wohl ein sogenannter Rettungshubschrauber in einer in Sichtweite entfernten Wiese. Da wurde jemand abgeholt und ist
dann, vielleicht zum ersten Mal, vielleicht zum letzten Mal,
über Kreenheinstetten geflogen, Richtung Rohrdorfer Wäldchen. Vielleicht kam der Mensch aber doch noch einmal zurück und starb dann im Bett seines Lebens, und lag so, tot, mit
einem Rosenkranz um die betenden Hände, vielleicht noch
vom Weißen Sonntag.

Noch ein kleines Denkmal für Frau Schwichtenberg

Unsere Tote – von da noch einmal hinübergegangen in den Hühnerstall, wo Frau Schwichtenberg eine Glucke sitzen hatte, mit Eiern zum Ausbrüten darunter, und wie wir die Glucke verjagen wollten, sie aber keineswegs nachgab, Rosemarie in die Hand pickte, wie es aber Rosemarie schließlich doch gelang, eines der Eier unter ihrem Bauch wegzuziehen, mit Hilfe eines Lederhandschuhs, den wir im Stall holten, und wie wir es aufschlugen: es war schon fast ausgebrütet. Es war etwas Glitschiges, Rötliches, weiß Schimmerndes. Es war etwas Durchsichtiges, Sichtbares, Kopf, Beine und Herz. Es war etwas Schlagendes, es schlug. Nachdem wir uns erregt hatten am Leben, haben wir uns mit einem ‚Äh' und mit einem ‚Pfui' von ihm abgewendet und es vergessen. Wir hatten das Ei auf einem der abgeräumten Grabsteine, die mit der Schrift und den Daten nach unten hinter dem Hühnerstall herumlagen, aufgeschlagen. Wahrscheinlich ist es dann von einem Nachttier – oder schon von einem Tagtier – gefressen worden. Wir ekelten uns so sehr vor diesem Lebenszeichen, daß wir es nicht mehr in die Hand nehmen wollten, nicht einmal mehr in den Lederhandschuh, so daß wir es nicht einmal auf den Misthaufen werfen konnten, wo sonst die vor der Schlachtreife zu Tode gekommenen Hühner und so fort landeten. Es war kurz bevor das Ei von innen aufgepickt worden wäre. Vielleicht nur einen Tag vorher, also am zwanzigsten Tag vom Augenblick an gerechnet, da sich die Glucke zum Brüten hingesetzt hatte.

Das Häuschen, die Hütte der Schwichtenbergs, lag auf halbem Weg zum Friedhof, von mir aus gerechnet. Da war noch ein weißer Kreis, das Zeichen für den niemals gebrauchten Luftschutzkeller von Kreenheinstetten, auf dem grauverwitterten Putz zu erkennen. Und drinnen, im Sommer aber auf der Haustreppe und dem Bänkchen daneben, saßen die Männer und haben bei Frau Schwichtenberg das Bier aus der Flasche getrunken, das war der Sommer. Frau Schwichtenberg leitete die Filiale von FÜRSTENBERG BRÄU, und der Bierfahrer war ihr Vertrauter. So schien es mir.

Damals hatte Rosemarie bemerkt, daß ich sie anlog, obwohl/weil/indem/währenddessen/da/insofern ich sie liebte. Sie konnte es nicht vergessen und sagte: ‚Schwamm drüber! Schwamm drüber!‘ Und nun, nach zwanzig Jahren, hatte sie es immer noch nicht vergessen und sagte noch einmal ‚Schwamm drüber‘. Ein bigotter evangelischer, verheirateter Geistlicher, der Macht über sie hatte, mehr als ich, zwang sie ‚auszutragen‘ (in den R. verliebt war, gelang es, R.'s Kind abzuschwatzen). Ich habe nichts dagegen unternommen. Wie auch! Ich hatte ja nicht einmal das Wahlrecht. Dann hat er, noch im katholischen Kreißsaal, Rosemaries erstes Kind getauft und den Kleinen weggegeben, als ob es ein Männchen wäre. Ja, so hat er den Kleinen dem gut katholischen Ehepaar, das sich im Wartezimmer der Gynäkologie mit Rosenkranzbeten die Zeit vertrieben hatte, übergeben, wie man ein gesundes Hündchen übergibt und ihm noch beim Wegfahren hinterherschaut und eine gute Zukunft wünscht. Sie erinnerte sich bis zuletzt, indem sie immer wieder ‚Schwamm drüber‘ sagte. Manches, wenn auch weniges, bleibt unvergeßlich im Leben.

‚Jetzt bist du Großmutter und hast immer noch keine Zeit für mich. Wie soll das enden?‘ Derlei sagte ich und wollte diese Geschichte mit einem Scherz beenden.

Frau Schwichtenberg hat von allem so gut wie nichts mitbekommen, weil sie ihr Leben praktisch in der Küche verbrachte, nachdem sie einmal bei uns angekommen war. Auch wenn sie nicht kochte, ging das Feuer nie aus. Immer stand etwas Schmalziges, Fettes herum. Frau Schwichtenberg hatte auch ein ‚offenes Bein‘, wie es hieß. Ich habe es nie gesehen. Ob sie auch schon im Westpreußischen so in der Küche gelebt hat? Eher nicht. Auch hatte sie damals noch kein offenes Bein, das sie verstecken mußte. Frau Schwichtenberg, aber auch Rosemarie und die ganzen Schwichtenbergs rochen nach dieser Küche, in der sie ihre Abende verbrachten. Es gab keine Stube und keinen Herrgottswinkel in diesem Haus. Das Erstaunlichste war für mich, daß Rosemarie mir eines Tages erklärte, daß ich seltsam ‚roch‘. Das war ein Wort (kein schönes Wort), das es bei uns gar nicht gab. Wir sagten ‚schmecken‘, auch für riechen. Dafür hatten wir tausend Konjunktive mehr als in meiner ersten Fremdsprache, dem Hochdeutschen, wir waren voller Konjunktive. (Wenne wär winne sei sott!) Wenn ich wäre, wie ich sein sollte! … Als ich Frau Schwichtenberg erzählte, daß ich nachts unter einem dicken Teppich liege, weil es bei uns so kalt sei, sah sie auf. Vielleicht hatte sie Angst um mich und sah das Kind am Beginn einer lebenslangen Lügenkarriere, und doch: es war ein Teppich, unter dem ich in meinem Bett in meinem Zimmer im zweiten Stock (dem Schlafzimmerstock) unseres Hauses lag. Das und weitere kleine Besonderheiten kennt jeder, der eine Zeitlang bei uns gelebt hat. Das ist die Wortschaft, Ortschaft Kreenheinstetten, Geburtsort von Abraham a Sancta Clara: von Frau Schwichtenbergs Küche aus sah man auf das Denkmal vor der Kirche und die Molkerei.

Von der Eckbank aus sah man genau auf das Denkmal. In der Zeit vor dem offenen Bein saß sie wohl noch am Rand der Eckbank; dann hat sie einen Stuhl genommen und saß im Winter am Fenster, im Sommer im Flur, und schaute hinaus, vom Dunkeln ins Helle, und Herr Schwichtenberg, der tagsüber in der Fabrik, wie die Badische Tierkörperbeseitigungsanstalt hieß, arbeitete, saß unweit davon. Im Sommer, den es damals selten genug gab, auf dem obersten Absatz der dreistufigen Treppe, und das Leben ging weiter.

Zu Hause: das war die Küche dieser Flüchtlinge von der Frischen Nehrung. Ich mußte nur über die Straße gehen. Außer der Heimwehmuschel habe ich nie etwas von dieser Geschichte gehört oder gesehen. Aber die Geschichte schien in der Heimwehmuschel und in einem Wandteller aufgehoben: ‚Vergesse nie die Heimat/wo deine Wiege stand/du findest in der Ferne/kein zweites Heimatland'. – Den gleichen Teller hatte ich auch bei den Auswanderern in Patagonien in der Küche hängen sehen, bei meiner indianischen Tante, die anhand dieses Tellers etwas Deutsch gelernt hatte. Und bei den anderen Flüchtlingen, in deren Küche ich gekommen war, hing der gleiche Teller, mehr war nicht zu erfahren. Auch Frau Schwichtenberg starb am sogenannten Herzversagen. Da wir noch keine Leichenhalle besaßen, wurde sie im ortseigenen Keller der Molkerei vis-à-vis untergebracht. Die Leichenflecken, eines der schauderhaftesten Wörter, die ein Kind gehört haben konnte, erschienen eines Tages, als Frau Schwichtenberg noch gar nicht tot war.
Da sah mich Frau Schwichtenberg an der Molkerei stehen, wie ich auf den Hühnerwagen von Geflügel Pollmeier wartete, der laut SÜDKURIER von ‚14.15–14.30 Uhr' an der Molkerei in Kreenheinstetten erscheinen würde, um zehn junge Legehennen aus dem Wagen heraus zu verkaufen. Gabi, dachte ich, so

mußt du dir mein Leben vorstellen, der Wagen von Geflügel
Pollmeier gehört unbedingt dazu, sein Erscheinen an der Molkerei gehört zu den Daten meines Lebens. Er kam aber nur in
den Monaten ohne ‚r‘, wie bei euch die Matjes. Das wußte ich
von Frau Schwichtenberg. Die Hühnerkäfige gehören dazu,
und selbstverständlich auch die Hühner, die der Fahrer zu uns
brachte. Er war wohl gleichzeitig der Chef des Unternehmens,
eines Einmannunternehmens, wenn ich die Frau abziehe, Frau
Pollmeier, die zu Hause die Hühner fütterte und die Kinder,
von denen ich ausgehe, das sagt mir die Statistik, die auch diesen Geflügelmenschen erfaßt, selbständig, eine Frau, zwei Kinder, Pollmeier, hat die Planen nach oben geschlagen, da schien
die Sonne hinein, unbarmherzig, die Tiere gackerten zutraulich
und schienen sich für die Molkerei gegenüber zu interessieren
oder auch für mich. Dann hat sie der Chef persönlich aus den
Käfigen genommen und mir übergeben, in den fahrbaren
Käfig, den ich mitbrachte. Und noch einmal gelobt hat er sie;
Salatöl habe er auch dabei. Was sind Sie eigentlich von Beruf?
‚Hühnerausfahrer. Ich fahre Hühner aus – Hühnerausfahrer
für Pollmeier. – Ich darf mich vorstellen: Pollmeier.‘ Das hat
dieser Mensch ein paar Jahre gemacht und dann wieder etwas
anderes. Nillius sagte mir: ‚Wenn Sie einmal ein Buch schreiben, schreiben Sie: Der Mann war kreativ und flexibel. Eher
flexibel als kreativ. Sie dürfen nicht vergessen, daß er später
auch Grabredner war, und eine Frau und zwei Kinder hatte er
auch. Wußten Sie das?‘ – Dann schlug er den Laden zu, denn
meist war niemand gekommen, um seine Hühner oder das
Salatöl zu kaufen. Kaum einmal hat sich einer für seine Hühner oder sein Salatöl interessiert, obwohl das Angebot günstig
war. Fast alle haben die Anzeige im SÜDKURIER überlesen,

da schlug er seinen Laden zu, und zehn Minuten später war er schon in Rohrdorf. Aber er ist zu uns gekommen; und er war es, der uns mit seinem Besuch geehrt hat. Einer, der wußte, daß es uns gab. Wie soll ich mich ausdrücken? Das habe ich damals in Überlingen auch noch erzählt: ... Ich hatte mir aber auch eine Kiste Hähnchen mit der Post kommen lassen, per Bahnpostversand, und habe sie am Bahnhof in Beuron abgeholt, die Kiste. Sie lebten noch alle. An dieser Stelle unterbrach mich der Komponist und meinte: ‚Das mit dem Postversand stimmt aber nicht?‘ Ach, was wußten die beiden von der Welt! Was wußten diese Stadtmenschen von mir. Freilich stimmte es, und der Durst dieser Tiere, die in einem Nebenraum mit den anderen abzuholenden Sendungen zwei Tage lang herumstanden, bis ich mit meiner gelben Benachrichtigungskarte ankam, muß ein gewaltiger Durst gewesen sein. Und wie es erst diesen Lebewesen in der Schachtel ging, die durch ganz Deutschland gefahren wurde, weiß ich erst recht nicht. In unserem Glauben, daß die nordische Tier- und Pflanzenzucht, der norddeutsche Samen der bessere sei, haben wir alles aus dem Norden per Post und Bahn kommen lassen.

Die Hühner und die schwarzen Kühe kamen aus dem Norden; aber auch alles Nötige und Unnötige für den Garten, Blumen zum Beispiel, kamen von Gärtner Pötschke aus dem Katalog mit der Autorität der Schrift. In unserem Glauben an die farbigen Abbildungen und die kleinen Texte darunter haben wir bei Gärtner Pötschke bestellt, und das Schöne verschwimmt an den Rändern. Der selige Gärtner P.!

Doch in der Nacht vor der theoretischen Führerscheinprüfung konnte ich bis um vier Uhr in der Frühe nicht einschlafen, vor der sogenannten Praktischen Führerscheinprüfung auch wieder nicht. Ich hörte, auf dem einen und dem anderen Ohr liegend, jeweils mein Herz schlagen. Aber Adrian hatte immer noch nicht angerufen. Jahrzehnte später, vor der Operation, war es wieder so. Aber schon einen Tag nach dem lebensgefährlichen Eingriff war alles vergessen, bis auf die Pflaster und die Fäden. Das Fädenziehen war ein weiteres Kapitel. Ich erinnere, was die Operation angeht, eigentlich nur das Fädenziehen und mein Auftrumpfen in der ‚Traube‘ in Kreenheinstetten, mein Auftrumpfen, wie schmerzresistent ich war; und daß ich allen sagte, daß es so gut wie gar nichts gewesen sei. Ein Pieksen, vielleicht, bei der Beruhigungsspritze. Also lag ich umsonst wach, hörte ich umsonst das Herz schlagen?

Gott und ein befreundeter Viehhändler

Ein Mitleid mit dem Staubsaugervertreter, der auch noch durch einen sogenannten Unterbiß bestraft war, der durch keinen Vollbart dieser Welt zu vertuschen war, überkam mich ganz gegen Ende meiner Rückfahrt; solche Gesichter, die von Jahr zu Jahr mitgeschleppt wurden, gab es auch bei uns. Es gab Erscheinungen, die so schön waren, daß man Angst davor haben mußte, beim Erste-Hilfe-Kurs im Rotkreuzheim an ihnen den Notfall üben zu müssen; dann aber auch eben diese Unterbißgesichter, die durch das ganze Leben mitgeschleppt wurden und die einen möglicherweise auch noch überlebten. Schon beim sogenannten *Einkehrtag* gab es diese Erscheinungen, Menschen, die neben mir sitzen wollten in der Schule und um einen Eintrag ins Poesiealbum baten, für die meisten von uns war diese Poesiealbumzeit das erste und letzte Mal im Leben, daß sie sich mit der Poesie befaßten. Es war kurz vor oder nach der sogenannten Geschlechtsreife. Da fand auch der Einkehrtag statt. Es gab, ganz gegen den Namen dieses Tages, nichts Gescheites zu essen oder zu trinken. Also der Einkehrtag. Nillius staunte, wie groß die Welt war, und daß es Dinge gab, von denen er, obschon er doch auf die Siebzig zuging und als einer der Gelehrtesten unter den Seelenforschern überhaupt galt, immer noch nichts gehört hatte. Aufklärung, an sich ein Unwort in der römisch-katholischen Kirche, gab es einmal im Jahr und Leben eines katholischen Menschen, am sogenannten Einkehrtag. Da wurden alle 14jährigen katholischen Jungs eines ganzen Landkreises im Meßkircher Herz-Jesu-Heim zusammengetrieben, es gab eine vom Erzbischof und der Metzgerei Knoll gemeinsam gestiftete Bluna sowie je eine Bockwurst.

Die Jungen, bei denen ich war, wurden von den ältesten Priestern des Kreises aufgeklärt oder sollten aufgeklärt werden. Es wurde uns gesagt, daß unsere zukünftige Frau schon irgendwo lebe, und wir wurden aufgefordert, für sie zu beten, und wir sprachen gemeinsam ein erstes Gebet für sie. ,Lieber Gott, bitte keine Igelswieserin! Und keine Wichtlingerin!' Dort lebten die furchtbarsten Menschen, die mir bis dahin begegnet waren. Ja, soweit ich mich daran erinnern kann, ging es bei diesem Einkehrtag darum, daß es eine Frau gebe, die schon irgendwo herumlaufe, für die wir ab jetzt beten sollten, für die zukünftige Mutter unserer Kinder. Daß ich einen Schwanz und zwei Eier (Dinge allerdings, die diesen Namen noch gar nicht trugen) hatte, daß soweit alles ganz normal verlief, wußte ich schon, darüber mußte nicht gesprochen werden. Ich wäre aber dem altgedienten Priester dankbar gewesen, wenn er uns wenigstens angedeutet hätte, wie man sich als Katholik mit einer Frau zusammentut. So mußte ich später alles selbst herausfinden. Rosemarie war evangelisch, mußte also nicht aufgeklärt werden. Meiner ersten Freundin ging es genauso, und sie ist ohne Einkehrtag davongekommen. Ich bin ihr noch heute dankbar für den ersten Unterricht im Kartoffelkeller. Am selben Tag hat auch der Einkehrtag für unsere Mädchen stattgefunden; von meiner kleinen Nachbarin habe ich einen Tag später erfahren, daß ihr Einkehrtag im Prinzip genauso ablief wie der unsere. Auch sie wurden eingesammelt und an einem möglichst vom Versammlungsort der Jungen entfernten Ort in einen anderen kirchlichen Saal Meßkirchs gebracht, wo ihnen von einer alten Nonne und einer Virgo bzw. Donna Probata im Kanonischen Alter also das wichtigste mitgeteilt wurde: daß es ihn, den zukünftigen Vater ihrer Kinder schon gebe, daß er irgendwo, möglicherweise ganz in der Nähe, schon herumlaufe, daß sie ihn vielleicht sogar schon gesehen hätten; und daß sie für ihn beten sollten. Von nun an. Auch wurden ihnen erste Hinweise gegeben auf die Schmerzen, die sich im Zusammenhang mit der ersten Geburt ergeben würden. Das sei wegen Eva. Näheres konnte mir die Nachbarin auch nicht sagen, Herr Nillius. Also hatte ich eine Angst weniger. Ich habe dann jahrelang immer wieder für meine zukünftige Frau gebetet, auch noch über den Tag hinaus, an dem ich sie dann wirklich kennenlernte, ja, ich bete, wenn ich es genau bedenke, immer noch für sie. Gabi!

‚Er läuft schon irgendwo herum. – Sie läuft schon irgendwo herum‘, so der Wunderbericht, zu wunderbar für uns 14jährige, denen noch die Haare zwischen den Beinen fehlten, die aber schon lebten. Ja, ich lief schon irgendwo herum, es gab mich schon, wie, weiß ich kaum mehr, und Gabi gab es auch schon. Und manchmal habe ich mich damals schon beim Gedanken ertappt, Schluß zu machen.

Elsa hat gewiß auch für ihren Fritz gebetet. Das war im Hotzenwald, während Fritz mitten unter uns lebte. Gott und ein befreundeter Viehhändler haben die beiden schließlich zusammengebracht. Die zu uns umgesiedelte Elsa, angeblich Nachfahrin eines im Hotzenwald seßhaft gewordenen Seeräubergeschlechts, hatte eigentlich schon aufgegeben, betete aber immer noch. Dann aber hat unser kundiger und weitgereister Viehhändler, über den wir mit der Welt in Verbindung waren, Elsa ausfindig gemacht. Er war ein begnadeter Vieh- und Menschenkenner. Der begnadete Viehhändler hat den Stammhalter gefragt, wann er ihm eine aus dem Hotzenwald bringe, ganz unverbindlich, nur zur Ansicht? Der Saukarle hat in mehreren

Anläufen bei Fritz anfragen müssen, ob er Elsa einmal zeigen dürfe. Damals gab es noch keine Polaroidfotos, also war Fritz auf ein altes Schwarzweißfoto, das Elsa in einem gepunkteten Sommerkleid zeigte, angewiesen. Mein Fritz wollte das Bild eine Zeit bei sich behalten und hat es in seinem Stallmantel verschwinden lassen. Erst nach Wochen hat er nach ihr gefragt, ohne Namen zu nennen, wie man nach einem Hund fragt, der ins Haus kommen soll. Er hat den Stammbaum wissen wollen, hat nach Farbe und Gewicht gefragt, und der begnadete Viehhändler konnte jede Frage beantworten. Eines Tages, als unser Viehhändler wieder einmal mit einer schönen Ladung Ferkel aus dem Hotzenwald zurückkam, saß Elsa auch im Wagen, neben dem Saukarl, ganz unverbindlich und voller Sehnsucht: so war es. Der Wagen fuhr in den Hof und blieb ziemlich nahe beim mittleren Stalltürchen stehen. Mein Fritz hat sich diese Frau erst einmal durchs Stalltürchen zeigen lassen. Dann kam er doch heraus und hat Elsa durch die Windschutzscheibe hindurch beobachtet. Und sie hat geradeaus geschaut, fragend und bangend, ob er sie nehmen würde. Er hat so geschaut, wie man eine Kalbin inspiziert, die zehnmal trächtig werden und auch noch eine entsprechende Milchleistung erbringen soll, kurz: so, wie man ein teures Tier von allen Seiten begutachtet, bevor man es in den Stall läßt. Heute mag es anders sein, aber so war es damals, vielleicht zum letzten Mal: der Viehhändler sagte zu Elsa, sie solle jetzt aussteigen und einmal im Hof auf und ab gehen. Von da an war das Geschäft im Prinzip perfekt. Jetzt mußten nur noch die Ferkel ausgefahren werden. Nur noch einmal ist Elsa in den Hotzenwald zurückgefahren, wo sie dreißig Jahre im selben Bett geschlafen hatte, und dann ist sie zu uns gekommen, und schläft nun von der Hochzeitsnacht an schon über dreißig Jahre neben Fritz her. Sie sang vom ersten Tag an im Kirchenchor mit und ist, trotz ihres Sprachfehlers, eine ausgezeichnete Wirtin geworden. Ob er sie lieben und ehren wolle, bis daß der Tod sie scheide, ist Fritz am Hochzeitstag von Pater Tutilo gefragt worden, und er hat ‚ja‘ gesagt. Und sie hat auch ‚ja‘ gesagt, wenige Wochen, nachdem sie sich zum ersten Mal gesehen hatten. Einander lieben und ehren, bis daß der Tod sie scheide ... ‚Ja‘, haben beide gesagt. Was blieb ihnen anderes übrig? Was sollten sie sonst sagen? Das war doch die Antwort!

Ein Sprung hätte mich retten können

Und ich sehnte mich nach einem Menschen, mit dem ich über alles hätte reden können, selbst über Gott, ohne ausgelacht zu werden. Ihn, der mir ‚näher als meine Halsschlagader' war, suchte ich auch noch. Die alte Irinissima hat noch mit neunzig über mich gelacht, weil ich sie nach Gott fragte. Gott? Alte Weiber reden über Gott und Kuchen, sagte sie.

Das fiel mir auch noch ein unterwegs.

Ich fasse mich kurz: Der Brief (mein Brief) lag ungeöffnet da, als ich von Kreenheinstetten zurückkehrte. Adrian, der keine halbe Stunde, nachdem ich losgefahren war, wieder im Haus erschien, wie mir Milka sagte, hat wohl zu ihr gesagt: ‚Wirf ihn weg!' Und dann sind sie mir wohl zuvorgekommen und sind weggefahren. Ich weiß bis heute nicht, wohin. Sie haben sich von mir abgesetzt, sie sind vor mir geflohen. Ich wäre ja auch vor einem solchen Menschen wie mir geflohen, wäre dies nur möglich gewesen. Auf dem Nachttisch entdeckte ich dann einen Zettel: ‚Bitte kümmere dich um Max', und daneben lag ein Fünfhundertmarkschein. Mir blieb gar nichts anderes übrig, als am nächsten Tag eine Vermißtenanzeige aufzugeben. Sie hat mich mit meiner Gütergemeinschaft und Bantle zurückgelassen. Bald war der Termin einer Zwangsversteigerung festgesetzt, aber mittlerweile war auch die Polizei mißtrauisch geworden, denn in einem Waldstück im Bergischen Land fand man in einem Brombeergestrüpp unsere leere Schatzkiste, den Safe. Außer der Haarlocke von Marie-Antoinette, eine Kostbarkeit, die als solche nicht zu erkennen war, fehlte alles. Diese Haarlocke hatte die Prinzessin einst aus Dankbarkeit dafür, daß sie in der ‚Traube' so gut geschlafen hat, der Traubenwirtin übergeben. Dann fuhr sie weiter nach Paris, wo sie bald darauf starb, so die Überlieferung. AUF DIESE LEERE KISTE SETZT DIE POLIZEI IHRE GANZE HOFFNUNG las ich dann im EXPRESS. Das Verschwinden meiner Frau mit einem Gelegenheitsschrotthändler, der, wie die Öffentlichkeit nun erfuhr, von einer der größten Chirurginnen des Rhein-Main-Gebietes und ihrem Mann, einem frühpensionierten Gymnasiallehrer, adoptiert worden war, geriet zu einem Fall, der bis zum heutigen Tag nicht gelöst werden konnte. Ich wurde vorübergehend auch noch des Doppelmordes verdächtigt. Doch ich hatte ein Alibi. Kreenheinstetten und die Beerdigung, die ‚Traube' und mein Leben ergaben ein lückenloses Alibi. Trotzdem: ich war nun erledigt. Wahrscheinlich leben die beiden noch. Ich aber wurde verrückt von dieser Geschichte, wenn auch nur vorübergehend. Bei der Hausdurchsuchung war noch einiges zum Vorschein gekommen, Enttäuschendes, so die Vorbereitung einer Einweisung in die nächstliegende psychiatrische Anstalt. Es fehlte nur noch die Unterschrift Gabis. Irgendwann, zu spät, schöpfte ich den Verdacht, daß meine Frau, die mich ja schon zu Nillius geschickt hatte, angeblich, um mich zu retten, mich loshaben wollte. Auch das hätte ich noch verstanden. In ihrem Gutachten behauptete Gabi, der Patient (ich) habe mit seiner Frau Doktor spielen wollen! Ich brach zusammen. Sie hatte eine Erklärung ohne Datum vorbereitet, die mich für verrückt erklärte und eine Einweisung in die geschlossene Psychiatrie vorschlug, um sich auf diese Weise meiner zu entledigen. Da bin ich wirklich verrückt geworden, wenn auch nur vorübergehend, und wollte mich vor den nächstbesten Zug werfen und Schluß machen. Ich wurde aber von stumpfsinnigen Menschen dabei ertappt, die die Polizei riefen, die mich in der Psychiatrie ablieferte.

Ich war nun dem Stationskommando einer Person unterstellt, die aus Haß auf ihren von ihr geschiedenen Ehemann, einem geistesgestörten ‚Lungenkrebs‘, der vorübergehend von der Intensivstation hierher zurückkehrte, Schmerzmittel vorenthielt. Ich sollte mit Buntstiften unter Aufsicht Schwarzweiß-Muster ausmalen, wie im Kindergarten, unter Aufsicht von zwei stämmigen Pflegern, die jederzeit eingreifen konnten, damit sich keiner etwas antat und die Pfleger zusammen mit dem Stationsarzt wegen Verletzung der Aufsichtspflicht verklagt werden konnten. Das war im Kindergarten noch anders: auch dort beaufsichtigte die (unvergessene) Kindergartenschwester mich noch, aber aus anderen Gründen. Sie mußte nicht stämmig sein und war es auch nicht. Wie sollte ich mir etwas antun, wenn ich aufgrund der Pharmahämmer kaum die Energie aufbrachte, mit Buntstiften die Welt auf Papier auszumalen? – Gesungen haben wir im Kindergarten auch, dieselben Lieder, so erinnere ich das schöne ‚Kommt ein Vogel geflogen‘, das nun ganz müd klang, auf dieser Station gesungen.

Seltsam hat es mich immer berührt, daß alle großen Krankenhäuser immer in unmittelbarer Nachbarschaft des jeweils größten Friedhofs der Stadt lagen, in aller Regelmäßigkeit grenzte eine Universitätsklinik an einen Hauptfriedhof, nur durch eine Mauer und Sichtblenden aus Koniferen und schlankwachsenden Nichtlaubbäumen getrennt, achten Sie einmal darauf! Laubbäume und weitausholende Baumkronengewächse waren verpönt, auch wegen der Friedhofsordnung und dem Herbstlaubproblem, aber wenn sie nun einmal da waren! – So die herrliche rotblühende Kastanie, die ich sah, übrigens eine ideale Sichtblende, die schönste spanische Wand, die möglich war zwischen dem Friedhof und mir. Selbstverständlich wollte ich auch nicht singen, schon gar nicht das schöne ‚Kommt ein Vogel geflogen‘, dessen Text mich, sobald ich kein Kind mehr war, immer zu Tränen gerührt hat, so daß ich mir den anderen Text, der zu derselben Melodie möglich war, dazu dachte: ‚Die Tiroler sind lustig‘, in Moll. Was für grobe Menschen das sein mußten, die uns Gefangene dieses herzzerreißende Lied, dessen Tonart auch noch in Moll gehalten war, singen ließen!

Früher gab es Menschen, die ihre Hand oder gar ihren Bierdekkel aufs Weinglas legten in der Angst, ich könnte hineinspukken, so sehr konnte ich in Fahrt sein. Dann aber stellte sich ein Unwille ein: warum willst du auch noch von denen geliebt werden, die dich möglicherweise verachten? Ich glaube nicht, daß ich von diesen Pflegern und das Kommando führenden Stationsärzten geliebt wurde, sie wurden alle über Tarif bezahlt, bekamen meinetwegen Zulage, wegen der schwierigen Arbeit mit mir, Beamte, die abkommandiert waren, mit mir und meinesgleichen fertig zu werden.

Es fehlten sämtliche Spiegel, mit denen sich hier zwar hätte kein Mensch umbringen können, aber vielleicht noch mehr als zuvor umbringen wollen, auch solche Menschen, die wegen eines sogenannten Suizidversuchs hier eingeliefert worden waren, mußten nun vom Spiegel ferngehalten werden. Freilich gab es immer auch noch schwerere Fälle, die unbedingt von einem Spiegel ferngehalten werden mußten, die einen Spiegel mit der Realität verwechselten und hineingeschaut hätten und zu Tode erschrocken wären, Paranoiker, die mit mir auf der Wachstation zusammengesperrt waren, ein Skandal. Meine Frau hat sich gerne in großen Spiegeln von allen Seiten betrachtet. Und dann hat sie, Entschuldigung, doch nur ihren Birnenarsch gesehen. Ein Lehrstück: die Schwerkraft hatte hier ein Exempel statuiert. Mit diesem Arsch bist du bestraft worden, dachte ich, als ich auf der Wachstation meine Frau erinnerte. Dieser Arsch ist die Strafe für alles. Ich dachte von meiner Lage aus. Und es wird noch schlimmer werden! dachte ich. Dieser Arsch hat seine Enderscheinungsform noch nicht erreicht! Auch Operationen oder Transplantationen helfen nur vorübergehend. Das war mein Trost. War ich böse? Irgend etwas muß schiefgelaufen sein mit dir, sonst wärst du nicht hier! sagte ich mir. Ich hätte über mich nachdenken können, aber die alles umnebelnden Tabletten hielten davon ab, daß ein Mensch über sich nachdenken konnte, ich war, wie in der klassischen Freud-Schule, zur freien Assoziation verdammt. Ich kannte niemanden außer ihr, der sein Schlafzimmer mit Bildern von sich selbst und zusätzlichen Spiegeln ausgestattet hatte, auch noch an der Decke, das kannte ich nur noch vom göttlichen Horaz, der sich, im Gegensatz zu Gabi, dazu bekannte und sich als Ferkelchen aus der Herde Epikurs bezeichnete. Doch ihre Kosmetikerin war ratlos, was diesen Arsch betraf. Sie hätte zu einer Transplantation geraten, falls dies möglich gewesen wäre. Und doch: ich liebte sie einmal so sehr, daß ich einen Sonnenschirm über ihr Grab gespannt hätte, weil ich wußte, wie gern sie im Schatten lag.

Ich sollte singen? Nillius also mein Leben verraten? Freie Assoziation: Gabi ließ sich am Tag der deutschen Einheit mehrfach von ihm durchficken, von ihm, dem in seinen eigenen Schwanz verliebten Schrotthändler, Herr Professor! Das konnte ich Nillius glaubhaft versichern, daß dies das Ende war.

Ich bin auch deswegen vorübergehend verrückt geworden und habe selbst eine Einlieferung in eine Psychiatrie beantragt: ich hatte Angst vor der Angst, verrückt zu werden, den Verstand zu verlieren.

Ich hatte Angst vor der Angst vor der Angst.

Ein Sprung hätte mich retten können. Doch sämtliche Fenster zum Friedhof hinüber waren nicht zu öffnen, ich, dumm und einsam wie ich war, bin und sein werde, habe es auch noch versucht, und habe, nachdem mir klargeworden war, daß es nicht so einfach hinausging, nach den Spezialschlüsseln gesucht, und auch daran gedacht, den Aufseher, in dessen Schlüsselbund ich meinen Schlüssel vermutete, zu überfallen, was als Verrücktheit ausgelegt wurde, als Bestätigung der Vermutung, daß es sich bei mir außerdem um einen *gefährlichen* Verrückten handelte, so daß ich vorübergehend in die Abteilung für kriminelle Geisteskranke überstellt wurde, wenn auch nur zur weiteren Beobachtung. Mein Streich wurde als Angriff auf die Staatsgewalt ausgelegt. Dabei wollte ich mich nur retten. Das schöne Leben! – gab es wohl. Es gab Menschen, die daran glaubten und so lebten, als ob es schön wäre, zu leben. Doch einmal zu den Bahngeleisen hinüberlaufen und sich durch einen Sprung retten! – Immer wieder gab es Menschen, denen dies trotz schärfster Aufsicht von Aufsehern, die bestellt waren, Menschen, die nicht hier bleiben wollten, hier festzuhalten, gelang. Denn immer wieder gab es Menschen, die alle jene beschämten, die behaupteten, ein glückliches Leben zu führen, und daß das Leben doch ein wunderbares Geschenk sei. Immer wieder gab es auch diese Menschen, die die anderen, die angeblich ein glückliches Leben führten, mit ihrem Sprung in die Freiheit beschämten und einen Weg fanden, der sie rettete, auch wenn die ‚Anleitung zum Selbstmord‘ auf dem Staatsindex der verbotenen Bücher stand und längst aus dem Verkehr gezogen worden war.

Sie hatten mir ein Papierhemd angezogen, schließlich landete ich im Papierhemd, in der Nacht, aus Angst, ich könnte mir das Leben nehmen, und sie könnten deswegen vor Gericht kommen. Ich hatte vor allem Angst. Ich hatte auch Angst vor der Angst, daß sie jederzeit zurückkommen würde und mich überfallen. Ja, ich hatte sogar Angst vor der Angst vor der Angst, so daß sie mich in ein Papierhemd stecken mußten.

Doch meine Flucht gelang. Erst zu meinem letzten Konto in der Schweiz, das von ihm oder ihr noch nicht geplündert war. Dieses Konto in der Schweiz war meine letzte Rettung, was mein finanzielles Weiterleben betrifft, eine wirkliche, lebenslängliche Rettung, die dem deutschen Psychiatrie-Terrorregime entzogen war, und von dort weiter, bis hierher.

Eines schönen Tages am Meer (Acapulco)

‚Meinen Jamben wirst du nicht entfliehen'

Nun ist der 8. September, die Schwalben fliegen noch einmal aus, und morgen werden sie fortfliegen. So war es früher. Nun aber *Acapulco*. Diese Zeit war mörderisch, bis zuletzt ist kein Zeichen gekommen, weder lebend noch tot. Jetzt weiß ich, wie es gewesen sein muß, als meine Großmutter auf ihre vermißten Söhne wartete, bis zuletzt, (auch) vergebens.

Ich schöpfte Kraft aus der Vorstellung, daß dies meine letzte Flucht, meine letzte Reise, meine letzte Ehe und meine letzte Liebe (gewesen) sein könnte. Schaute dabei auf das Meer hinaus, die Wüste, aus Wasser. Und schon machte ich wieder Skizzen, schon wieder fiel mir etwas ein: ‚Schaue aufs Meer hinaus. Furchtbare Leute wie ich sitzen am Strand herum. Es könnte das Paradies sein ohne uns. Nach langem Nachdenken kam ich darauf, nicht mehr nachzudenken.'
Da kam eine alte Schachtel aus Amerika zu mir herüber und wollte mir mein Zigarillo verbieten, andernfalls wolle sie mich auf Mordversuch und Schadenersatz verklagen. Das war am Meer.
Und ich kam doch noch einmal darauf, über mich nachzudenken. Wer bin ich? Eigentlich habe ich gelebt, um abzunehmen. Ich habe abgenommen. – Aber nun ist alles beim alten.
In der ‚Traube' von Kreenheinstetten sitzend, kam Hugo bald auf die Narbe zu sprechen, bald wies er auf diese Narbe, die von noch einem Überfall auf mich, bei dem auch ein Messer im Spiel war, jenem nächtlichen Überfall Adrians auf mich, her-

rührte. Ich erzählte die Geschichte, doch ganz ins Allgemeine, Unpersönliche gewandt. Von mir und von mir weg erzählt, erzählte ich. Darauf sagte Hugo: ‚Die Stelle ist aber sehr schön verheilt!' Es stimmte, die Stelle war sehr schön verheilt, wie die Geschichte mit Rosemarie, meine erste Liebe längst verheilt war. Trotzdem weinte ich nun, vielleicht auch nur des Phantomschmerzes wegen und vielleicht auch nur deswegen, wegen all diesem, weil ich nun hier saß. Auch weil die Stelle so schön verheilt war. Weil alle Stellen so schön verheilen. Nichts läßt man uns, nicht einmal den Schmerz, und eines Tages wird alles vergessen sein.

Dann aber gingen wir damals noch zu Hugos Geländewagenschau. Warum fahrt ihr denn alle mit einem Geländewagen herum? fragte ich noch einmal mich selbst. Unser Gelände ist doch nicht so abschüssig! sagte ich mir. Oder doch: mit einem solchen Geländewagen hätte man jederzeit Richtung Westen aufbrechen können und über die Donautalkante hinausfahren. – Das war ihre Form von Fernweh. Bei mir war diese Erinnerung meine Form von Heimweh. Nun sah ich den jungen Männern zu, die von ihrem Felsen aus bei Acapulco ins Meer sprangen. Um dann wieder, an den Zuschauern vorbei, die dafür bezahlten, dem Wagemut und vielleicht auch der Sehnsucht der anderen zuzuschauen, in ihren schwarzrotgold gestreiften Badehosen aufzutauchen und sich einige Augenblicke lang bewundern zu lassen. Das geschah dreimal am Tag. Unsere Vergnügungen waren andere, wenn es Vergnügen war, was es war. Im Winter, zum Beispiel, haben wir, wenn es schneite, wie schon oft von den Dichtern beschrieben, unsere Namen in den Schnee geschrieben, die Farbe war ein dominierendes Gelb. Wir standen dabei nebeneinander, unser Ehrgeiz war, so lesbar wie möglich zu sein. Und Rosemarie verfolgte in nicht allzu großem Abstand unsere Kunst, die ihr versagt war. Aber was blieb davon? Der Verdacht auf eine Lungenentzündung. Das schlimmste war, nicht hinauszukönnen, als ob Rosemarie das nicht gewußt hätte.

Die Felsen, von denen die jungen Männern sprangen, waren wie unsere Felsen zu Hause. Felsen, von denen man hinunterspringen konnte, von Kreenheinstetten aus, zu Fuß: der naheliegende Petersfelsen, von dem ich nicht gesprungen bin. Zweihundert luftige Meter über unserem kleinen Fluß mit dem weltberühmten Namen: die schöne blaue Donau.

Die Felsen von Acapulco waren blutsverwandt mit den Felsen von Kreenheinstetten. Acapulco und Kreenheinstetten sind verwandt: Kalksteinfelsen, die nach Westen zum Wasser hin abfallen, einmal kommt unten das Meer, dann wieder die Donau. Und ich konnte von beiden Orten aus weit hinausschauen. Auf den Pazifik hinausschauen Richtung Hawaii, dann Formosa, dann Himalaja, dann Jerusalem, zuletzt die Donau, und über allem Kreenheinstetten, wo Frau Schwichtenberg von Schatten und Hausflur aus mit besorgter Miene zu Herrn Schwichtenberg hinausschaut, der auf der obersten Stufe der Haustreppe sitzt und auf die unterste seine Füße gestellt hat, während er ein Bier trinkt und noch eines. Und dann kam irgendwann die Freitreppe vor der Barockkirche über dem Bodensee, auf der ich mit Gabriele stand, kurz nachdem ich ihr versprochen hatte, daß ich auf immer bei ihr bleiben wollte, und sie bei mir.

Kam irgendwann der Schrotthändler in seinen schwarzrotgoldenen Nietenseitenstreifenschnellfickhosen und fragt mich nach dem, was ich ihm nicht bieten kann: ein altes Auto zum

Ausschlachten. So kam eines zum anderen. Wäre eines zum anderen gekommen, wenn ich nur weit genug gegangen wäre. Es war Zeit für ein richtiges Schmerzmittel.

Ich hätte mich nie getraut, Gabi anzusprechen. Sie stieß auf einem Studentenfest mit mir zusammen und mußte etwas sagen. Schon ihr erster Satz mit mir war eine Entschuldigung. Wir entschuldigten uns gegenseitig und versicherten einander, daß dies gar nicht schlimm sei: Der berühmte Rotweinfleck und ein SOS-Ruf nach Salz hat alles ausgelöst.

Liebst du mich?

Bevor du fragtest, wußte ich es noch.

Wenn ich sie fragte, wie der Abend war, hat sie mir der Reihe nach erzählt, was es zu essen gegeben hat und wer da war. Ich war auch so: wenn ich nach dem Abend fragte, wollte ich eigentlich nur wissen, was es zu essen gegeben hat. Und wenn sie nach dem Abend fragte, habe ich ihr nur erzählt, wer da war und was es zu essen gegeben hat. Das Essen und das Reden über das Essen hat uns oftmals über unsere Sprachlosigkeit hinweggeholfen, das war überall gleich. Schon in Kreenheinstetten haben wir uns, das fiel mir in der Strandliege von Acapulco ein, über uns selbst hinweggeholfen oder auch nur hinweggelogen, indem wir aßen, und das, was wir aßen, auch noch kommentierten. So war es schon zu Hause. Wurden aber auch ganz schön dick dabei.

Kurz: ich sitze auf dem Imperfekt und kriege ihn nicht los. Es wäre nun Zeit für ein Schmerzmittel, für ein richtiges Schmerzmittel ‚bei mittleren bis starken Schmerzen‘ (Packungsbeilage). Einen Teil von mir habe ich Nillius erzählt, einen anderen meiner Mutter. Sie kannte meinen Schmerz und meine Kinderkrankheiten. Wenn ich krank war und nicht hinauskonnte, bettelte ich: Hol mir eine Seele, Mama, bring mir eine Seele! Die ersten Jahre wüßte auch meine Großmutter, sie könnte etwas zu diesem Teil meiner Geschichte sagen, im Gegensatz zu mir, ich weiß erst von mir von dem Tag an, da ich vom Dreirad gefallen bin und zu ihr humpelte, mit offenem Knie, oder nein: ich habe sie herbeigeschrien, und sie kam. Auf diesen Menschen war Verlaß ein Kinderleben lang. Doch dann starb sie. Sie hatten doch auch einen solchen Menschen? Auch die Kindergartenschwester weiß noch von mir. Ich hätte sie fragen können. Aber jetzt bin ich in einem Alter, in dem die Kindergartenschwestern sterben oder schon gestorben sind, ebenso der Beichtvater meines Lebens (tot), die Liebespaare meiner Kindheit, die erinnerungsweise an mir (etwa sieben Jahre) vorbei auf dem Weg zum Tanz sind. Und das Hochzeitspaar, das mich in meinem ersten Anzug mit Fliege vorausgehen gesehen hat auf dem Weg zur Kirche und dies bezeugen könnte, ist auch tot – oder so gut wie tot.

Meine Frau und ich: fünfundzwanzig Jahre haben wir nebeneinander hergelebt, wir sind eine Geschichte, von der ich nur die eine Hälfte kenne. Ich habe immer wieder versucht, mit ihr über alles zu reden, über sie und mich, von ihr und mir. Eigentlich wollte ich ihr nur sagen, wie es weh tat, wie einst, als ich vom Dreirad gefallen war. Und eigentlich wollte ich nur hören, daß es trotz allem schön war. Das wollte ich hören, auch von mir selbst. Aber wir konnten nicht reden, also wissen wir nur das allerwenigste voneinander und haben die Jahre über nur nach außen hin zugenommen. So kennt niemand meine ganze Geschichte; und ich selbst kenne sie auch nicht.

Und wo bleibt die Liebe?

Als ich sie noch liebte, fragte sie mich: liebst du mich? Heute sage ich Ihnen, die Sie am Leben sind:

Bevor sie fragte, wußte ich es noch.

Ich sitze nun wieder in meiner Strandliege und gehe neben Rosemarie vom Friedhof zur ‚Traube‘, wo ich zum Leichenessen geladen bin. Sie will, daß ich ihr ein wenig von meiner Frau erzähle. – Meine Frau? – Anfang Mai rief ich von der Insel Pellworm aus an, wohin ich mich wegen einer sogenannten Schrotkur in eine Reha-Klinik begeben hatte. Rosemarie, ich wollte nur wissen, ob mein Baum schon blühte, meine Kastanie. Stell dir vor, sie kannte meinen Baum nicht! Ja, sie wußte nicht, ob er schon blühte, und konnte mir nicht sagen, ob es die Amseln waren, und hätte mir nicht sagen können, ob die Schwalben schon da oder schon fort sind, Rosemarie!

Stell dir vor, sie kannte das Wort ‚Makadam‘ nicht, unter dem unser Spielplatz, der das ganze Dorf war, für immer verschwand. Noch nicht an der stattlichen Freitreppe zu unserem nun Landgasthof genannten Wirtschaft angekommen, blieb ich stehen: was für ein schönes Haus! – Meine Frau? – einmal erzählte sie mir, auf ihre Art, wie sie als Kind ins sogenannte Büro ihres Vaters stürzte und wie der im MICHEL-Briefmarkenkatalog weitergelesen hat, während sie weiterweinte, weil der Regen alles, was sie im Sandkasten aufgebaut hatte, zerstörte. Und ich habe sie, gut dreißig Jahre später, dabei erwischt, wie sie heimlich Kreuzworträtsel löste, während ich ihr mein Leben erzählte. Sie hat heimlich an ihrem Kreuzworträtsel weitergemacht, während ich nach Worten dafür suchte, wie es war, Rosemarie: ich war jener, der ihr nicht sagen konnte, wie es war.

FINIS

Ein tadelloser Schreibtisch, und schon glaubt die Welt, es ist alles aufgeräumt, also ist Ordnung möglich.

Literatur bei DuMont

MIRKO BONNÉ. DER JUNGE FORDT.
Roman. 1999, 275 Seiten

VASILIJ DIMOV. DIE VIER LEBEN DES HEILIGEN POSSEKEL.
Roman. 1999, 260 Seiten

JOHN VON DÜFFEL. VOM WASSER.
Roman. 1998, 288 Seiten

GERHARD FALKNER. ALTE HELDEN.
Schauspiel und deklamatorische Farce. 1998, 60 Seiten
DER QUÄLMEISTER.
Nachbürgerliches Trauerspiel. 1998, 90 Seiten

JULIA FRANCK. LIEBEDIENER.
Roman. 1999, 237 Seiten

GUSTAVO MARTÍN GARZO. DER KLEINE ERBE.
Roman. 1999, 410 Seiten

ALAIN GLUCKSTEIN. UNSERE GROSSEN MÄNNER.
Roman. 1998, 344 Seiten

GOETHE FÜR ANFÄNGER.
Herausgegeben von Werner Keller, Karina Gómez-Montero,
Ingrid Reul. 1998, 192 Seiten

JEGOR GRAN. IPSO FACTO.
Roman. 1998, 186 Seiten

THOMAS HETTCHE. ANIMATIONEN
1999, 190 Seiten mit Abbildungen

OSCAR HEYM. KURKONZERT.
Roman. 1998, 246 Seiten

MICHEL HOUELLEBECQ. ELEMENTARTEILCHEN.
Roman. 1999, 357 Seiten

JORGI JATROMANOLAKIS.
BERICHT VON EINEM VORBESTIMMTEN MORD.
Roman. 1998, 268 Seiten

KÖLN, BLICKE. EIN LESEBUCH.
Herausgegeben von Jochen Schimmang. 1998, 372 Seiten

CARLO LUCARELLI. DER GRÜNE LEGUAN.
Roman. 1999, 208 Seiten

JAN LURVINK. WINDLADEN.
Roman. 1998, 190 Seiten

CHRISTIAN MÄHR. SIMON FLIEGT.
Roman. 1998, 266 Seiten

MULTATULI. DIE ABENTEUER DES KLEINEN WALTHER.
Roman. 1999, 958 Seiten

HARUKI MURAKAMI. MISTER AUFZIEHVOGEL.
Roman. 1998, 684 Seiten

GERT NEUMANN. ANSCHLAG.
Roman. 1999, 240 Seiten
ELF UHR.
Roman. 1999, 432 Seiten

SANTO PIAZZESE.
DIE VERBRECHEN IN DER VIA MEDINA-SIDONIA.
Roman. 1998, 372 Seiten

GUNDEGA REPŠE. UNSICHTBARE SCHATTEN.
Roman. 1998, 212 Seiten

ARNE ROSS. FRAU ARLETTE.
Roman. 1999, 176 Seiten

ANDREAS RUMLER. GOETHES LEBENSWEG.
WANDERUNGEN DURCH LEBEN UND WERK.
1999. 350 Seiten mit 70 Abbildungen

CLAUDE SIMON. GESCHICHTE.
Roman. 1999, 387 Seiten

CLAUDE SIMON. JARDIN DES PLANTES.
Roman. 1998, 368 Seiten

VLADIMIR SOROKIN. NORMA.
Roman. 1999, 380 Seiten

ARNOLD STADLER. EIN HINREISSENDER SCHROTTHÄNDLER.
Roman. 1999, 237 Seiten

VALÉRIE TONG CUONG. BIG.
Roman. 1999, 310 Seiten

JANETTE TURNER HOSPITAL. OYSTER.
Roman. 1999, 416 Seiten

DIRK VAN WEELDEN. ORVILLES GÄSTE.
Roman. 1999, 285 Seiten

FRANÇOIS WEYERGANS. FRANZ UND FRANÇOIS.
Roman. 1999, 422 Seiten

Hinreissender Besuch steht vor der Tür: Adrian, ein junger Mann in Adidas-Hose. Dem frühpensionierten Geschichtslehrer und »promovierten Träumer« und seiner Gattin Gabi, der hanseatischen Handchirurgin, kommt die Erkenntnis, daß es vielleicht zu spät ist, noch einmal bei Adam und Eva zu beginnen.

»Liebst Du mich?«

»Bevor Du fragtest, wußte ich es noch.«

Im sprachwitzigen und satirischen ›Stadler-Ton‹ wird uns aus einer Ehe, der »krisengeschüttelten Branche« schlechthin, erzählt. Liebte Gabi den Schrotthändler und nicht mehr ihn? Und liebte er sie auch nicht mehr, sondern vielleicht ebenfalls den Schrotthändler? »Eine Ehe auf Sandwich-Basis«?

Mit der Rückkehr an den Schauplatz der Hochzeitsnacht werden die »königsblonde« Rosemarie, die erste Liebe, genauso wie die Sehnsucht nach der fast vergessenen Kindheit und oberschwäbischen Heimat im »Hinterland« wieder lebendig.

»Ich aber wurde verrückt von dieser Geschichte, wenn auch nur vorübergehend.«